W0289353

FATAL TEMPO

Randi Fuglehaug

FATAL TEMPO

ROMAN

Traduit du norvégien
par Marina et Françoise Heide

Albin Michel

COLLECTION « SPÉCIAL SUSPENSE »

© Éditions Albin Michel, 2023
pour la traduction française

Édition originale norvégienne parue sous le titre :
TONEDØD
© Randi Fuglehaug et Kagge Forlag AS, 2022

« Music chooses her musicians. »

Patricia Barber

SAMEDI

Veille du dimanche des Rameaux

Quelle bande d'abrutis.

Un troupeau, voilà de quoi ils avaient l'air. Ces femmes aux lèvres trop rouges, ces hommes en manteau sombre. Avec leurs mines faussement sérieuses qui cachaient des regards vides. Leurs applaudissements maîtrisés. Et les quelques lèche-culs qui oscillaient légèrement sur leurs sièges, les yeux fermés, pour bien montrer qu'ils étaient *habités* par la musique, contrairement au reste de l'assistance.

Dans des instants comme celui-ci, quand les projecteurs diminuaient d'intensité et qu'elle voyait un peu mieux la salle, Marta Tverberg aimait laisser glisser son regard sur les premiers rangs du public. Elle n'était peut-être plus très jeune, mais elle avait encore ses yeux de lynx.

Rien ne lui échappait.

Elle voyait le maire, dans son costume qui aurait eu besoin d'un coup de fer et sa chemise trop tendue sur le ventre, elle sentait d'ici comme il aurait voulu rentrer chez lui, retrouver son coin de canapé et son assiette de petits gâteaux qui devait rester tout le week-end sur la table basse, et que sa femme devait regarnir dès qu'elle était vide.

Elle voyait la fierté nerveuse sur le visage surmonté de

boucles brunes du directeur du festival qui lui adressa un sourire encourageant comme à un gentil chiot obéissant.

Elle voyait aussi ceux qui étaient surexcités, tous ceux qui s'étaient enfilé trop de vin rouge avant le concert et que le sommeil guettait.

Marta attendit que les applaudissements s'éteignent pour remettre en bouche son sax ténor. L'éclairage vint frapper le laiton, faisant briller l'instrument de mille feux. Les percussions commencèrent à tambouriner dans son dos, bientôt rattrapées par la basse, et le piano à queue lâcha sans hésitation la douce mélodie qu'elle avait composée. S'ils allaient jusqu'au bout avec autant d'aisance, le doute ne serait plus permis : cette œuvre entrerait dans l'histoire de Jazz à Voss comme l'une des mieux exécutées. De toute évidence, c'était aussi le meilleur morceau qu'elle ait écrit depuis le début de sa carrière.

Et en à peine sept mois.

Ce qui était historique en soi.

D'ordinaire, elle le savait pertinemment, les musiciens auxquels on confiait cette mission prestigieuse avaient besoin d'un an au moins, sinon deux. Elle avait produit en un temps record de quoi intégrer le jazz de classe mondiale. Cette pièce grandiose, si classique soit-elle, devrait lui rapporter un succès éclatant.

Les autres n'auraient plus qu'à la fermer.

Personne n'avait rien dit, bien sûr. Ils n'avaient pas le cran de la critiquer en face. Mais elle avait eu vent des bruits de couloir. Des controverses. Des méchancetés qu'on balançait sur elle. Jusqu'à la répétition de la veille, quand on avait procédé aux dernières rectifications sur le programme du concert. Elle était aux toilettes quand elle avait entendu des médisances à travers la porte.

– Maintenant, reste à voir si ses poumons tiendront, avait murmuré une voix d'homme.

– Personnellement, je me demande plutôt si c'est sa tronche qui va tenir, avait répliqué un second. Le Botox, c'est risqué sous les feux de la rampe.

Le premier avait toussoté avant d'enchaîner sur un nouveau commentaire :

– Il paraît qu'elle se tire la peau du cou avec du gros Scotch qu'elle se colle dans la nuque, pour avoir l'air bien lisse sur les photos.

Dès qu'elle avait fini son affaire, elle était sortie en trombe, furieuse, mais ils étaient déjà partis. Étaient-ce les mecs de Voss Sound ? Ils n'étaient pas bien nombreux à pouvoir accéder à la salle St Olav pendant ces journées de préparatifs intensifs : juste les techniciens du son, les musiciens, le producteur, et quelques journalistes triés sur le volet. Elle se demandait encore qui avait bien pu sortir à son sujet des trucs pareils, qui continuaient de la ronger. Le pire, c'était que ça lui revenait maintenant, au moment où elle devait se concentrer sur la musique. Heureusement, elle connaissait si bien le morceau qu'elle avait l'impression d'être en pilotage automatique, ou que quelqu'un d'autre jouait à sa place. Mais une inquiétude monta tout à coup : et si c'était précisément ce que risquait d'écrire un critique quelconque, à propos de ce concert ? Qu'elle avait l'esprit ailleurs ?

Elle s'efforça de se concentrer, mais tout lui semblait si faux, subitement.

Être là, à savourer sa propre gloire, à quoi bon finalement ? N'aurait-elle pas dû ressentir ce moment tant attendu comme un événement plus important encore ? Elle qui avait derrière elle des tournées planétaires, des concerts au Royal Albert Hall et à l'Opéra de Sydney, elle qui avait joué devant des présidents et des têtes couronnées, mais n'avait encore jamais composé spécialement pour Jazz à Voss. Pourquoi avait-elle pris tellement à cœur cette commande venue du trou perdu où elle était née ?

Peut-être parce qu'ils avaient attendu tellement longtemps avant de l'inviter que c'en était ridicule. Peut-être parce qu'un homme lui avait mis des bâtons dans les roues pendant toutes ces années.

Ce qui ne l'avait pas empêchée de jouer à son enterrement. Si elle ne l'avait pas fait, de quoi ça aurait eu l'air ? Au fond, témoigner son respect dans une église bondée ne lui avait pas déplu. Elle était même allée jusqu'à déposer une rose blanche sur le cercueil à la fin de sa prestation.

Peu de temps après, elle avait reçu le coup de fil qu'elle attendait depuis les années 1980.

Et voilà que maintenant, alors qu'elle y était enfin, avec toutes les rênes en main, rien n'avait plus l'air de compter.

Mais si.

Bien sûr que ça comptait.

Elle se sentait puissante et sensuelle dans la fumée qui les enveloppait, elle et ses musiciens. Les gens de son bled avaient enfin le regard braqué sur elle. D'accord, les hommes n'étaient peut-être plus attirés par sa personne, ils ne voyaient peut-être en elle qu'une vieille peau botoxée, n'empêche que s'ils ne reconnaissaient pas son talent, ils allaient voir ce qu'ils allaient voir.

Elle, Marta Tverberg, la diva du jazz.

Elle allait leur dire leurs quatre vérités.

Tandis que les applaudissements déferlaient à travers la salle, elle posa son instrument. S'avança jusqu'au micro.

Son cœur cognait dans sa poitrine.

Jouer, c'était une chose, parler, c'en était une autre.

– Cher public du festival. Cher président. Chers habitants de Voss, commença-t-elle, avant de balayer du regard l'assistance, qui s'assagit soudain, dans l'attente. Regardez-vous, bande d'abrutis !

Agnes Tveit adorait Jazz à Voss.

Mais elle ne supportait pas les concerts.

Il y avait un truc dans le jazz qu'elle n'avait jamais réussi à s'approprier. Bien sûr, elle comprenait que les gens écoutent les vieux géants mythiques comme Billie Holiday et Louis Armstrong, mais le jazz moderne – ou *free jazz* –, quelle horreur ! Ce n'était que des sons frénétiques et décousus, qui lui accéléraient le pouls et lui écorchaient la cervelle, relayés par d'interminables solos sans queue ni tête, pendant lesquels elle avait toutes les peines du monde à garder les yeux ouverts.

Comme maintenant.

Voilà plus d'une demi-heure que le saxo s'acharnait à la bercer. Elle étouffa un nouveau bâillement en se penchant sur son sac à main, dans l'intention de jeter un coup d'œil discret à son téléphone, histoire de voir combien de temps il restait. L'œuvre n'était pas censée dépasser une heure, mais Agnes avait l'impression d'être là depuis au moins trois heures. Sans doute parce qu'elle avait assisté aux répétitions. En réalité, ce morceau à mourir d'ennui, elle se l'était enfilé presque sans interruption durant les trois derniers jours. Mais, contrairement à d'autres musiques qu'elle écoutait en boucle, il ne lui restait pas en tête. Dieu merci.

Marta Tverberg n'avait jamais eu autant d'allure que ce soir, ça, elle le lui accordait volontiers. Dans sa robe longue bleu roi au motif scintillant, avec une petite traîne pour parachever le tout, elle avait vraiment l'air de la star internationale qu'elle était. Malheureusement, la contempler ne suffisait pas à tenir Agnes éveillée.

Une seule chose l'y aidait : penser à ce qu'elle mangerait ensuite. Elle s'efforçait de visualiser le kebab sur lequel elle se jetterait en sortant de la salle de concert. Elle n'aurait qu'à grimper l'escalier, pousser la porte et traverser la rue : sur le trottoir d'en face l'attendaient la saveur juteuse de la viande, le moelleux du pain et le piquant de la sauce. L'odeur des épices lui flattait déjà les narines. Après la soirée arrosée de la veille, son corps réclamait désespérément du gras et des glucides.

Une soirée qui aurait pu être parfaite, si elle n'était pas tombée sur le reporter de *VG*. Elle s'était subitement retrouvée nez à nez avec ce crâneur de Tor Erik Åkervold, qu'elle n'avait pas revu depuis l'été précédent, quand elle s'était enfuie morte de honte de sa chambre d'hôtel.

– Qu'est-ce que tu fous là ? s'était-elle exclamée, malgré le SMS cryptique qu'il lui avait envoyé quelques semaines auparavant, disant qu'il se faisait une joie de goûter à nouveau à l'ambiance festivalière de l'Ouest.

Åkervold avait affiché un sourire radieux en levant les deux pintes qu'il tenait.

– Je bois de la bière ! avait-il crié pour couvrir le tumulte de la salle, dans son dialecte nasillard du Sud. Et j'écoute du jazz ! Tu ne le sais peut-être pas, mais je me débrouille très bien à la guitare. À moins que tu l'aies compris, l'autre fois, quand je t'ai titillé la corde sensible ?

Sur quoi, ce mec au look trop lisse façon Ken s'était autorisé un clin d'œil. Elle, elle était restée de marbre. Si Åkervold avait su tout ce qui s'était passé depuis cette nuit fatale… Il la suivait ou quoi ? À moins que la musique l'intéresse vraiment ?

– Je ne me rappelle que tes couacs, avait-elle répliqué. Bon festival quand même.

Elle avait tourné les talons, très contente de sa repartie, et heureusement, il n'était pas réapparu depuis.

Agnes parcourut l'auditoire d'un regard prudent pour voir s'il était là. La musique ne devait pas être la seule raison de sa présence à Voss.

À l'instant où elle s'apprêtait à vérifier de nouveau l'heure, elle croisa les yeux de Marta, là-haut, sur scène. Elle la fixait, ma parole. Agnes se figea. Elle ne courait pas le risque de se faire engueuler. Les relations entre elles étaient redevenues normales, mais elle gardait un souvenir cuisant de l'époque où elles avaient préparé ce livre.

Elle se sentit fatiguée.

Si fatiguée, de tout.

Du repos, voilà ce qu'il lui fallait. Fermer les yeux, ne serait-ce que trente secondes.

Avec un peu de chance, elle donnerait l'impression de s'immerger dans la musique.

Elle fut réveillée par des éclats de voix et un coup au ventre : ça y est, on l'engueulait parce qu'elle s'était endormie. Mais personne ne la regardait. Toute l'assistance fixait la scène, où Marta Tverberg avait lâché son saxophone.

Plantée devant le micro, elle vociférait presque, tandis que les musiciens du groupe semblaient se recroqueviller derrière elle.

– La manière dont ce festival a été géré est une honte, autant pour le jazz que pour la ville de Voss ! lança-t-elle.

Putain, qu'est-ce qu'il lui prenait ?

Avait-elle décidé de vider son sac ici, plutôt que dans le bouquin ?

– Ce soir, il y a beaucoup de trolls à deux têtes dans la salle, continuait Marta, et Agnes crut voir ses yeux se plisser et lancer des éclairs à travers ses lunettes. Ils applaudissent bien poliment, mais en réalité, ils sont bourrés de préjugés. Ils trouvent que je suis trop vieille, pas assez bonne, ça les embête sans doute que je sois une femme. Eh bien, j'ai envie de vous dire une chose à tous : mon cul ! Et pour poursuivre la métaphore : un furoncle sur le cul du monde musical, voilà ce que serait resté Voss pendant toutes ces années, si je ne m'étais pas chargée de lui faire de la pub. J'espère, ou plutôt j'attends du nouveau patron qu'il dirige bien mieux le festival que ne l'a fait son pachyderme de prédécesseur. Kosanovic, jeune homme, la balle est dans ton camp. Je t'ai à l'œil, et je compte sur toi pour mettre fin à ce jeunisme désastreux, aller dans le sens de la diversité, et surtout : veiller au bien du jazz ! Ce sera tout. Merci pour votre attention.

Elle recula d'un pas. Des applaudissements épars retentirent dans la salle. Le public, manifestement, ne savait trop sur quel pied danser.

Marta Tverberg se pencha pour reprendre son saxo.

Elle ferma les yeux et recommença à jouer.

Au bout de quelques minutes, sa production sonore prit une tournure plus expérimentale. On devait en être à la partie improvisée, plus insupportable encore que le reste de la composition, pour autant que ce soit possible.

Mais quelque chose clochait.

Les notes raccourcissaient, devenaient faiblardes, et il y avait de plus en plus de couacs.

Les autres musiciens cessèrent bientôt de jouer, un à un.

Ils regardaient avec inquiétude Marta Tverberg qui s'était mise à chanceler, son instrument autour du cou, en un étrange et douloureux numéro de danse solo.

– Marta ? tenta la batteuse.

Et la diva tomba à la renverse.

Comme tout le public, Agnes assista en direct au terrible spectacle.

Elle vit les musiciens se précipiter sur Marta. Des types en gilet jaune surgirent d'un peu partout. Alexander monta d'un bond les quatre marches menant à la scène pour lancer au micro d'une voix stridente :

– Il y a un médecin dans la salle ?

Un jeune homme en costume accourut aussitôt, se débarrassa de sa veste et se pencha sur la femme inconsciente allongée par terre. Il sembla lui tâter le pouls, et sans doute n'y avait-il rien à tâter, puisque le médecin ne tarda pas à s'agenouiller près d'elle et à sortir le grand jeu : massage cardiaque, bouche-à-bouche, etc. Le saxophone, la « corne », comme Marta appelait son instrument, gisait à côté d'elle, pareil à un chien fidèle qui ne veut pas abandonner son maître.

Quelques minutes plus tard, tandis que deux ambulanciers munis d'une civière se ruaient dans la salle du festival, le médecin se releva.

Agnes le vit adresser des signes aux gens qui l'entouraient. Marta était toujours à terre, parfaitement immobile.

Que venait-il de se passer ? Elle n'était tout de même pas...

Agnes sentit une grosse boule coincée dans sa gorge, qui l'empêchait d'avaler sa salive.

Nom de Dieu.

Elle était morte.

Agnes n'avait pas bougé, les mains toujours croisées sur ses genoux, comme à la messe. Elle essuya ses paumes moites sur sa jupe noire.

Tout ça était bien réel.

Marta Tverberg avait joué sa dernière note.

Agnes promena son regard le long des rangées de fauteuils, constata que l'atmosphère restait bizarrement calme, l'émotion maîtrisée. Il n'y avait que des adultes, encore une chance. Elle se souvint avec un frisson du jour où Veslemøy Liland s'était écrasée au sol devant des centaines de familles lors de l'inauguration de la Semaine des sports extrêmes, l'été précédent. Le public du concert commençait à peine à bouger, incité poliment mais fermement à s'en aller par les bénévoles en tenues jaunes. Ce fut comme si on augmentait progressivement le volume après avoir momentanément coupé le son dans la salle. On entendait de nouveau des gens parler, des talons claquer.

On aurait dit que le spectacle venait tout juste de se terminer.

– Elle est morte ? souffla une voix discrète, qui n'en fit pas moins sursauter Agnes.

Hans Haukur Thorsson, dit « Hauki », s'était arrêté près d'elle et ne bougeait plus, les yeux rivés sur la scène.

Agnes se tourna vers lui sans rien dire, préférant se lever et poser une main compatissante sur l'épaule du géant islandais. Le mari depuis quarante ans de Marta Tverberg se tenait légèrement penché, les bras le long du corps, comme au garde-à-vous devant son épouse gisant là-haut.

Il émit quelques raclements de gorge, et ce fut tout. Si ses lèvres tremblaient, sa grosse barbe blanche n'en laissait rien paraître. Si ses yeux étaient humides, ses sourcils broussailleux les cachaient. Agnes s'étonna de le voir planté là, à côté d'elle. Elle l'aurait imaginé bondissant sur scène pour caresser une dernière fois la joue de sa femme. Au lieu de quoi, ils se tenaient tous les deux immobiles, à regarder les ambulanciers soulever Marta. La traîne de sa robe bleu roi scintillante pendait sur les côtés. Même maintenant, inerte sur sa civière, elle avait l'air d'une reine.

Diva un jour, diva toujours.

Agnes jeta un coup d'œil à Hauki. Il avait fermé les paupières.

Puis il se détourna et se dirigea vers la sortie.

Agnes l'observa s'éloigner, choquée par une pareille réaction – si c'en était une.

Elle-même resta clouée sur place, perplexe. Si elle avait assisté au concert en tant que journaliste, il lui aurait fallu se mettre immédiatement au travail. Récapituler ce qu'il s'était passé, parler avec les personnes impliquées, réfléchir à ce qu'elle écrirait pour le lendemain, à l'angle qu'elle choisirait.

Mais là, que faire ?

Elle vit soudain Tor Erik Åkervold près de la porte, en train de discuter au téléphone. Manifestement, il avait vite dessoûlé. Il était forcément déjà en communication avec le desk de son journal. Cette fois, leur reporter star était sur place avant même l'événement, *VG* sortirait la nouvelle encore plus tôt que d'habitude.

Il ne quitterait pas Voss de sitôt.

Et merde.

La pelouse blanche, à l'arrière de l'hôtel Park Vossevangen, grouillait de monde. Agnes avait pris soin en sortant d'éviter la sangsue de chez *VG*, si bien qu'elle avait oublié de reprendre son manteau au vestiaire. Elle fut surprise par le froid glacial de cette soirée de mars. On avait jeté dehors six cent cinquante spectateurs, dont aucun ne semblait avoir songé à se rhabiller avant d'affronter le mercure, ce qui faisait beaucoup de gens contrariés. L'ambulance attendait, les portes arrière grandes ouvertes, et un bon paquet de badauds grelottants s'était amassé autour en demi-cercle. Qu'est-ce qu'ils voulaient, au juste ? Il leur en fallait plus ? Elle s'attarda à les dévisager un moment, et quand elle se détourna brusquement, elle bouscula quelqu'un.

– Pardon, murmura-t-elle avec agacement.

– Agnes ?

Avant même de lever les yeux, elle reconnut l'odeur qui chatouilla ses narines.

L'odeur de ses premières amours, de l'innocence et du suspense. Alexander Kosanovic exhalait le parfum qu'il utilisait depuis toujours, en tout cas depuis leur idylle, vingt ans auparavant. Un parfum qui la rendait encore toute chose, chaque fois qu'elle l'approchait. Pendant le concert, Alexander était assis quelques rangs devant elle, elle n'avait vu de lui que ses boucles brunes et sa nuque, à peine visible sous sa chevelure. Elle ne lui avait pas reparlé depuis la soirée de clôture de la Semaine des sports extrêmes, juste avant qu'elle ne tombe dans les bras de Tor Erik Åkervold et que tout ne s'écroule autour d'elle. Détail sans intérêt, d'ailleurs, puisque Alexander venait de rentrer à Voss avec femme et enfants, après des années à Bruxelles. Mais elle suivait de près ce qui le concernait, et avait lu les interviews que le *Hordaland* et le *Bergens Tidende* lui avaient consacrées, quand le footballeur et musicien free-lance qu'il était avait pris la direction de Jazz à Voss.

Déjà qu'avec ce poste, il ne devait pas en mener large, mais voilà qu'il était maintenant pâle comme un linge. Il avait beau être sorti sans manteau, il avait le front constellé de grosses gouttes de sueur. Il tenait son téléphone dans une main et une pile de feuilles dans l'autre.

– Toutes mes condoléances, lui glissa Agnes.

Et elle eut envie de le prendre dans ses bras pour appuyer son propos. Mais comme cet élan n'était visiblement pas partagé, elle se contenta de lui toucher prudemment la manche de son costume sombre. Elle sentit ses muscles sous le tissu.

– Quelle poisse qu'un truc pareil arrive maintenant que tu es à la tête du festival.

– Ce n'est pas moi qui suis à plaindre, répondit-il en jetant un coup d'œil autour de lui, comme si l'idée de sa responsabilité soulignait la gravité de la situation.

Jamais encore elle n'avait vu Alexander aussi agité.

– Il faut que je rassemble l'équipe, dit-il. Que je sache... ce qu'on doit faire dans ces cas-là. Putain.

– Tu vas y arriver, affirma-t-elle en le regardant dans les yeux.

Il opina, l'air vaguement rassuré.

– Je crois qu'il faut que j'y aille, fit-il. Mais merci beaucoup.

Elle le suivit des yeux tandis qu'il s'éloignait à la hâte et regagnait l'hôtel en remontant le flot de ceux qui continuaient à en sortir, chaussures bien cirées et bottines à talons hauts. Soudain, elle reconnut son vieux copain au milieu de la foule. Viktor Vormedal était en uniforme, avec son épais blouson de la police. Il semblait avoir été placé là pour veiller à la sécurité de l'évacuation. Elle se précipita vers lui.

– Monsieur l'agent, combien en échange de votre blouson ?

Il haussa un sourcil.

– Désolé, mais si tu n'es pas capable de t'habiller chaudement, je ne peux rien pour toi.

Dans un autre contexte, elle aurait su trouver la repartie. Mais l'heure n'était pas à la rigolade.

– Tu sais quelque chose sur ce qui vient de se passer ? préféra-t-elle lui demander.

Viktor secoua la tête.

– Pas plus que toi ni tout ce beau monde à moitié bourré, je pense. Je viens d'arriver, et pour l'instant, je joue au vigile, comme tu peux le voir. Je ne me suis pas tapé trois ans d'école de police pour ça, ajouta-t-il d'un ton aigre qui ne lui ressemblait pas. Enfin, je n'en sais rien. Elle avait déjà fait une crise cardiaque ou quelque chose du genre ?

– Marta ? Pas que je sache.

– Elle n'aurait pas un peu tiré sur la corde toute sa vie ?

Agnes sursauta. Marta Tverberg était l'une des personnes les plus saines qu'elle ait connues, tellement obsédée de sport et de diététique que c'en était horripilant.

Agnes ne voyait Hauki nulle part. Un homme sympathique, avec qui elle avait eu l'occasion de nouer connaissance. Ils bavardaient souvent ensemble pendant qu'elle attendait Marta.

Elle devait absolument lui parler, lui demander comment il allait.

Il devait être en état de choc.

Agnes trouvait à la fois touchant et fascinant que sa personnalité soit à l'opposé de celle de sa femme. Quand Marta Tverberg, la star, menait une existence glamour rythmée par des voyages aux quatre coins du monde, Hauki Thorsson était l'époux au caractère posé qui restait chez eux s'occuper de la maison. Agnes adorait l'idée que la saxophoniste et l'entrepreneur en bâtiment soient mariés depuis si longtemps. Un peu comme Dolly Parton et son mari. Thorsson, c'était le type dont personne, dans le milieu de la musique, n'avait jamais entendu parler, et qui se foutait de la lumière des projecteurs. Mais quelqu'un de fiable, qu'il faisait bon retrouver en rentrant chez soi, et avec qui on partait faire du camping, quand on s'appelait Dolly.

Agnes ignorait si Marta et Hauki pratiquaient le camping.

Elle en doutait.

En tout cas, Hauki était manifestement un élément apaisant dans la vie de Marta.

Aurait-on pu en dire autant de Fredrik dans la vie d'Agnes ? Sans lui, était-elle devenue plus dure, moins sympathique ?

– Écartez-vous !

Elle se retourna et vit les deux ambulanciers fendre la foule en poussant leur brancard.

Pourquoi se dépêchent-ils autant, si elle est déjà morte ? eut-elle le temps de penser avant qu'ils ne passent devant elle.

Elle s'aperçut alors que ce n'était pas Marta Tverberg qu'on trimballait ainsi vers l'ambulance.

Mais le jeune médecin endimanché qui avait tenté de la sauver.

– Tu as vu ce qui s'est passé ?

Agnes avait interpellé le premier visage connu, l'un des deux frères Rogne qui jouaient dans l'orchestre de Marta. Alfred et Didrik se ressemblaient d'une façon frappante, bien qu'ils ne soient pas jumeaux. Même épaisse tignasse blonde, mêmes jeans et chemises noires. Et pourtant, ils étaient radicalement différents.

Alfred, le pianiste, qui avait fréquenté le lycée en même temps qu'Agnes, avait toujours affiché une apparence bien plus soignée que son grand frère. Il s'habillait bien, et sa coiffure, quoique peu travaillée, résultait manifestement d'une réflexion. Son aîné Didrik, qui jouait de la basse, donnait souvent l'impression d'avoir besoin d'une bonne douche et d'une longue nuit de sommeil. De plus, il était affligé d'un nez rouge et difforme, ce nez en patate caractéristique des alcooliques, phénomène assez rare chez un homme qui venait à peine de dépasser la quarantaine. Mais visiblement, Didrik Rogne « avait un peu trop tiré sur la corde dans sa vie », comme disait Viktor.

C'était lui qui hochait la tête, planté devant Agnes.

– Faut croire qu'elle est morte, dit-il sans la regarder en face.

Il tira sur sa cigarette et cracha un nuage de fumée mêlée à la buée.

– Oui, répondit Agnes avec un calme artificiel qui ne dissimulait pas son impatience. Mais je me demandais : ce médecin, là, qu'est-ce qu'il lui est arrivé ?

– Il lui est arrivé quelque chose ?

– L'ambulance vient de l'emmener.

– Putain, lâcha-t-il, comme pour lui-même.

– Tu le connais ?

Didrik acquiesça. Un flottement passa dans ses pupilles, et il mit quelques secondes à répondre :

– C'est mon beau-frère.

Agnes ignorait l'existence de cette sœur Rogne, mais le moment était mal choisi pour parler famille.

– Croisons les doigts pour qu'il se remette, souffla-t-elle. Et puis, toutes mes condoléances, hein.

Il n'eut pas l'air de comprendre.

– Pour Marta, je veux dire.

Didrik se détourna, balaya des yeux le public frigorifié, exhala un nouveau nuage de buée à la nicotine.

– Putain, répéta-t-il avant d'écraser son mégot et de tourner les talons.

Quand Agnes arriva devant chez elle, rue Russarvegen, il neigeait dru. Un monticule blanc avait eu le temps de s'accumuler devant sa porte. Elle s'arrêta, soupira, jura. Où étaient passés les doux hivers du Vestland d'antan ? Il y avait de quoi se croire de retour à Oslo, seul aspect de sa vie dans la capitale qui lui avait franchement déplu. La neige, elle détestait. Et ce mot était trop faible quand il s'agissait de déblayer. Chaque fois qu'elle devait s'emparer de la pelle pour cette corvée, elle était tentée d'appeler son père. Mais elle finissait par se dire qu'elle n'était pas de celles qui ne savent pas se débrouiller sans les hommes. Et que son père avait bien assez à faire, avec sa femme cancéreuse.

Elle tapa une de ses chaussures contre le mur, puis la deuxième, et entra. Elle s'immobilisa un instant dans le silence de sa maison vide, avant de se retourner et de verrouiller la porte.

Qu'il était désagréable de se retrouver seule, tout à coup. À croire qu'elle commençait seulement à réaliser ce qui s'était passé.

Marta… Morte, vraiment ?

De quoi venaient-ils tous d'être témoins, au juste ?

Ce ne pouvait pas être une coïncidence que le médecin ait dû être hospitalisé.

Agnes avait bien essayé d'interroger Viktor, mais dès que la situation, en apparence sous contrôle, avait tourné au drame, il s'était drapé dans son horripilante autorité de flic. Lorsqu'il avait le front plissé et les sourcils froncés comme tout à l'heure, quand l'ambulance avait démarré, elle savait qu'il n'y aurait rien à tirer de lui. Et qu'elle n'avait plus qu'à attendre qu'ils se retrouvent en tête à tête.

L'impression affreuse qui l'envahissait venait aussi des réactions à cette mort – ou plutôt de l'absence de réactions. Ni Hauki Thorsson ni Didrik Rogne ne s'étaient montrés spécialement touchés. Ils avaient plutôt l'air de… de s'y attendre, peut-être ? Ou de s'en ficher, dans une certaine mesure. Agnes se sentait déjà furieuse pour Marta, ce qui renforçait sa sympathie à son égard. Le fait qu'elle ne laissait pas de descendance éplorée expliquait-il ces attitudes si peu sentimentales ? Quand une femme de presque soixante-dix ans claquait, les gens semblaient se dire : Bon, bon, elle avait déjà les meilleures années de sa vie derrière elle, et en fin de compte, elle ne manquera à personne.

Même quand la personne en question était adulée par des fans, un peu partout dans le monde ?

Si c'était vrai, quelle tristesse.

Et quelle provocation insoutenable.

Dès qu'Agnes retira ses bottines, les restes de neige se mirent à fondre sur le plancher chauffant. En voyant les quelques chaussures esseulées qui gisaient çà et là, elle pensa, comme chaque fois qu'elle revenait chez elle, que cette entrée n'était pas faite pour accueillir les affaires d'une seule personne. Il aurait dû y avoir un chaos de pompes de toutes tailles, des petites chaussures d'enfants aux godillots d'homme. Cette maison était bien trop grande pour une célibataire.

Et voilà que son projet de livre était mort avec la saxophoniste. Bientôt, Agnes n'aurait plus les moyens de rester seule dans cette grande baraque. En tout cas, dès que Fredrik voudrait récupérer la moitié de la propriété.

Mais ce n'était pas le moment de s'apitoyer sur son propre sort. Dire que Marta s'était effondrée et qu'elle était morte, comme ça, subitement. Et si ça lui arrivait à elle, là, tout de suite ? pensa Agnes. Combien de temps faudrait-il attendre pour que quelqu'un s'en aperçoive ? Et à combien de gens manquerait-elle, finalement ?

Ce n'était pas elle qui était à plaindre, voyons.

Au milieu de ces pensées, son ventre se mit à crier famine. Le kebab dont elle avait rêvé était passé à la trappe. Un kebab dans ces circonstances, ç'aurait été indécent, Agnes l'avait senti immédiatement. Mais le besoin de manger devenait critique, avec cette gueule de bois qui ne la lâchait pas.

Elle avait bu la veille comme s'il n'y avait pas de lendemain, et elle avait eu le sentiment de retrouver sa vie d'avant. Une soirée marrante, sans chichis, avec des bouteilles de vin sans fond. Durant Jazz à Voss, le mieux, c'était toujours le vendredi soir. Ce jour-là, il y avait autre chose que des jazzmans à l'affiche. Non que la musique ait tant d'importance. Pour elle comme pour beaucoup d'autres dans le coin, le festival était surtout l'occasion de revoir de vieilles connaissances. Hier, elle avait ressenti un certain agacement en constatant qu'une bonne part des spectateurs avaient l'air d'être nés dans les années 2000, avant de s'apercevoir que le chanteur et le guitariste de l'un des groupes de rock les plus confidentiels faisaient partie de ses relations d'Oslo. Cette découverte avait sauvé la soirée, et quand ils l'avaient invitée à leur after, elle avait retrouvé cette bonne vieille excitation d'autrefois. Mais elle avait eu beau flirter effrontément avec l'un d'eux, elle était repartie d'un pas titubant sans qu'il l'ait embrassée. Elle s'était endormie sur son canapé avec un paquet de chips au bacon, et c'était sans doute mieux ainsi. L'alcool lui avait laissé dans la bouche une sensation de papier de verre qui persistait encore.

Elle entra dans la cuisine et ouvrit le réfrigérateur. Il était minuit passé. Elle n'en sortit pas moins un gros bloc de fromage Norvegia et un morceau plus modeste de cheddar, prit une casserole, y versa le quart d'un paquet de macaronis qu'elle immergea dans l'eau, posa le récipient sur la plaque de cuisson et alluma le feu au maximum. Pendant que l'eau chauffait, elle râpa le fromage, bien plus qu'il ne lui en fallait, de manière à avoir de quoi grignoter en attendant. Quand les pâtes eurent absorbé la quasi-totalité de l'eau, elle ajouta du lait et la moitié du monceau de fromage, ce qui donna une sauce jaune qu'elle eut envie de manger tout de suite à la cuillère, mais elle se ravisa, transvasa le tout dans un moule et recouvrit la préparation avec le reste de fromage avant de l'enfourner. Puis elle ouvrit une cannette de Pepsi Max, se percha sur le plan de travail, la tête appuyée contre le placard.

Fredrik avait horreur de ces initiatives culinaires nocturnes. Ça finirait par un incendie, répétait-il sans cesse. Elle répliquait en geignant qu'il fallait bien qu'elle cuisine quand elle se sentait inspirée, mais elle avait dû renoncer à cet argument le jour où elle s'était endormie sur le canapé pendant que les spaghettis cuisaient. Le hurlement du détecteur de fumée les avait réveillés tous les deux. Toute l'eau s'était évaporée et les pâtes étaient en train de brûler. Fredrik n'avait pas fait de scène, mais il l'avait fixée comme une enfant, le regard plein de déception. L'odeur était restée accrochée aux murs et aux vêtements pendant plusieurs jours, malgré les fenêtres ouvertes.

Cette fois, elle ne risquait pas de s'endormir, non seulement à cause du fumet du gratin qui sortait déjà du four et lui chatouillait les narines, mais parce qu'elle avait les yeux grands ouverts et des pensées plein la tête.

Elle sauta du plan de travail et ouvrit le four. La sauce avait commencé à bouillir. La perspective d'entamer son plat de *mac and cheese* lui mit l'eau à la bouche. Pas de doute, il y avait quand même quelques avantages à vivre seule.

La dernière fois que Fredrik avait opéré dans cette cuisine, c'était pour préparer un coq au vin.

Il était sacrément bavard, ce soir-là. Penché sur sa cocotte, il n'en finissait pas de compter le nombre de gens qu'ils inviteraient au mariage, se demandait s'il fallait opter pour trois jours de fête ou commencer le week-end par un simple barbecue le vendredi soir, s'il valait mieux qu'il porte un smoking ou un classique costume-cravate. Il était allé jusqu'à suggérer des types de fleurs pour décorer l'église. C'était comme si Fredrik, qui n'avait jusqu'alors en tête que son sport et ses balades en montagne, avait changé de hobby le jour où elle avait répondu « oui » à sa demande en mariage.

Il s'était transformé en *groomzilla*.

Et plus il mettait de zèle à planifier la noce, plus elle avait mauvaise conscience.

Cela faisait deux mois que les pensées qu'elle ressassait la tenaient éveillée toutes les nuits. Les premières semaines, la peur avait dominé. Fredrik allait-il découvrir ce qu'elle avait fait ? Tor Erik Åkervold risquait-il de vendre la mèche ?

Puis cette crainte brumeuse avait laissé place à un net sentiment de honte.

Non seulement elle était du genre à se bourrer la gueule

au point de coucher avec des ex-collègues mariés, mais elle l'avait fait le lendemain du jour où on l'avait demandée en mariage. Qui se comportait de cette façon ? Quel était son problème ?

La honte ne l'avait pas lâchée quand elle avait entrepris de discuter rationnellement avec elle-même, pour savoir s'il serait plus intelligent ou non de tout avouer à Fredrik.

Un enfer.

Comment les gens pouvaient-ils avoir des liaisons secrètes pendant des années ? Les meilleurs coups du monde, les orgasmes les plus intenses ne valaient pas un tourment pareil.

Alors que dire d'une vague nuit dans les vapeurs de l'alcool, dont elle n'avait pas le moindre souvenir ?

Les deux dernières semaines avant la rupture avaient été les plus affreuses. Quinze jours au long desquels elle avait vainement attendu ses règles. Alors que d'ordinaire, la première goutte de sang arrivait toujours à l'heure. Ces foutues règles qui avaient anéanti, mois après mois, son espoir d'être mère. L'univers lui jouait un sale tour. Au bout d'un an d'essais infructueux, ce qui pouvait lui arriver de pire lui tombait dessus : elle s'était fait engrosser.

Maintenant qu'elle en était arrivée à se demander si elle en avait vraiment envie, elle était persuadée d'être enceinte.

Mais qui était le père ?

Elle avait couché avec Fredrik et Tor Erik à vingt-quatre heures d'intervalle.

Une mauvaise série télé ambulante, voilà ce qu'elle était.

Toute cette histoire ne se contentait plus de l'étouffer la nuit, elle avait commencé à envahir aussi ses journées, même si Agnes travaillait d'arrache-pied sur son bouquin sur le meurtre au parachute. Ce soir-là, alors qu'elle était assise à la table de la cuisine, à écouter Fredrik lui parler de pièces montées, penché sur son coq au vin, le rêve qui l'avait obsédée pendant les quelques heures de sommeil de la nuit précédente lui était revenu.

Elle remontait l'allée centrale de l'église en robe blanche, affublée d'un gros ventre. Dans les travées, les invités tenaient tous en main une feuille A4 divisée en deux, une colonne pour Fredrik, l'autre pour Åkervold. Quand elle arrivait devant le pasteur, celui-ci la regardait avec curiosité et lui disait : « Quel suspense, on n'en peut plus ! Alors, qui est l'heureux papa ? »

Lorsque Fredrik avait posé sa cocotte sur la table, elle avait craqué.

C'était venu d'un coup, impossible de se retenir. Elle avait éclaté en sanglots et laissé ses larmes dégouliner. Intenable. Elle ne supportait plus d'imaginer le visage rayonnant de Fredrik devant un test de grossesse positif.

Alors elle lui avait tout raconté.

Non seulement ce qu'elle avait fait dans cette chambre de l'hôtel Park, le dernier soir de la Semaine des sports extrêmes, mais qu'elle avait couché avec Åkervold le jour de la fête de Noël de *VG*, à Oslo, avant qu'ils ne déménagent à Voss.

Fredrik, le regard tourné vers l'autre bout de la table, avait écouté sans dire un mot. Tout du long, il avait gardé sa fourchette dans une main et son couteau dans l'autre, prêt à se servir. Mais il ne s'était pas servi. Pas un muscle de ses bras ne bougeait. Elle n'oublierait jamais la tristesse dans ses yeux, derrière la vapeur qui sortait de la cocotte et lui voilait le visage. Ces yeux, elle ne le savait pas encore, elle les reverrait sans discontinuer dans ses insomnies, pendant presque deux mois.

À aucun moment, il n'avait manifesté de colère.

Il avait rempli deux valises et pris la route d'Oslo le soir même.

Le lendemain matin, ses règles avaient débarqué.

Le coq au vin était resté intact sur la table pendant plusieurs jours.

Voilà longtemps qu'elle n'avait été d'aussi bonne humeur que ce soir, au festival, en tout cas jusqu'au moment où cette sangsue d'Åkervold avait refait surface. Ce n'était pas juste l'alcool ou la présence de toutes ces vieilles connaissances qui la rendaient si guillerette, mais les compliments que plusieurs personnes étaient venues lui adresser. Il y avait à peine un mois que son livre était sorti, mais apparemment ils étaient nombreux, à Voss, à avoir lu *La Chute*. Le critique du *Bergens Tidende* lui avait attribué quatre étoiles sur six, et avait jugé « passionnant » son récit du meurtre au parachute.

Qui aurait pu croire que ce serait finalement comme écrivain qu'elle ferait son trou dans la ville de son enfance ?

Et qu'un an après avoir démissionné de son poste de journaliste au *Hordaland*, elle en serait à son deuxième livre ?…

Reprendre son ancien poste ? Quand on le lui avait proposé, elle n'avait pas eu le courage d'envisager l'offre. Eskildsen, le rédacteur du journal, était parti en préretraite à l'automne – poussé par la direction, présumait-elle – et l'ancien collègue d'Agnes, celui qu'on surnommait le Retraité, avait pris sa place. Il ne lui avait fallu que quelques semaines pour se décider à l'appeler et lui dire qu'elle était la bienvenue, si le cœur lui en disait. Mais elle s'était déjà mise au travail sur le livre qu'un petit éditeur d'Oslo lui avait demandé d'écrire. Elle s'était jetée sur ce projet, bûchant jour et nuit, abordant l'affaire du parachute comme une série d'articles qui se suivraient. Quelle bénédiction de pouvoir penser à autre chose ! Elle ne faisait quasiment plus qu'écrire et manger, et juste après la sortie de l'ouvrage, on lui avait suggéré de se lancer dans un second bouquin, une biographie.

Elle avait accepté sans réfléchir, avant même de savoir de qui il s'agissait.

Elle savait qu'elle devait continuer à travailler. Veiller à rester active. Sans quoi elle craignait fort d'avoir du mal à se tirer du lit le matin.

– J'imagine que vous connaissez la star du jazz de votre ville ? lui avait dit l'éditeur.

Oui, bien sûr qu'elle la connaissait, avait répondu Agnes, tout en pensant que ça n'allait pas marcher. Le *Hordaland*, à l'époque où elle travaillait au journal, l'avait envoyée chez Marta pour une interview-portrait.

Le rendez-vous s'était mal passé, c'était le moins qu'on puisse dire.

Elle se rappellerait toujours le jour où elle s'était présentée devant la grande maison de l'artiste avec un dictaphone vide et un carnet de notes plein à craquer. Elle s'était bien préparée, elle avait une foule de questions en réserve, et elle se réjouissait de cette interview.

Mais Marta s'était montrée de mauvaise composition dès qu'elle avait ouvert la porte.

– Je n'ai pas de café.

– Pas de problème. On passe en revue le déroulement de l'interview ?

– OK.

– J'ai pensé qu'on pourrait commencer par parler de votre évolution artistique.

– Vous n'avez aucun humour, ou quoi ?

– Comment ça ?

– Je vous demande si vous avez le sens de l'humour ?

– Eh bien, il me semble que oui.

– On ne dirait pas. Vous vous prenez très au sérieux.

– Bon, dans ce cas, on s'y met ?

– D'accord.

– Si on vous demandait de jeter un regard en arrière sur votre longue carrière de musicienne, quel concert vous a laissé le souvenir le plus marquant et pourquoi ?

– Je ne réponds pas à des questions aussi bêtes. Vous êtes venue m'interroger sur ma vie, et la première chose que vous me demandez, c'est quel concert m'a marquée ? C'est une question stupide comme en posent tous les journalistes de bas étage. Qu'est-ce que vous croyez, avec vos questions à la noix ?

– Je crois que vous me prenez pour une idiote.

– Gagné ! Tout à fait exact. Et pourquoi, à votre avis ?

– Parce que je me prends trop au sérieux et que je manque d'humour.

– Bonne réponse.

– Vous savez quoi ? Je pense qu'on devrait en rester là.

– Parfait. À demain.

– Comment ça ?

– Même endroit, même heure ? Maintenant qu'on a fait connaissance, je suis prête à me lancer. Mais au fait, ça s'achète où, ce genre de dictaphone ?

Agnes était revenue le lendemain, et elle avait transcrit et publié l'interview dans la foulée. Mais elle avait gardé le sentiment que Marta Tverberg était une énigme, et que la diva avait une mauvaise opinion d'elle, comme femme aussi bien que comme journaliste.

Aussi avait-elle failli tomber à la renverse quand le patron de la maison d'édition lui avait appris que Marta Tverberg avait elle-même souhaité qu'on la charge d'écrire ce livre, le sien.

Depuis, elles avaient eu beaucoup de longs échanges, dont quelques-uns de qualité. Certains auraient même presque pu être qualifiés d'agréables, et Agnes avait mis un point d'honneur à faire preuve d'humour. Mais il ne faisait aucun doute que Marta n'était pas d'un abord facile. Dès que les questions devenaient un peu personnelles ou profondes, il était difficile d'obtenir une réponse. Ces dernières semaines, Agnes en avait par-dessus la tête de la star, de la musique et de ce bouquin. Il lui manquait peut-être la patience nécessaire aux écrivains. Elle se lassait vite, ça avait toujours été un problème dans bien des domaines de son existence. Mais cette fois, Agnes avait trouvé un angle d'attaque. Le morceau commandé par le festival servirait de cadre au texte, comme l'avait suggéré

Marta. Depuis un mois, la saxophoniste était très concentrée. C'était sans doute ce qui avait le plus intéressé Agnes au cours de ce projet : voir une musicienne travailler dans un but concret. Par ailleurs, Marta se plaignait de se sentir peu considérée dans le milieu norvégien du jazz d'une façon générale, et dans celui du festival local en particulier, exactement comme elle l'avait déclaré sur les planches. Elle n'avait jamais été prophète en son pays, regrettait-elle. Voilà quelque chose qu'elles avaient en commun, avait pensé Agnes, sans le dire.

Les « révélations explosives sur le monde de la culture dans ce pays », que la star du jazz aurait prétendument promises à l'éditeur, se faisaient attendre. Elle racontait des tas de choses sur des tas de gens, mais c'était plutôt de l'ordre de la médisance, de l'assassinat intellectuel à la Tverberg, rien qui puisse aisément trouver sa place dans un livre sans risquer de déclencher une procédure pour diffamation. La diva, tout compte fait, n'était peut-être pas aussi intéressante qu'il y paraissait. Elle était peut-être aussi lâche que la majorité des gens.

Un point commun de plus, songea Agnes.

Et voilà qu'elle était morte.

Putain.

Agnes en eut de nouveau un coup au ventre, et cette fois, elle eut presque l'impression d'avoir perdu un proche. Certes, elles avaient eu une relation houleuse toutes les deux, mais ce n'en était pas moins une relation. Pauvre Marta. Je devrais écouter un morceau de saxo en sa mémoire, se dit Agnes.

Et puis non, assez de jazz pour aujourd'hui.

Elle préféra s'asseoir à son ordinateur et ouvrir le dossier contenant tous les enregistrements de leurs conversations. Son regard s'arrêta sur cette liste de petits fichiers, l'ensemble des informations qu'elle avait collectées. Pour les différencier, elle n'avait rien écrit d'autre que la date, mais au moins, elle avait fait un premier tri, classant certains entretiens dans différents sous-dossiers, selon les thèmes abordés.

Agnes posa sa tête dans sa main et poussa un soupir.

Qu'est-ce qu'un auteur était censé faire quand l'objet de son travail biographique lui faussait compagnie en cours de route ?

Au moins, elle n'avait pas perdu son temps à retranscrire les interviews sous forme de texte, un satané boulot. C'était toujours ça de gagné, si le projet de livre tombait à l'eau. Elle n'avait pas encore écrit le moindre mot, tant elle appréhendait de réécouter ces dialogues et ces explications à l'intérêt parfois très relatif, et elle avait été encore moins tentée de comprendre ce qu'il se disait quand l'enregistrement crachotait.

Mais à l'instant, Agnes ressentait le besoin inexplicable d'entendre la voix de Marta Tverberg.

Elle choisit au hasard un extrait dans le dossier bêtement intitulé « Divers », et quand la voix sortit de l'ordinateur, elle commença par frémir.

Puis un grand calme l'envahit.

C'était comme si Marta vivait encore.

– Qu'est-ce que ça me fait d'être appelée « la diva » ? Oh, je trouve que c'est mal trouvé.

– Comment ça ?

– Une diva, ça chante à l'opéra ou ça gagne des statuettes aux Oscars, ça n'est pas marié avec un entrepreneur en bâtiment, et ça n'habite pas Een.

– Autrement dit, ça te déplaît ?

– Je n'ai rien contre. Ça me va au teint, tu ne trouves pas ?

– Hé hé, si, peut-être.

– Le mot s'utilise plutôt comme adjectif en ce moment. Vous êtes tellement diva, comme m'a dit un jour un photographe. Je lui ai répondu merci. Mais dans sa bouche, ce n'était certainement pas un compliment, vu la gueule qu'il tirait.

– Tu l'avais contrarié ?

– Je l'avais juste fait attendre un peu pour finir de me maquiller.

– Combien de temps ?

– Je ne sais pas, une heure ou deux, peut-être. Mais c'est le genre de trucs qu'on ne tolère pas en Norvège. Non, ici, tout le monde est prié de se comporter de la même façon, comme une seule personne. Si j'ai observé une chose au cours de mes tournées dans le monde, c'est que, dans presque tous les autres pays, le niveau de tolérance vis-à-vis des soi-disant « divas » est plus élevé que chez nous. Rien qu'en Suède, il est habituel de réclamer du poisson frais au déjeuner même si on est loin de la mer. Ici, le plus grand compliment qu'on puisse faire à propos de quelqu'un de connu, c'est de déclarer qu'« il est comme tout le monde ».

– Et ça t'irrite ?

– Ça me fait voir rouge.

L'alarme du four. Agnes referma aussitôt son ordinateur, saisit le moule avec une manique et le posa sur le plan de travail. Puis elle s'arma d'une fourchette qu'elle planta au bord du plat, là où le fromage était le plus gratiné, un peu durci. Quand elle préleva les macaronis, de longs filaments de fromage s'étirèrent. Incapable d'attendre plus longtemps, elle se brûla la langue et pesta. Mais l'odeur avait un effet consolateur. Après avoir longuement soufflé sur sa fourchette, elle retenta sa chance.

Une fois que le goût apaisant des pâtes et du fromage fondu eut fait son chemin dans son corps, le monde lui sembla déjà plus supportable.

Tout laisser tomber maintenant ? Impossible, il fallait absolument qu'elle continue à travailler. Ne serait-ce que pour éviter de trop penser à ce qu'elle foutait ici, à Voss, et dans la vie en général.

Demain, elle appellerait l'éditeur, et elle insisterait pour pouvoir rédiger une première ébauche de la biographie. Elle réécouterait tous les enregistrements et, au moment d'écrire, elle utiliserait des mots comme « légende » ou « immortelle ».

Elle devait au moins ça à Marta Tverberg.

L'estomac plein, un brin nauséeuse, elle se rendit soudain compte qu'elle n'avait pas regardé son téléphone depuis son retour à la maison.

Un nouveau message l'attendait, de Viktor. Une seule phrase :

Le médecin aussi est mort.

DIMANCHE DES RAMEAUX

Agnes se serait crue dans un frigo. Elle avait ouvert la fenêtre avant de se coucher, tant elle avait eu l'impression d'étouffer après avoir lu le message de Viktor.

Elle n'avait pas bien dormi. Et elle se réveillait tôt : il était à peine sept heures dix.

Sa sensation de malaise physique était toujours là.

Elle avait vu Marta Tverberg mourir sur scène.

Elle avait vu le médecin inanimé sur un brancard.

Deux morts.

Comment croire à un accident ?

Quelqu'un avait dû mettre quelque chose sur le sax de Marta, se dit-elle. Une substance qui était passée sur les lèvres du médecin quand il lui avait fait du bouche-à-bouche.

Pourquoi n'y avait-elle pas pensé dès la veille ?

Elle eut un frisson, tira la couette sur son visage, tâta le bout de son nez gelé, tendit l'oreille sans bouger vers le silence sinistre de la maison.

Elle haïssait sa solitude. N'avoir personne à qui parler, contre qui se blottir quand le monde donnait l'impression de dérailler.

Elle alluma la radio sur la stéréo que Fredrik lui avait laissée, mais P1, P2 et toutes les autres stations ne diffusaient que les joyeux bavardages matinaux des présentateurs du week-end, n'abordant que les festivités de Pâques. À la radio, c'était donc un jour normal ? Pas un mot sur Voss, pas une allusion à la mort, et le prochain bulletin d'informations n'était pas avant trois quarts d'heure. Autant ouvrir Spotify. Elle chercha Marta Tverberg, et le timbre du saxophone, qui l'avait assommée ces dernières semaines, déferla dans la pièce.

Maintenant, il sonnait différemment.

La musique qui emplissait l'espace sembla dégeler un peu les murs.

Sans arrêter le morceau, elle composa le numéro de Viktor. Elle voulait lui faire part de sa théorie. Il ne répondit pas. Ingeborg non plus, mais un message lui arriva un instant plus tard : son amie s'excusait de n'avoir pas décroché, elle s'était réveillée en retard et se dépêchait d'aller au travail. Agnes finit par appeler son père.

– Tu es en route ? lui demanda-t-il.

– Bonjour, papa.

Enfin quelqu'un de vivant.

– Je crois que je vais devoir renoncer au petit déj du dimanche en famille, vu ce qu'il s'est passé hier soir, lui dit-elle.

– Ah oui, c'est bien triste, cette affaire. Tu sais qu'on a eu une petite histoire, à l'époque ? répondit-il. Marta Tverberg et moi, je veux dire.

– Hein ? Je bosse depuis trois mois sur un livre qui parle d'elle, et tu as attendu qu'elle meure pour me le dire ?

– Ça ne me paraissait pas important. Ça remonte au collège, tu vois. Et on ne s'était pas parlé depuis des années et des années. Elle n'adressait plus la parole aux simples mortels comme moi depuis que c'était une diva.

– Tverberg ? entendit-elle sa mère lancer par-derrière. Ça a toujours été une diva, non ?

– Et finalement, elle aussi était mortelle, la preuve, ajouta une troisième voix.

Probablement celle d'Eline, la tante médecin avec qui Agnes n'avait qu'un seul point en commun : l'absence de mari ou d'une famille avec qui partager le petit déjeuner du dimanche.

– Attends, je te mets sur haut-parleur, dit son père.

Le temps qu'il y parvienne, Agnes réfléchit à la manière dont ses parents utilisaient, eux aussi, le mot « diva », comme s'il faisait partie de leur langage courant. Elle était quasi certaine que Marta Tverberg était la seule habitante de Voss à avoir droit à ce titre.

– Comment ça ? s'enquit-elle.

Sa mère estima que la question s'adressait à elle.

– Eh bien, je me souviens surtout d'elle à l'école primaire. Elle était deux classes au-dessus de moi, elle avait commencé la musique, et elle avait déjà l'air de se croire trop bien pour nous. À la kermesse, elle ne se montrait qu'avec la fanfare ou toute seule sur scène. Il fallait toujours qu'elle soit sous les projecteurs, sinon, ça ne l'intéressait pas.

Les interlocuteurs d'Agnes, attablés dans la maison de son enfance, se mirent à papoter tous les trois, lui fatiguant les oreilles. Il fallait qu'elle s'en aille, finit-elle par dire.

Elle raccrocha et, activant la caméra de son téléphone, s'attarda un moment sur sa propre image. La peau de son visage lui sembla tendue, ses joues plus creuses.

L'effet du chagrin ?

Ou de son chagrin d'amour ?

Plus elle restait là, à se regarder, plus elle voyait comme elle commençait à ressembler à sa mère. En tout cas, telle qu'elle était avant le début des séances de chimio, cet automne. Et

Agnes repensa à la plaisanterie que Marta Tverberg avait sortie plusieurs fois devant elle.

Memento mamie.

Elle ne l'avait jamais entendue auparavant, mais elle avait compris le jeu de mots fabriqué à partir du fameux *Memento mori* – souviens-toi que tu es mortel.

La sonnerie du téléphone la fit sursauter.

Elle inspira un grand coup pour se ressaisir.

– Salut ! lança son éditeur d'une voix à la vivacité malvenue. J'ai vu ton mail. Je viens d'en parler avec Clas du marketing, et il n'est pas sûr que ce décès puisse doper les ventes. Alors tout dépend de toi et du stade d'avancement du projet. Tu as eu le temps d'en tirer quelque chose d'intéressant ? C'est son cœur qui a lâché, tu crois ?

Agnes l'imaginait parfaitement à la table de sa cuisine, dans sa maison du quartier de Kjelsås. Comme d'habitude, il s'était levé à l'aube un dimanche, il était peut-être même déjà prêt pour sa balade à skis dans la forêt d'Oslo, en anorak et knickers, il ne lui restait plus qu'à boire son jus de fruits vert et à préparer son casse-croûte. Dans le monde de l'édition, les stéréotypes avaient sans doute évolué, sauf pour les Osloïtes, ces obsédés du plein air.

– Je crois que pour le moment, personne ne sait de quoi elle est morte, répondit Agnes, hésitant à lui parler de son hypothèse.

C'était sans doute prématuré, puisque la nouvelle de la mort du médecin n'avait pas encore été publiée, manifestement.

– Oui, j'ai de la matière, ajouta-t-elle.

– Parfait, dit l'éditeur. Mais les gentilles petites anecdotes sur sa vie de musicienne, ça ne suffira pas, hein. S'il n'y a rien qui vaille de gros titres, je ne suis pas sûr qu'il faille aller jusqu'au bout du projet.

Agnes fut surprise par cette attitude, même si elle n'avait pas eu le temps d'obtenir de Marta les révélations explosives qu'elle avait visiblement promises. Bien sûr, cette maison d'édition était friande de rumeurs et de scandales, mais être la première à sortir un livre sur la diva norvégienne du jazz après sa mort aurait pu passer pour un atout. Et puis, meurtre ou pas : cette mort sur scène constituait un bon point de départ, voire un cadre dramatique exceptionnel, n'est-ce pas ?

– Sans compter que le fait que Marta Tverberg ne puisse plus donner son aval pose un problème éthique, poursuivit l'éditeur. Formellement parlant, ça donnerait une biographie non autorisée, pour ainsi dire. Si on doit publier ce livre, il faudrait que ça se fasse au minimum en collaboration avec ses proches.

Agnes pensa à sa rencontre de la veille avec Hauki Thorsson. À ce qu'elle savait, Marta n'avait que lui et une belle-fille en guise de famille. Quelle probabilité y avait-il que cet homme soit disposé à coopérer avec elle pour lui permettre d'achever le livre ?

– Je te propose de passer tes notes en revue et de m'envoyer une petite synthèse, dit l'éditeur. Ensuite, on discutera sur cette base pour voir s'il y a du potentiel, OK ? Ah, et puis, mes condoléances, tout de même. La neige est bonne, à Voss ?

Après avoir raccroché, une évidence frappa Agnes. S'il s'agissait bel et bien d'un meurtre, il se pouvait qu'elle-même détienne des éléments déterminants.

Mais lesquels ?

Qui sait, ce que le rédacteur qualifiait avec condescendance de « gentilles petites anecdotes » pouvait peut-être aussi contenir des informations cruciales ?

Agnes alla chercher son ordinateur, se recoucha et mit un peu de temps à retrouver un extrait des premières interviews, classé dans le dossier « Étranger », datant du tout début du projet, quand il la passionnait encore.

– Est-ce que je t'ai raconté le concert privé que j'ai donné à la Maison Blanche ?

– Ah non ! Et je ne crois pas avoir lu quoi que ce soit là-dessus en faisant des recherches de mon côté.

– Non, certainement pas. On m'a fait signer ce qu'ils appellent un NDA, non disclosure agreement, ce qui fait que je n'en ai jamais parlé publiquement jusque-là.

– Mais maintenant, tu peux ?

– Oui, le devoir de confidentialité, je n'en ai plus rien à foutre.

– Super. Je t'écoute. Donc tu as donné un concert pour… pour le Président en personne ?

– Nixon. Qui m'a dit de l'appeler Richard.

– Tu plaisantes ? Tu as parlé avec lui ?

– Disons qu'on a échangé quelques formules de politesse. Il aimait la musique, Nixon. Il écoutait surtout du classique d'après ce que j'ai compris, je crois qu'il jouait du violon et du piano quand il était petit, mais il aimait le jazz. Il avait décerné la médaille de la Liberté à Duke Ellington, le jour de ses soixante-dix ans, il était donc le premier président américain à reconnaître le jazz comme une forme d'art. C'était quelques années seulement avant qu'il me fasse venir.

– En quelle année ?

– Soixante-douze.

– Comme le Watergate ?!

– Oui, et c'était en mai, donc un mois seulement avant que le scandale éclate.

– Eh ben. Il était comment, Nixon ?

– Un sacré coureur.

– C'est vrai ? Tu veux dire qu'il t'a draguée ?

– No comment.

– Marta…

– Une femme du monde ne raconte pas ce genre de choses. Mais je peux t'assurer qu'une saxophoniste qui venait d'un pays froid, il trouvait ça exotique.

– Et après, tu as fait d'autres tournées aux États-Unis ?

– Non, pendant de longues années, je n'ai plus rien fait là-bas.

– Pourquoi ?

– On en parlera un autre jour.

Dans son enfance, le moment des vacances de Pâques qu'Agnes préférait, c'était quand on revenait du chalet et qu'on quittait l'inconfort des chaussures de ski pour écarter les orteils dans des baskets. D'ordinaire, elle ressortait immédiatement pour le plaisir de sentir le goudron sous ses semelles et jouer à cache-cache avec les autres enfants de la rue. Le parfum du printemps était spécialement puissant quand on venait de laisser derrière soi la blancheur de la montagne.

Ce n'était peut-être pas comme ça tous les ans à la même saison, mais elle ne pensait pas avoir jamais vu le centre de Voss couvert de neige à la fin du mois de mars.

Le chasse-neige continua de remonter lentement la rue Uttrågata, pendant qu'elle-même tournait vers le parking de l'hôtel Park. Comme elle s'avançait vers le bâtiment, la porte s'ouvrit sur un groupe de clients en tenues de sport, skis de descente à l'épaule et exhalant un relent de vieil alcool. Elle les reconnut pour les avoir vus la veille. Après tout un week-end à picoler, ils semblaient mûrs pour la montagne. Elle était bien révolue, l'époque où, à la fin du festival, ceux qui avaient assisté aux concerts s'asseyaient dans le train en cachant leur visage sous un chapeau. Les amateurs de jazz, c'était triste à dire, avaient changé en même temps que le reste de la population norvégienne : à présent, on se baladait avec des T-shirts clamant *Dehors, la vie est plus belle encore.* Le drame de la veille n'avait pas non plus gâché l'humeur de ces gens. Tandis qu'ils traversaient la rue en direction du téléphérique, Agnes se dirigea vers l'entrée. Elle n'alla pas plus loin : devant la porte se tenaient un reporter de télévision et une femme armée d'une caméra, qui fit signe à Agnes d'attendre.

– Certains viennent de sortir, non ? objecta-t-elle.

La caméraman secoua la tête et, tout en continuant de filmer, articula sans bruit le mot « direct ». Le reporter se toucha l'oreille et opina gravement en fixant l'objectif :

– Eh bien oui, c'est donc à l'hôtel Park Vossevangen, situé dans le centre-ville, que Marta Tverberg s'est effondrée sur scène hier soir en plein concert, alors qu'elle jouait l'œuvre que Jazz à Voss lui avait commandée. Nous attendons toujours des informations complémentaires de la part de la police, mais nous venons d'apprendre que, outre Marta Tverberg, une seconde personne est morte, après avoir tenté de venir en aide à la saxophoniste. La cause de ces décès reste pour le moment peu claire. Nous espérons pouvoir vous en dire davantage lors de notre prochaine édition, où nous ferons également part des réactions sur place, notamment celle du maire, et de la manière dont cette inconcevable tragédie impacte la ville du jazz.

– Désolée, allez-y, lui dit la caméraman peu après.

Agnes lui adressa un sourire grimaçant en enjambant les câbles.

Elle repéra Viktor, planté en uniforme à l'entrée du piano-bar.

– C'est charmant de réagir si vite quand je t'appelle, lui lança-t-elle sans prendre la peine d'envelopper le sarcasme.

– C'est charmant de montrer autant de compréhension pour mon boulot, répliqua-t-il sur le même ton. Comme tu le vois, je bosse depuis hier. Et pour nous autres qui ne sommes pas *auteûûrs*, travailler, ça ne veut pas dire traîner dans des concerts en s'envoyant des verres de vin.

Il prononçait toujours le mot de cette façon, *auteûûr*, d'une voix traînante, comme si c'était le titre professionnel le plus vaniteux qu'il puisse imaginer. Comme si ce qu'elle faisait maintenant n'était pas un vrai métier, alors qu'elle lui avait expliqué plusieurs fois qu'écrivain ou journaliste, c'était exactement la même chose, que seule la longueur du texte changeait.

– OK, vieux râleur, dit Agnes. Et les condoléances, c'est pour quand ?

– Des condoléances, à qui ?

– À moi !

Cette fois, Viktor lui sourit en penchant la tête.

– Ce qui s'est passé hier soir est horrible, et ça tombe mal si tu ne peux pas continuer ton bouquin, mais ne me fais pas croire que ça t'a traumatisée. Si mes souvenirs sont bons, depuis que tu t'es lancée dans ce projet de livre, tu n'as fait que te plaindre de cette femme. Je regrette l'époque où tu n'avais qu'une seule raison de geindre à la fois. Mais enfin, si tu y tiens : je te présente mes condoléances.

Agnes eut mauvaise conscience. Non pas envers Viktor qui, pour ne pas changer, était aimable comme une porte de prison, mais vis-à-vis de Marta, à la fois pour avoir médit d'elle, et pour la manière dont elle lui avait parlé. Elle s'était souvent montrée insolente, mais c'était leur manière de communiquer. La star lui inspirait assez de respect pour que ça passe. Il se pouvait même que Marta ait apprécié d'avoir une interlocutrice pleine de répondant.

Marta lui manquait vraiment, s'avoua Agnes.

L'idée qu'elles ne se retrouveraient plus quotidiennement pour bavarder, comme elles l'avaient fait ces derniers mois, lui faisait bizarre. Elles étaient un peu comme un vieux couple, finalement.

– Bon, admettons que tu aies été trop occupé pour trouver le temps de m'envoyer un SMS. On en est où ?

Il poussa un gros soupir. Manifestement, aujourd'hui encore, il s'était levé du mauvais pied.

– La police fait son job, répondit-il. Qu'une femme d'un certain âge meure subitement, ce n'est pas si extraordinaire. Mais que l'étudiant en médecine y soit passé aussi, ça, c'est plus étonnant.

– Tobias Løken était encore étudiant ?

– Oui, apparemment. Il était interne à Bergen, mais il habitait ici pour des raisons familiales.

– Il est marié avec la sœur de Didrik Rogne, c'est ça ?

– Son frère, rectifia Viktor.

– Oh, il était en couple avec Alfred ?

– C'est ça. Alfred a perdu deux de ses proches au même endroit, le même soir.

Agnes se sentit à la fois en nage et glacée sous son grand pull de laine, en songeant à l'état dans lequel Alfred devait se trouver en ce moment. Compte tenu de l'empathie dont son frère aîné semble faire preuve, pourvu qu'il ait quelqu'un d'autre qui veille sur lui, se dit-elle.

– Est-ce qu'on a trouvé de quoi ils étaient morts ?

Viktor secoua la tête.

– S'il n'y avait eu que Marta, les ambulanciers auraient conclu à un AVC ou un infarctus. Mais les deux l'un après l'autre, c'est plutôt suspect. Ça ne m'étonnerait pas que la cause du décès soit la même.

– C'est forcément un meurtre, non ? Quelqu'un a dû mettre sur le saxo une substance qu'ils ont ingurgitée tous les deux ?

– Pas de spéculations, trancha Viktor. On devrait recevoir demain le rapport d'autopsie provisoire. D'ici là, tout reste ouvert. Mais il faut avoir la patience d'attendre l'avis du médecin légiste. La patience, tu vois, cette chose dont chacun doit s'armer…

Elle sourit, se gardant bien de montrer son agacement. Depuis quelque temps, son ami était d'une humeur de chien. Elle finirait bien par savoir pourquoi. Mais visiblement, ce ne serait pas pour aujourd'hui. Sans rien ajouter, Viktor suivit des yeux un groupe de gens, des hommes pour l'essentiel, qui sortaient de la salle de concert en portant des amplis et des guitares dans leurs étuis.

– Tu n'aurais pas vu Alexander ? lui demanda-t-elle en s'efforçant de prendre un ton anodin.

– J'ai parlé avec lui il y a une demi-heure. Il était un peu stressé, il allait à l'ancien ciné préparer la fête du personnel pour ce soir. Faut croire qu'elle n'a pas été annulée. Deux morts, ça ne les dérange pas, hein, dans le monde de la culture.

L'attitude la plus stratégique aurait consisté à se taire, mais Agnes n'en pouvait plus. Elle posa une main sur l'épaule de Viktor et lui glissa :

– Tu n'as pas baisé depuis combien de temps, au juste ?

Viktor la fusilla du regard avant de s'éloigner.

Elle était tentée de rejoindre Alexander. Elle avait pitié du nouveau directeur de Jazz à Voss et se demandait comment il tenait le coup, même s'il était parfaitement à sa place dans ce rôle. Alexander Kosanovic pouvait se flatter d'être l'un des meilleurs saxophonistes de Norvège, tout comme Marta. Mais d'après ce qu'Agnes avait lu dans son interview, il n'avait jamais voulu être sur le devant de la scène. En revanche, fiable comme il était, les groupes se l'arrachaient, tant pour le direct que pour des enregistrements en studio. De plus, il avait fait des études de gestion.

Mais avait-il appris à gérer les situations de crise ?

Elle décida de ne pas le déranger.

Encore un homme qui risquait de lui faire sentir qu'elle était de trop.

Elle irait plutôt voir une femme, sa complice préférée.

Ingeborg, décidément, n'était pas une gérante d'hôtel ordinaire, se dit Agnes quand elle repéra son amie. Que la patronne du Fleischer soit sur place un dimanche, c'était déjà improbable en soi. Mais encore plus avec du linge sale plein les bras.

– Quelqu'un du personnel de nettoyage est en congé maladie, expliqua Ingeborg. Je te jure qu'on devrait tous faire de temps en temps le boulot de base. Enlever des taches de sperme sur un abat-jour, c'est le genre de corvée qui remet les idées en place.

Un nouveau flashback, comme elle en avait régulièrement, renvoya Agnes à la nuit qu'elle-même avait passée dans cet hôtel l'été précédent. Les jambes musclées et bronzées d'Åkervold. Sa tête entre ses jambes à elle. Sa propre tête au-dessus des toilettes, le lendemain matin.

Elle se secoua pour chasser l'image avant qu'elle ne s'incruste.

– Tu devrais t'attribuer toi-même le prix de l'Employée du mois, voire de l'année, lui dit Agnes. Tu veux que je t'aide ? Je ne toucherai pas aux taches, mais pour faire les lits, je suis imbattable. À condition qu'après, tu m'offres un café.

– J'ai un rendez-vous, répondit Ingeborg en fourrant draps, housses de couette et taies d'oreiller dans la corbeille en plastique montée sur un chariot, avant d'aller chercher, sur un second, une petite pile de linge frais. Je voulais t'appeler, mais j'ai travaillé tard hier soir, et Vera m'a réveillée à six heures.

– Ta mère ne s'est pas levée ?

– Si, mais je m'étais écroulée sur le canapé, et elle n'a pas eu la politesse de me laisser tranquille là où j'étais.

Agnes était plus qu'impressionnée par la manière dont Ingeborg réussissait à mener de front sa vie de célibataire, mère d'une fillette d'un an, et son travail à la tête de l'hôtel. Tout ça sans jamais se plaindre. « Quand on a un gamin toute seule, il faut bien accepter un peu de travail supplémentaire », disait-elle volontiers. Il était arrivé qu'elle suggère à Agnes que ce pourrait être la solution pour elle aussi. Qu'elle ferait peut-être bien d'y réfléchir avant qu'il ne soit trop tard. Elles pourraient s'installer toutes les deux, devenir des mamans hippies, qui vivraient en coloc et élèveraient leurs enfants ensemble.

Elle aimait beaucoup Ingeborg, mais l'existence à la hippie ne la tentait guère. Et l'idée de devoir changer seule les couches d'un bébé était en soi dissuasive.

– Je n'ai pas eu le temps de lire les infos, ni de parler à qui que ce soit, alors raconte-moi tout ce que tu sais, lui dit Ingeborg. Ils ont trouvé quelque chose ?

– Pas encore, répondit Agnes, en tirant sur l'autre bout du drap pour qu'il se pose sans se froisser sur le grand lit. Mais personne n'a l'air de penser que ces deux morts sont un hasard.

– Donc la police a ouvert une enquête ?

– Évidemment. Pourquoi tu me demandes ça ?

– Parce que je m'étonne qu'on ne nous ait pas encore contactés.

– Qu'on ne vous ait pas contactés, vous ? L'hôtel, tu veux dire ? Pourquoi l'auraient-ils fait ?

– Parce que Marta Tverberg a passé chez nous la nuit de vendredi à samedi.

Agnes se figea, une main dans la fente entre le matelas et le cadre du lit. Agnes venait de se rappeler une conversation que Marta et elle avaient eue très tard, un soir du mois de février.

– Comment te prépares-tu avant un concert important ?

– En général, je me tiens à l'écart de ces abrutis de journalistes.

– C'est tout ?

– Oui, mais je veille aussi à bien dormir. C'est déterminant. Si j'ai mal dormi, j'annule le concert.

– Hauki ne ronfle pas, j'espère ?

– Oh que si ! C'est pour ça que je ne prendrai pas le risque de dormir chez moi la veille du concert. Ce serait de la folie.

– Tu iras où, dans ce cas ?

– Je ne sais pas encore. En fait, il n'y a aucun établissement à Voss qui réponde à mes standards.

– Même pas les hôtels ? Tu as quel genre d'exigences délirantes, au juste ?

– Il me faut une isolation acoustique parfaite et des rideaux occultants qui fassent le noir complet. La plupart des hôtels norvégiens ne répondent pas à ces critères tout simples. Et surtout, j'ai besoin d'avoir l'impression que personne n'a occupé les lieux avant moi. Si je tombe sur la moindre trace d'un client qui est passé avant moi, une serviette dans la corbeille à papiers, un faux pli sur les draps, je change de chambre.

– Tu plaisantes ?

– Non, pas du tout. Il y a souvent bien pire que les faux plis. Je me souviens qu'un jour, en Allemagne, j'ai trouvé un long cheveu noir dans le lavabo. Je suis redescendue droit à la réception, et je peux te dire que le gamin qui était là a passé un mauvais quart d'heure.

– Ce n'était pas sa faute, si ?

– Non, peut-être pas, mais en tant qu'employé de l'hôtel, il était responsable de ce scandale. Ils m'ont relogée dans la suite nuptiale le soir même.

Agnes parcourut du regard la chambre dans laquelle elles se trouvaient. Cette pièce étriquée, au papier peint usé, était loin d'être à la hauteur de la belle et vénérable façade de l'hôtel Fleischer. On avait tenté de préserver le caractère historique du décor en y introduisant quelques vieilles chaises, mais la dernière rénovation semblait dater des années 1970. Pour combler le tout, la fenêtre donnait non pas sur le lac, mais sur les voies de chemin de fer.

– Marta Tverberg a passé la nuit dans une chambre comme celle-ci ? s'enquit Agnes, sceptique.

Ingeborg lâcha un petit rire.

– Tu es folle ? Nous ne mettons pas les stars internationales dans des chambres simples avec vue sur la gare. En plus, tous les autres artistes du festival sont logés à l'hôtel Park. Alors quand Marta Tverberg a demandé à être hébergée ici, on lui a attribué la suite royale, évidemment.

– Et la police n'y a pas encore mis les pieds ?

– Nope.

Ingeborg avait retrouvé ce regard qu'elle lui connaissait, remarqua tout à coup Agnes – comme quand elle l'avait aidée pendant l'enquête sur le meurtre au parachute, jouant les détectives privés en exhumant de vieilles photos qui avaient fourni des éléments nouveaux sur l'affaire.

– Mais la chambre a dû être nettoyée et rangée depuis que Marta l'a quittée hier, non ?

Cette fois, Ingeborg eut un sourire malin qui fit aussitôt douter Agnes de sa motivation pour le « boulot de base ».

– Non, elle avait réservé jusqu'à demain. Mais puisque tu es là : la société de nettoyage Batman et Robin SA pourrait peut-être y jeter un rapide coup d'œil ?

Dès qu'Ingeborg ouvrit la porte de la suite royale, Agnes admira la vue sur les montagnes dominant le lac Vangsvatnet, depuis les fenêtres qui s'ouvraient dans deux des murs. C'était donc la chambre qui faisait l'angle du bâtiment. Les lourds rideaux couleur bordeaux étaient tirés de côté et laissaient passer le soleil qui commençait à se montrer.

La pièce était bien rangée. On aurait eu du mal à deviner que quelqu'un y avait couché. Marta tenait peut-être à ce que sa chambre ait l'air inoccupée, même quand elle y logeait. L'ordre régnait chez elle aussi, dans leur maison. Agnes n'y avait jamais vu le moindre grain de poussière. Une valise à roulettes était ouverte sur un banc. Elle contenait un vêtement noir – sans doute un pantalon –, un autre gris et une vieille chemise de nuit effilochée. À côté étaient posés des sous-vêtements en laine bariolés et un pantalon de ski. Elle avait donc l'intention d'aller se balader en montagne, ce week-end ?

Agnes se rappela avec effroi la randonnée que Marta l'avait persuadée de faire avec elle avant qu'il ne se mette à neiger, tant qu'il était encore possible d'atteindre le Lønahorgi à pied. Elle avait eu l'impression d'avoir elle-même soixante-sept ans, et que Marta approchait des quarante, non l'inverse. Une expérience des plus humiliantes.

Sur la table de nuit étaient empilés divers papiers concernant l'hôtel et le festival, et par-dessus, un livre de poche et ce qui semblait être un petit dictaphone numérique. Marta avait mentionné un jour qu'elle avait entrepris d'enregistrer des pensées qui lui venaient à l'esprit chaque fois qu'elles lui paraissaient présenter un intérêt, soit pour elle-même, soit pour leur livre. Mais bien qu'Agnes lui ait réclamé à plusieurs reprises ces enregistrements, elle n'en avait jamais vu la couleur, et Marta n'en avait pas reparlé.

– Elle portait du Chanel n° 5, dit Ingeborg, qui, pour une raison ou une autre, s'était dirigée droit vers la salle de bains. C'est une info qui pourrait être utile pour ton bouquin, non ? Tu sais que le parfum d'une personne en dit souvent long sur elle, n'est-ce pas ?

Agnes pensa à Alexander.

– Ah bon ? Et le fait que je n'en aie pas mis depuis le lycée, ça dit quoi sur moi ? répliqua-t-elle, tout en réfléchissant à la possibilité de faire discrètement tomber l'enregistreur dans son sac à main.

Elle tendit le bras, elle y était presque.

Puis elle arrêta son geste.

Hésita.

Ramena sagement sa main.

En tant que gérante, Ingeborg aurait des ennuis si on s'apercevait que des effets personnels avaient disparu de la chambre.

Elle poussa le dictaphone pour prendre le livre usé qui se trouvait par-dessous. *L'Ombre du vent* de Carlos Ruiz Zafón. Pas tout neuf, pensa Agnes. Marta n'avait jamais évoqué ses lectures devant elle, mais de toute évidence, elles dataient un peu. Aucune page n'était cornée, mais il y avait un marque-page à un peu plus de la moitié du volume. Agnes feuilleta le livre et fut étonnée de tomber sur une photo. Un petit cliché carré en noir et blanc, qui ressemblait à une vieille photo de classe. Elle passa rapidement en revue les minuscules visages de ces jeunes gens joliment alignés. À première vue, elle ne reconnaissait personne. Sans y réfléchir à deux fois, elle sortit son téléphone et photographia le cliché. Puis elle le remit à sa place dans le livre.

Elle avait la conscience tranquille quand sa meilleure amie, une seconde plus tard, sortit de la salle de bains.

– Si tu ne mets pas de parfum, c'est probablement parce que tu t'en fous de sentir mauvais, lui dit Ingeborg avec un clin d'œil. Je déconne, c'est juste un truc que j'ai lu dans un magazine. Tu trouves quelque chose d'intéressant ? Il n'y a pas de diamants ou je ne sais quel joyau quelque part ?

– Voilà une question que Robin n'aurait pas posée à Batman.

– Exact, admit Ingeborg. Au temps pour moi.

– Mais viens voir, lui dit Agnes, en montrant l'enregistreur. Je crois que ça, ça pourrait être à moi.

– À toi ?

– Marta m'a dit qu'elle avait des appareils comme celui-ci un peu partout, qu'elle enregistrait au fur et à mesure les pensées qui lui venaient. Je lui ai fait remarquer qu'elle devrait transférer les fichiers et les sauvegarder sur son ordinateur, comme moi après chaque interview, ou m'envoyer les fichiers tout de suite, mais elle ne l'a jamais fait. Ce n'était pas vraiment un génie des nouvelles technologies.

– Contrairement au reste de sa génération, répondit Ingeborg d'un ton ironique. Mais qu'est-ce qu'on attend, il faut qu'on écoute ce qu'il y a dessus !

– Trafiquer des preuves ? Ça ne me dit rien que la police trouve mes empreintes digitales partout dans cette chambre. Et ça pourrait te valoir des emmerdes à toi aussi.

Ingeborg soupira, puis sortit de sa poche une paire de gants en plastique jaune.

– Robin n'est peut-être qu'un glorieux nettoyeur de sperme, mais il a le bon matériel au bon moment, dit-elle en enfilant le gant droit.

Le minuscule écran n'affichait rien, mais dès que le doigt jaune d'Ingeborg toucha l'appareil, plusieurs intitulés apparurent. La patronne de l'hôtel eut tôt fait de choisir le premier, comme si elle était habituée à manipuler un enregistreur numérique.

Puis elle appuya sur « play », et la voix de Marta emplit soudain la chambre.

« Les temps derniers, j'ai pas mal pensé à l'amitié, et je me suis souvenue d'une réflexion d'Aristote que j'ai lue un jour. Le philosophe dit qu'il y a une grande différence entre l'amitié fondée sur le profit et celle fondée sur la sincérité. La seconde, d'après lui, est la seule à mériter le nom d'amitié. Je suis entièrement d'accord avec lui. Mais je ne sais pas si j'ai jamais vécu ce genre d'amitié. J'ai toujours eu le sentiment que les gens attendaient quelque chose de moi. À part Hauki, je crois que personne ne m'a aimée sans arrière-pensée. Mais peut-être que moi non plus, je n'ai aimé personne d'autre. De vrais amis, je n'en ai pas depuis de très longues années, depuis… »

Le doigt plastifié venait d'appuyer sur « stop ». Agnes leva un regard interrogateur sur Ingeborg, qui lui montra la fenêtre d'un signe de tête. Deux voitures de service du commissariat de Voss étaient arrêtées en bas de l'allée, clignotant droit en marche. L'instant d'après, elles remontaient la pente jusqu'au parking de l'hôtel.

Une légère expression de stress s'imprima sur les traits d'Ingeborg.

– Tu crois qu'ils viennent... ?

– Ici, oui, je crois bien, termina-t-elle. Il y a de fortes chances. Et je pense qu'il vaudrait mieux qu'on se dépêche de sortir de cette chambre.

Agnes regrettait déjà de ne pas avoir emporté l'enregistreur.

Quand elle arriva chez elle, il commençait à faire sombre, et elle se sentait de nouveau l'humeur sombre. En apercevant son reflet dans la fenêtre la plus proche de la porte d'entrée, elle se demanda comme souvent : Qu'est-ce que tu fiches encore ici ?

Son souhait le plus cher aurait été de repartir à l'autre bout du pays, mais c'était impossible maintenant que sa mère était malade. La vigilance s'imposait. Bien entendu, sa mère était suivie, mais irait-elle signaler de nouveaux symptômes éventuels ? Agnes n'en était pas certaine. Les gens de sa génération, en tout cas ceux de Voss, ne voulaient surtout pas « embêter le monde ». Comme si les médecins passaient leur temps à s'énerver que des cancéreux viennent les importuner. Si son cancer du poumon devait se réveiller, sa fille unique ne pouvait pas se permettre d'habiter de l'autre côté des montagnes. Question de cœur et de conscience. Et comment son père, qui n'avait jamais lavé une culotte de sa vie, aurait-il pu assumer seul la responsabilité d'une épouse gravement malade ?

Autrement dit, Agnes était coincée.

Elle laissa tomber son manteau par terre dans le couloir

– personne n'étant là pour voir s'il était accroché ou non à la patère – et se dirigea d'un pas décidé vers la cuisine. Alors qu'elle considérait le maigre contenu de son frigo, un bout de fromage, un peu de jambon, un rien de crème fraîche, trois gouttes de Coca, ses yeux se mirent à brûler.

Elle ne comprit pas tout de suite ce qui lui arrivait.

Mais ses joues étaient mouillées, finit-elle par constater, c'étaient donc des larmes.

Pourquoi se mettaient-elles à couler à cet instant précis, après tous ces mois où elle avait gardé l'œil sec ? Elle l'ignorait. Peut-être parce qu'elle regrettait qu'il n'y ait pas de lasagnes maison pour l'attendre, dans une boîte en plastique posée sur l'étagère du haut, à côté de la confiture. Peut-être parce que la bonne odeur d'un repas tout prêt lui manquait.

Pauvre Fredrik.

Sans doute ne lui avait-elle jamais montré à quel point elle appréciait sa cuisine. Elle lui faisait juste sentir son irritation s'il n'avait pas fini de mitonner son petit plat quand elle mourait d'envie d'une pizza. Quelle petite amie ingrate et désagréable elle avait été.

Elle ne le méritait pas.

Elle ne méritait personne.

Mais elle avait besoin de quelqu'un.

En tout cas de quelque chose.

Elle se sécha les yeux, ouvrit le congélateur, en sortit une pizza Dr. Oetker jambon-poivrons, la débarrassa de son film plastique et la jeta dans le four. Puis elle marcha à grands pas vers la chambre, ouvrit le tiroir de la table de nuit et se mit à fouiller entre les livres à moitié lus, les piles usées et la carte d'anniversaire de l'année dernière, signée Fredrik.

Le machin se mit à vibrer frénétiquement dès qu'elle eut mis la main dessus.

Le bruit qu'il produisait contre le bois lui mit le feu aux joues de honte, mais l'excita un peu aussi. Elle ne s'était servie de ce truc qu'une seule fois, quand Ingeborg le lui avait offert, accompagné d'une carte sur laquelle elle avait écrit : « Joyeux Noël ! Désormais, tu n'auras même plus besoin d'un homme dans ton lit. » Agnes s'était esclaffée, et s'était dit qu'il y avait trop longtemps qu'Ingeborg n'avait plus grimpé au septième ciel, si elle s'imaginait que ce gadget ridicule pouvait remplacer quoi que ce soit.

Elle enleva sa culotte et se glissa sous la couette. Mais ce sex-toy avait du nerf, même un peu trop, c'était trop tôt, elle ne voulait pas que ça vienne aussi vite et aussi fort, la pizza n'était pas encore prête.

Elle régla l'appareil pour qu'il ne lui fasse plus qu'une gentille chatouille, et resta là, dans la zone limite, jusqu'à ce que la sensation monte, gardant toujours les yeux fermés, avec en tête la même image : elle et Alexander Kosanovic sur un fauteuil de la salle du festival, dans un tourbillon affolé de gyrophares bleus.

Et quand le délicieux, mais bien trop court frémissement approcha, Alexander laissa place à Tor Erik Åkervold.

Elle mangea sa pizza devant son ordinateur, énervée que cette sangsue de chez *VG* se soit pointée au pire moment. Énervée aussi de n'avoir pas pu entendre le reste de l'enregistrement abandonné sur la table de nuit du Fleischer. Au moins, cette déception avait engendré la motivation nécessaire pour qu'elle écoute plusieurs de ses propres enregistrements.

Elle ouvrit le dossier intitulé « Vie privée », et choisit au hasard une première interview. Il s'avéra que Marta y parlait surtout du temps qu'il faisait, entre deux imprécations contre la cafetière qui ne marchait plus. L'extrait suivant était du même acabit, et Agnes s'empressa de les transférer tous les deux dans la corbeille. C'était un début.

Dans le troisième enregistrement, le café était enfin buvable, et on entendait une vraie conversation.

Quand Agnes l'eut écoutée jusqu'au bout, elle sentit de nouveau cette pression derrière ses paupières.

Sa propre réaction la surprit.

Elle ne savait trop si ces larmes qui voulaient s'échapper étaient pour Marta, pour Hauki ou pour elle-même.

– Et si on parlait d'amour aujourd'hui ?

– Oh… il faut vraiment ? Je déteste les bavassages à l'eau de rose.

– Ce que j'écrirai ne sera pas à l'eau de rose, promis. Mais il faut bien qu'on parle un peu de l'homme de ta vie, non ?

– Oui, peut-être… Est-ce que je pourrais te raconter une histoire ?

– Vas-y.

– Hauki et moi, on s'est mariés civilement un samedi glacial de novembre. J'étais censée porter la robe de mariée de ma mère, une petite robe courte à manches longues, pas un de ces cauchemars de tulle genre princesse que les filles mettent maintenant. Et qui laissent voir beaucoup trop de peau, soit dit en passant. La veille au soir, je me suis aperçue qu'une couture était défaite. J'étais désespérée, sachant que je n'avais jamais tenu une aiguille à coudre de ma vie, et que je ne pouvais pas faire appel à ma mère, puisqu'elle était morte. Je n'avais pas le temps non plus d'aller voir une couturière. Or il y aurait des photographes et des gens de la presse à la cérémonie. J'étais catastrophée.

– Je comprends.

– Mais Hauki, lui, il a pris ça avec le sourire. Il m'a dit : « Pas de panique, il y a toujours une solution à tout. » Et tu sais qui a passé des heures à réparer ma robe jusque tard dans la nuit ? Eh bien, le marié en personne.

– Vraiment ?

– Cet homme est une perle, je voulais que ce soit dit. Hauki est capable de maîtriser n'importe quelle situation. Mais je crois que j'ai besoin d'un peu de repos. La perle a ronflé comme une locomotive cette nuit, et ce café, c'est du pipi de chat. On continue demain ?

LUNDI

DU GRAND ART, écrivait le *Bergens Tidende*.

Le journal décernait à l'œuvre composée à l'occasion du festival la note maximale : six cœurs sur six. Pour autant qu'elle se souvienne, c'était la première fois qu'Agnes lisait la critique d'un concert donné par un interprète qui était mort entre-temps. Cette circonstance avait-elle influé sur l'avis du critique ? La question méritait peut-être d'être posée, mais le journaliste chargé de la chronique culturelle qui était présent dans la salle ce samedi soir semblait en tout cas convaincu, et même un peu vexé pour l'artiste. Nul doute que la diva aurait apprécié son propos.

Notre pays a-t-il su apprécier à sa juste valeur la figure internationale du jazz issue de ses rangs ? s'interrogeait-il. *Samedi soir, avant de décéder tragiquement sur la scène de Jazz à Voss, la saxophoniste virtuose et compositrice Marta Tverberg a montré au public de sa ville natale tout le talent à côté duquel il était passé au fil de longues années. Une prestation rien de moins qu'excellente, un mélange étourdissant de rythmes inattendus et de passages mélodiques plus posés, conçus pour réchauffer la grande et stérile salle du festival. Et la star locale, qui a su nous mettre les points sur les i en se fendant, entre deux notes, d'une prise de parole tonitruante sur ce qu'elle pensait du milieu norvégien du jazz, n'était pas la seule impliquée dans ce concert qui fera date. Pour sa toute dernière apparition publique, Tverberg s'est entourée d'un groupe des plus compétents qui, espérons-le, sera à même de prolonger l'héritage musical de la saxophoniste légendaire. Le discret mais non moins charismatique pianiste et compositeur Alfred Rogne, dont on est en droit d'attendre qu'il livre un jour une autre œuvre au festival, son frère, le bassiste Didrik Rogne, connu pour être un génie du rythme, et qui, à bien des égards, était l'épine dorsale de ce concert, et enfin la percussionniste, arrachée pour l'occasion à sa brillante carrière new-yorkaise, la propre belle-fille de Marta Tverberg, Ragna Haukursdottir. Ces quatre musiciens réunis en une équipe de choc, coordonnée à merveille, ont su jouer la cohésion quand il en était besoin, et s'échapper du groupe le moment venu. Des parties importantes de l'œuvre ont certes été exécutées d'après la partition, mais avec des instrumentistes de cette trempe, on ne tombe jamais dans le ronronnement stérile ou prévisible. Le résultat, bien au contraire, s'est avéré magique, sous la direction experte de l'une des plus grandes étoiles que la Norvège ait jamais comptées au firmament du jazz. Bravo, Marta Tverberg, et merci pour la musique.*

Agnes referma le journal et regarda de nouveau la première page. Marta Tverberg y faisait aussi le gros titre, mais un titre sans aucun rapport avec ses qualités d'artiste.

LA MORT ENTRE EN SCÈNE À JAZZ À VOSS, lisait-on au-dessus des photos de Marta et de Tobias Løken.

Elle leva les yeux. La salle du commissariat était encore quasi vide. Pour une fois, elle était en avance à une conférence de presse. Quelle ironie, sachant que c'était la première fois qu'elle n'y assisterait pas en tant que journaliste.

La police l'avait avertie qu'il y aurait un compte-rendu de

la situation concernant l'affaire à huit heures, et Agnes avait gardé l'œil ouvert une bonne partie de la nuit, de peur de ne pas se réveiller. Les autres journalistes, qui commençaient à investir les lieux au compte-gouttes, avaient l'air au moins aussi ensommeillés qu'elle. Agnes se détourna vers la petite table installée tout devant, pour éviter de croiser le regard de quelque connaissance, de Tor Erik Åkervold en particulier.

Elle s'attendait à ce que l'ancien commissaire Sigmund Storedal, désormais gratifié du titre très discuté et censément moins genré de « chef de commissariat », préside seul la séance. Mais lorsqu'il franchit le seuil, Agnes identifia quelques pas derrière lui un visage familier. Kristina Bachmann, de la Kripos, avait dirigé l'enquête sur le meurtre au parachute. La dernière fois qu'Agnes l'avait vue, c'était à la soirée de clôture de la fameuse Semaine des sports extrêmes. Après la demande en mariage de Fredrik. Avant qu'elle ne déconne avec Åkervold. À ce souvenir, un frisson lui parcourut l'échine. Elle resserra les pans de sa parka sur sa poitrine.

La cheffe de la Kripos ne suivit pas Storedal jusqu'aux micros, mais se plaça contre le mur, tout au fond de la salle. À quoi bon ? se demanda Agnes : une bonne part des gens présents étaient des journalistes expérimentés, qui la reconnaîtraient.

Le fait que la police locale ait déjà sollicité le concours de la Kripos ne pouvait signifier qu'une seule chose.

Ils étaient sûrs que c'était un meurtre.

– Eh bien, bonjour. Nous ne pourrons rien affirmer avant d'avoir reçu le rapport d'autopsie, ce soir ou demain, déclara Storedal, avant de marquer une pause artificielle, goûtant son pouvoir sur son auditoire. Mais je peux au moins vous dire que nous considérons les décès survenus samedi pendant le concert de Jazz à Voss comme suspects.

Prononcés tout haut, ces mots semblèrent frapper l'assistance.

– C'est pourquoi la police est très intéressée par tout indice émanant du public. Nous prions instamment toute personne qui détiendrait une information susceptible d'être utile à l'enquête de nous contacter.

Storedal donna la parole à la salle, et Agnes prit soudain conscience qu'elle était assise au premier rang et ne savait toujours pas qui d'autre était présent. Mais elle n'osait pas se retourner.

La première question fut posée par un reporter du *Bergens Tidende*, qui voulait savoir si la police avait sécurisé des traces techniques sur les lieux. Storedal le confirma, mais ajouta qu'il ne pouvait rien dire de plus concret « par égard pour l'enquête ».

Il ne voulut pas non plus répondre au reporter de TV2 qui lui demandait si l'on soupçonnait d'ores et déjà certaines personnes.

À quoi leur servait-il alors de déclarer que ces morts étaient suspectes ? La police devait chercher désespérément des indices pour avoir lâché cette information si tôt.

Agnes commença à réfléchir au nombre d'ennemis que Marta Tverberg pouvait avoir eus. Si tous ceux sur qui elle médisait nourrissaient les mêmes sentiments à son égard, on devait en arriver à une bonne dizaine de personnes. Et si elle se comportait souvent comme elle l'avait fait avec Agnes lors de leur première rencontre, la ville et le milieu du jazz regorgeaient probablement de gens qui ne devaient pas supporter ces vexations. En même temps, c'était son style, tout simplement. S'était-elle montrée odieuse envers quelqu'un, au point qu'il puisse souhaiter sa mort ?

– Tor Erik Åkervold, *VG*, annonça une voix, et Agnes se

ratatina comme une pâte à pain ratée. Dans la mesure où la police vient d'ouvrir la porte à l'hypothèse d'un acte criminel commis en plein concert, je voudrais lui demander quelle est son évaluation du niveau de sécurité du festival ?

Storedal remit ses lunettes, comme s'il voulait mieux voir son interlocuteur.

– Ne perdons pas de vue le fait que nous ne savons pas encore ce qui s'est passé, dit-il. C'est donc un point sur lequel nous ne nous prononcerons pas pour le moment. Toutes les questions de cet ordre peuvent être adressées au directeur du festival, Alexander Kosanovic, qui est parmi nous aujourd'hui, et donc à portée de micro.

Agnes se retourna par réflexe, mais au lieu de repérer Alexander, son regard tomba droit sur Åkervold, qui lui lança un clin d'œil. Elle répondit par une sorte de grimace, puis se sentit stupide et immature. Il fallait qu'elle se reprenne. Si elle avait été assez conne pour coucher avec ce mec non seulement une fois, mais deux, elle devait l'assumer.

La conférence de presse terminée, elle prit sa respiration et rejoignit le fond de la salle où il était assis, jambes écartées sur sa chaise, un petit écouteur dans une oreille. Alors qu'elle allait ouvrir la bouche, elle comprit qu'il était au téléphone. Il lui sourit en dressant l'index, comme pour lui signifier d'attendre, et elle se mit à regarder en l'air, se sentant plus bête encore.

Quel salaud.

– Mademoiselle Tveit en personne !

Ce sourire charmeur insupportable, ces épaules larges. Il lui tendit la paume droite et elle topa docilement, comme si elle était une gamine à qui il aurait voulu exprimer de la gentillesse, et non une ex-collègue qui avait eu droit à son phallus entre les jambes.

– Comment ça va depuis la dernière fois ? Vendredi, tu as disparu tellement vite qu'on n'a pas eu le temps de papoter. Ça se passe comment dans ta province ?

– Ça se passe bien, dit-elle, c'est même *the place to be*, comme tu vois.

– Faut croire que ce bled est truffé de truands. Pas étonnant que tu t'y plaises. J'ai vu que tu avais écrit un bouquin ? Mais là, tu es de retour à ton journal local ?

– Non, non. J'ai un nouveau livre en cours.

Åkervold eut l'air surpris.

– Ah bon ? Sur quoi ?

Elle était sur le point de répondre, mais se ravisa. Hors de question de l'avoir sur le dos quand elle travaillerait. Motus et bouche cousue, il ne tirerait rien d'elle.

Et cette fois, il ne tirerait pas non plus son coup.

– Des histoires du coin, dit-elle finalement. Ça ne risque pas de t'intéresser.

– Tout ce qui te concerne m'intéresse.

Et il sourit.

Comment un type pareil avait-il pu l'attirer dans son lit, et à deux reprises encore ? Comment avait-elle pu foutre en l'air son couple et son avenir pour ce cliché ambulant ?

– Dans ce cas, je te conseille d'acheter *La Chute*, dit-elle. Un bon bouquin. Il vient de sortir.

– Oh mais bien sûr, je l'ai sur ma liste de lectures. Ça me rappellera des souvenirs, hein. Même si tu étais assez épuisée au petit matin, l'été dernier, ça m'a beaucoup plu de… collaborer avec toi.

Définitivement finie, leur collaboration, pensa Agnes, qui à cet instant précis aperçut Viktor dans le couloir.

– Mais d'ailleurs, si tu écris sur l'histoire locale, qu'est-ce que tu viens faire à cette conférence de presse ? s'enquit Åkervold.

– Déformation professionnelle. J'ai besoin d'être au courant de ce genre d'événement palpitant. Fin limier un jour, fin limier toujours, dit-elle, et elle regretta cette sortie malvenue avant même d'avoir achevé sa phrase.

– Levrette d'un jour..., reprit-il en clignant de l'œil.

Elle était cramoisie quand elle se jeta sur Viktor dans le couloir. Tasse de café en main, il avait l'air impatient que les journalistes s'en aillent.

– Tu as vu qui est là ? lança Agnes.

– Si tu veux dire le don Juan de la capitale, oui, je l'ai rencontré tout à l'heure. Il te cherchait. Ils n'ont vraiment personne d'autre à mettre sur les affaires criminelles, chez *VG* ?

– Je pensais à la fille de la Kripos, répondit Agnes. Mais oui. Quand c'est arrivé, Åkervold était déjà là. Au festival, hein. Je l'ai croisé vendredi.

– Et tu ne m'as rien dit ?

– Non, parce que tu n'as fait que me raconter comme tu étais occupé par ton boulot.

– Ça, pour occupé, je suis occupé. Au boulot comme ailleurs.

Il semblait fatigué, remarqua Agnes.

– La police a l'air assez sûre que c'est un meurtre.

– Ouais, répondit Viktor d'un air las.

Elle attendit qu'il lui en dise plus, mais son vieux copain se taisait, observant les alentours d'un regard fébrile.

– Et alors ? insista-t-elle. Tu n'as pas l'intention de me tenir au courant plus que ça ?

– Te tenir au courant ? répéta-t-il. Mais tu n'es pas du tout qualifiée, là, tu ne comprends pas ? Si on te convoque, ce sera comme témoin.

– Témoin, moi ? Pourquoi ?

– Parce que tu fais partie de ceux qui ont été le plus en contact avec Marta Tverberg ces derniers temps. Il pourrait y avoir beaucoup d'informations précieuses dans les conversations que tu as eues avec elle. Désolé, conclut Viktor. Mais maintenant que tu n'es plus journaliste, je ne peux même plus jouer les reporters de l'ombre quand tu dois couvrir un match de foot. Qu'est-ce qui reste de notre amitié, hein ?

Elle le serra rapidement dans ses bras en lui promettant de trouver une autre façon de l'embêter.

Au lieu d'aller s'asseoir dans sa voiture, Agnes traversa la rue et se précipita vers la station-service. L'annonce d'un article intitulé « Le deuil d'une diva » avait trouvé sa place en première page de *VG*, mais ce n'était pas le titre principal.

Ce serait forcément le cas le lendemain, puisque la police avait plus ou moins confirmé l'ouverture d'une enquête criminelle.

Debout devant le kiosque, elle feuilleta le journal pour trouver l'article. Les journalistes placés plus bas qu'Åkervold dans la hiérarchie de *VG* s'étaient livrés à une tâche sans doute méprisable à ses yeux, s'appliquant à ce que tout le monde sauf lui devait faire dans le métier à la mort d'une célébrité : appeler les gens et leur demander de prononcer quelques belles phrases sur le défunt. Agnes acheta le journal. Le contenu pourrait lui être utile pour son livre. Elle-même ne savait pas grand-chose du milieu du jazz en Norvège, et encore moins à l'échelle internationale.

Dans l'article de *VG*, on avait déniché un Britannique qualifié de « légendaire », qui estimait que Marta Tverberg faisait partie de ce que la Norvège avait produit de mieux. On avait aussi interrogé le directeur du Forum du jazz national ainsi que la présidente du comité d'organisation de Jazz à Voss,

Lucy Fagnastøl, laquelle déclarait au nom du festival que Marta Tverberg laisserait derrière elle un grand vide dans l'univers de la musique, tant à l'échelle du pays que par-delà ses frontières, sans oublier la communauté locale de Voss. Ce discours semblait récité. Surtout pour quiconque avait entendu la fracassante déclaration de Marta avant sa mort.

– Merde, vous avez vu ça ? s'exclama une voix derrière elle.

Agnes se retourna, et comprit que l'homme ne s'adressait pas à elle, mais à l'employé de la station-service. Il tenait à la main son téléphone portable.

– C'est bien ce que je me disais, commenta le type derrière son comptoir, tout en attrapant une saucisse grillée pour la fourrer dans un petit pain. C'était forcément un meurtre, cette histoire. Je parie que l'assassin, c'est le mari, comme d'habitude.

Les journaux numériques publiaient déjà les nouvelles de la conférence de presse.

– Hauki ? répondit l'homme. Mais non, putain, c'est un mec bien. Il ne faut pas chercher de ce côté-là. Y'a des gens de toutes sortes en ville pendant le festival. L'autre qui est mort, il paraît qu'il était homo.

– Qu'est-ce que ça a à voir ? fit l'employé.

– Rien, sûrement. Mais il y a quand même beaucoup de choses bizarres dans ce milieu-là, conclut l'homme en prenant sa saucisse grillée et en l'arrosant d'une généreuse quantité de ketchup. En tout cas, le chef du commissariat peut dire au revoir à ses vacances de Pâques, cette année.

– Mon Dieu, quand on y pense, ajouta une femme qui venait d'entrer pour payer son essence, on a l'auteur d'un double meurtre en liberté dans les parages. Et juste avant le début de la saison touristique.

À peine avait-elle ouvert la porte de chez elle qu'Agnes reçut un coup de fil de son éditeur.

– Ce que j'ai à te dire tient en deux mots, annonça-t-il : *true crime.*

Cette fois, les vautours étaient intéressés. L'éditeur laissa les deux mots en question flotter le long de la ligne, et Agnes l'imagina s'adossant dans son fauteuil de bureau. Elle profita de ces points de suspension pour se débarrasser de ses chaussures et rejoindre la cuisine.

– Ces livres-là, ça se vend comme des petits pains en Norvège, et au moins autant à l'étranger. Tout le monde est d'accord : s'il s'avère que c'est un meurtre, que tu peux exploiter tout ce que tu as déjà sur Marta et essayer de gratter un peu pour en savoir plus sur l'affaire, tu auras un point de départ génial, s'enthousiasma-t-il. Et tu es la personne idéale, avec tous les contacts que tu as à Voss. En fait, tu vas rester sur le même créneau qu'avec l'histoire du parachute. La seule différence, c'est que l'affaire n'est pas encore élucidée. Imagine, et si le livre donnait un coup de pouce à l'enquête ?

L'ancienne Agnes, pendant cette conversation, se serait

recroquevillée, en se disant que tout ça lui semblait d'avance fatigant, difficile et chronophage.

L'ancienne Agnes serait partie en courant à la première occasion.

Mais à sa propre surprise, la nouvelle Agnes, debout dans sa cuisine, sans bureau vers lequel diriger ses pas ni collègues à qui parler, sentit bouillonner le sang de la journaliste dans ses veines.

– OK, répondit-elle à l'éditeur.

Elle raccrocha et s'assit à sa table de cuisine, son ordinateur devant elle. Le dossier renfermant les enregistrements était déjà ouvert. Une fois encore, elle regretta amèrement de ne pas avoir transcrit ces interviews au fur et à mesure. Quelle faignante ! Elle ouvrit le dossier « Musique », parcourut rapidement quelques extraits qui contenaient du blabla sur le jazz et d'autres trucs d'un intérêt moyen que Marta lui avait débités.

Puis elle trouva ce qu'elle cherchait.

– Comment se passe ton travail sur l'œuvre que le festival t'a commandée ?

– Côté musique, ça marche à merveille. C'est avec les musiciens que c'est plus compliqué.

– Ceux de ton orchestre, tu veux dire ?

– Oui. Les jeunes ne respectent vraiment rien.

– Qu'est-ce que tu veux dire ?

– Ce que je dis : les jeunes ne respectent ni les gens plus âgés qu'eux, ni ceux qui ont plus d'expérience ou plus de jugeote. Et ils sont bien trop obsédés par le fric.

– Tous ?

– Didrik en particulier. Il a fait un caca nerveux concernant la répartition des royalties.

– Comment ça ?

– Il voulait absolument être payé pour mon travail. J'ai été claire depuis le début sur le fait que, dans la mesure où c'est moi qui compose, c'est à moi que reviennent les sous. Ils n'auraient jamais été sur scène si je n'étais pas allée les chercher. Franchement, ils devraient être reconnaissants qu'on leur ait donné cette opportunité, surtout Didrik.

– Pourquoi donc ?

– Eh bien, on pourra en reparler une autre fois. Le truc, c'est que même s'ils ont mis leur grain de sel pour changer certains passages et faire évoluer le morceau, ça reste mon œuvre à moi. C'est mon nom sur l'affiche. Non que cette histoire de fric compte tant que ça. Mais c'est une question de principe.

– Ils insistent beaucoup là-dessus ?

– Et comment ! Aujourd'hui, Didrik s'est montré presque menaçant envers moi. Il m'a dit qu'il valait mieux que je réfléchisse avant de faire des conneries. Je lui ai répondu : Ça devrait être ta ligne de conduite tous les jours.

Le bassiste de Marta avait-il formulé une vraie menace ? Dans ce cas, il fallait peut-être en parler à la police. À moins qu'elle ne garde ça pour son livre.

Agnes regretta de ne pas avoir reposé la question à Marta tant que c'était possible. Mais l'enregistrement aiguisait encore sa curiosité au sujet de Didrik Rogne. Elle se souvenait bien de lui au lycée, même si c'était Alfred qu'elle connaissait le mieux. Les deux frères étaient en section musique. Alfred commençait en première année quand Didrik préparait le bac. Elle les enviait, tous les deux, elle aurait aimé avoir un frère ou une sœur avec qui faire de la musique, même si elle n'avait pratiquement aucune oreille, et n'avait pas touché à un instrument depuis le jour où le prof de piano avait demandé grâce à sa mère. Alfred, lui, était un as du clavier. Il était au programme de tous les spectacles scolaires et de toutes les festivités de fin d'année, jouait aussi bien du classique que de la pop. Avec Didrik à la basse et quelques autres garçons de Vaksdal, ils avaient monté leur propre groupe, ce qui était encore rare dans le coin. Ils se faisaient appeler The Invadors, parce qu'aucun d'eux n'était originaire de Voss. Ils y étaient venus pour le lycée. Alfred et Didrik avaient bien de la famille sur place, mais ils avaient grandi à Bergen. Agnes se rappelait à quel point il lui semblait étrange que quelqu'un de la *ville* puisse s'installer ici. Ils louaient une chambre, et elle les admirait de loin, rêvait d'être invitée à leurs fêtes. Les frères Rogne, en ce temps-là, étaient les maîtres du monde.

Vingt ans plus tard, Alfred était toujours aussi beau garçon. À voir Didrik, en revanche, on se disait qu'un boulot classique de neuf heures à seize heures lui ferait du bien. Son ventre aussi bien que ses golfes frontaux avaient pris une ampleur notable. Agnes relevait toujours avec étonnement la dégradation physique chez les hommes de son âge, laquelle, dans le cas présent, s'attaquait de manière bien différente aux deux frères, pourtant si ressemblants au départ.

Agnes se demanda quand Alfred avait bien pu faire son coming-out. Au lycée, il avait beaucoup de succès auprès des filles. Dire qu'elle ne s'était pas doutée qu'il était marié avant qu'il ne soit veuf.

Son téléphone sonna soudain. Numéro inconnu.

– C'est Kristina Bachmann, de la Kripos, dit une voix sérieuse. Nous sommes en train d'explorer le cercle des fréquentations de Marta Tverberg pour prendre un peu d'avance sur le rapport d'autopsie, avec les vacances de Pâques et tout le bazar. J'ai cru comprendre que vous travailliez sur un livre la concernant ?

– Hum, oui, c'est exact, dit Agnes.

Et elle s'aperçut que sa voix avait dû paraître bien fluette.

– Auriez-vous la possibilité de venir nous parler un peu dès aujourd'hui ? demanda Bachmann.

La gravité des circonstances lui flanqua un nouveau coup au ventre. Quelqu'un avait probablement tué Marta.

Lui avait ôté la vie.

L'avait assassinée.

– Bien sûr, répondit-elle comme une écolière docile. Je peux venir tout de suite.

– Salut, Agnes !

Son cœur, comme il le faisait depuis toujours et le ferait sans doute ad vitam aeternam, eut un sursaut à la vue d'Alexander. L'homme le plus beau de la ville, du département, peut-être même de tout l'ouest du pays, se tenait juste devant la porte du commissariat.

Elle rougit à l'idée de s'être tripotée en pensant à son amour de jeunesse.

– Tiens, salut ! fit-elle du ton le plus dégagé qu'elle put.

– Tu es là pour le boulot ? lui demanda-t-il.

– Si on veut. Je vais discuter un peu avec les flics… à propos de Marta.

– Oh, tu la connaissais, toi aussi ?

– Oui, j'étais en plein dans sa biographie…

Elle le regarda, pleine d'attente, mais cette déclaration n'eut pas l'air de lui évoquer quoi que ce soit. Déçue, elle constata que l'attention qu'elle mettait à suivre ce qu'Alexander Kosanovic faisait dans la vie n'était pas réciproque. Mais était-ce vraiment surprenant ?

– Tu sais, un livre sur Marta Tverberg et la musique, et… sur sa vie.

Une expression aussi fugace que sombre passa sur ses traits parfaits. Peut-être craignait-il que la toute première crise qu'il avait à gérer ne se retrouve exposée dans les rayons d'une librairie. Ou alors, il avait simplement honte : voilà qu'il se frappait le front.

– Bien sûr, suis-je bête, j'étais au courant. Je suis complètement à côté de la plaque, en ce moment.

Elle lui sourit.

– En fait, je me demande bien ce que je peux savoir qui pourrait intéresser la police. La solution à cette affaire de meurtre ne se trouve pas dans les vieilles histoires pleines d'affabulations et les anecdotes croustillantes sur le monde du jazz, mais je les aiderai du mieux que je peux, bien sûr.

– Tu as l'intention de le terminer, ce livre ? Parce que si c'est le cas, j'aurais volontiers un petit échange avec toi, si le point de vue d'un jeune directeur t'intéresse. Je pourrais au moins dire quelques trucs sympas sur elle. Comme musicienne, elle était géniale, et elle avait une personnalité très forte.

– Tout à fait, répondit Agnes. Je serais très contente que tu contribues au bouquin.

Son plaisir à l'idée que quelqu'un ait vraiment apprécié Marta était sincère. Et elle ne demandait pas mieux que de parler avec Alexander, sur n'importe quel sujet. Elle s'apprêtait à proposer un rendez-vous autour d'un café quand le téléphone de son interlocuteur sonna. Il lui fit un signe de la main en s'éloignant, et elle sentit son cœur retomber d'un cran.

– On s'est déjà vues, non ?

Kristina Bachmann posa devant elle un gobelet de café noir. Son regard était aussi acéré que dans le souvenir d'Agnes, sa couche de maquillage aussi épaisse.

– Oui. Pendant la Semaine des sports extrêmes.

– C'est ça, se rappela Bachmann en enlevant ses lunettes. Viktor me l'a dit.

Agnes prit note que Viktor et elle en étaient aux prénoms. La remarque lui déplut, pour une raison mal définie. Ça manquait un peu de... professionnalisme, même si Kristina Bachmann s'adressait à la meilleure amie de Viktor.

– Je vous ai vue à la conférence de presse, tôt ce matin. Vous travaillez toujours pour le journal local ?

Le chemisier blanc de Kristina Bachmann était un peu serré à la poitrine. Agnes s'imagina soudain le déboutonnant et lui touchant...

Putain, elle n'allait quand même pas se mettre à fantasmer aussi sur des femmes ? Il y avait vraiment trop longtemps qu'elle n'avait pas fait l'amour.

– Non, j'ai donné ma démission l'été dernier, répondit-elle en battant des paupières pour évacuer l'image. Je suis free-lance, maintenant.

Bachmann fronça les sourcils et Agnes se sentit mal à l'aise, sans doute à cause de l'attitude légèrement condescendante de l'enquêteuse, ou peut-être parce qu'elle avait eu une idée déplacée.

– Comment ça se passe, alors, pour votre livre ?

– C'est un peu difficile à dire en ce moment, après les événements des derniers jours, mais jusque-là, ça allait bien.

– Vraiment ? J'ai pourtant entendu dire que vous aviez fait part de certaines difficultés à l'agent Vormedal.

Elle eut l'impression de recevoir un coup au ventre. Qu'est-ce que son vieux copain était allé raconter, bordel ? Il faisait le rapport de leurs conversations à la Kripos ? Quel genre de relations « l'agent Vormedal », comme elle l'appelait tout à coup, entretenait-il au juste avec Kristina Bachmann ? Ils passaient donc leur temps à jaser dans les coulisses ?

Elle eut soudain de la compréhension pour tous les innocents que la police avait un jour interrogés, et qui s'étaient sentis coupables sans raison.

– Oui, enfin, c'est comme ça quand on se lance dans un projet d'écriture de longue haleine, se défendit-elle. On ne s'amuse pas tous les jours, et de temps en temps, on a besoin d'évacuer en en parlant à des amis.

– Est-il vrai qu'à plusieurs occasions, il vous serait arrivé d'appeler Marta Tverberg « la sorcière » ?

Cette fois, c'était une gifle en plein visage.

– Excusez-moi, mais je suis soupçonnée de quelque chose ou quoi ? protesta-t-elle, en croisant ostensiblement les bras. Parce que si c'est une façon de me pousser à vous aider en vous fournissant des informations, je peux vous dire que pour l'instant, c'est mal parti.

– Personne n'est soupçonné de quoi que ce soit, rétorqua Bachmann d'un ton aigre. Mais nous devons ratisser large, vous le comprenez bien, vous qui êtes journaliste. Ou qui l'*étiez.*

Putain, mais quel culot ! Cette stratégie était peut-être efficace avec beaucoup de monde, mais pas avec Agnes. Si la Kripos attendait d'elle des tuyaux, il allait falloir que cette garce s'y prenne autrement.

– Je voulais surtout vous demander si vous pourriez m'envoyer le manuscrit de votre livre, reprit Bachmann. Il se pourrait que son contenu soit important pour nous, une fois que l'enquête criminelle sera formellement ouverte.

Réflexion faite, la cheffe de la Kripos n'avait pas de si beaux seins que ça, observa Agnes.

– Ç'aurait été de bon cœur, répondit-elle tout sucre tout miel, mais malheureusement, je n'ai encore rien écrit.

Viktor la rattrapa à petites foulées. Agnes ne s'arrêta pas avant d'être arrivée à la portière de sa voiture.

– Désolé, plaida-t-il. Bachmann m'a dit que tu l'avais mal pris. Je n'avais pas l'intention de dévoiler nos conversations, c'est sorti tout seul.

– Pfff, fit-elle sans le regarder, en fouillant dans son sac à la recherche de ses clefs.

Sa colère mijotait à petit feu, toute proche du point d'ébullition.

– Agnes, hé ho ! Ne fais pas l'enfant.

Cette fois, la casserole déborda.

– Ne fais pas l'enfant ? Faut savoir : je suis une gamine ou une meurtrière qui assassine de sang-froid de vieilles dames ? J'ai été méchante envers toi ces derniers temps ou quoi ? Parce que c'est le sentiment que j'ai eu, dans cette affaire : d'avoir été dénoncée par celui qui était censé être mon meilleur pote.

Elle soupira en s'installant sur son siège.

– C'est sorti tout seul, lança-t-elle avant de claquer la portière.

Comme elle introduisait la clef dans le contact, Victor se jeta sur le siège passager.

– Pardon. Je suis sincère. Pardon, Agnes. Je me suis comporté comme un con.

– Un petit, un gros, un comment ? demanda-t-elle après un silence.

– Un très gros.

Elle ne réagit pas.

– OK, un con tellement énorme que c'est difficile d'imaginer pire.

– Ouais, confirma-t-elle. Maintenant, tu vas m'inviter à déjeuner et m'expliquer pourquoi.

L'estomac d'Agnes clamait haut et fort qu'il était prêt à se remplir.

Mais Viktor, sitôt assis, entreprit de déverser ses soucis, comme si on avait mis une pièce dans un juke-box. Il n'avait pas même ouvert le menu, et Agnes lorgnait avec impatience vers le serveur.

– Je comprends que tout ce qui s'est passé l'été dernier ait été dur pour Gro, évidemment, elle a perdu plusieurs de ses amies, reconnut Viktor. Mais je ne trouve pas juste que ça nous retombe dessus, à Malin et à moi.

Malin, sa fille.

– Ses matinées, elle les passe au lit. Au mieux, elle se lève juste pour se faire un café, et si elle est dans un bon jour, préparer le casse-croûte de la petite pour l'école, avant de se recoucher et de regarder des séries débiles toute la journée. Elle répond avec agressivité à tout ce que je lui demande. Elle ne sourit presque jamais. Ça me dépasse qu'elle ne puisse pas… se secouer un peu. Toi aussi tu as passé six mois infernaux, mais au moins, tu bosses plus ou moins.

Tu bosses plus ou moins.

Elle laissa passer.

– Deux maxi-menus, chuchota Agnes au serveur quand elle croisa son regard, avant de reporter son attention sur Viktor. Oui, mais ce n'est peut-être pas tout à fait la même chose, dit-elle. Moi, je comprends que ça prenne du temps, d'évacuer tout ce qui s'est passé. Et on ne réagit pas tous de la même manière. Si j'étais restée dans mon lit à regarder Netflix, je me serais sentie dix fois plus mal.

– Mais absolument ! Je suis sûr qu'elle irait mieux si elle se remuait un peu.

Agnes se surprit à se demander si ce qui manquait avant tout à Viktor, c'était cette graine de mère au foyer dynamique qu'il y avait toujours eu chez Gro, elle qui assurait la lessive, la cuisine et la majeure partie de ce qu'il y avait à faire dans leur grande maison de Skjerpe.

– Vous en discutez, au moins ? Elle te le dit, qu'elle va mal ? Et toi, tu lui expliques ce que tu ressens ?

Elle ne put retenir un petit rire en s'entendant prodiguer des conseils qu'elle-même ne suivait jamais. Qui était-elle pour avoir un avis quelconque sur les relations amoureuses des autres ?

Les doigts de Viktor passaient et repassaient sur le bord de la carte plastifiée.

– Non, justement. Chaque fois que je lui demande comment elle va, elle me répond « bien », et c'est tout. Nous qui parlions tellement, avant. Elle a complètement changé. Elle est devenue aigrie et muette. Et elle ne veut presque jamais… enfin, tu vois.

Agnes eut un peu mauvaise conscience en repensant à ce qu'elle lui avait lancé sans y réfléchir la veille, à l'hôtel Park. En même temps, elle se sentit assez fière d'avoir tapé dans le mille.

– Ne crois pas que je manque d'empathie, mais ça ressemble à une crise très classique, cette affaire. Peut-être que vous avez juste besoin d'une bonne vieille thérapie de couple, suggéra-t-elle. Ça existe à Voss, d'ailleurs ?

Elle pensa à Marta et Hauki, dont le ménage avait duré quarante ans. À ses propres parents, qui étaient mariés depuis plus longtemps encore. Comment ces gens faisaient-ils ? Est-ce qu'on finissait par arriver à un stade où on n'avait plus le courage de s'énerver contre les mauvaises habitudes de l'autre, où on les acceptait sans rien dire ? Ou bien était-il possible d'aimer de plus en plus son conjoint ?

Agnes constata tristement qu'elle ne le saurait sans doute jamais.

La coloc hippie d'Ingeborg, ce n'était peut-être pas si bête, après tout, avec ou sans gamin.

– Jamais de la vie je n'irais raconter à un type que ma femme ne veut plus coucher avec moi, pour découvrir après que c'est lui le nouvel entraîneur de hand de Malin ou je ne sais quoi.

– Tu veux que j'en parle à Gro, dans ce cas ? proposa-t-elle. Je pourrais l'inviter à boire un verre, par exemple.

– Merci, mais je ne crois pas que ça arrangerait grand-chose. En fait, elle t'en veut pas mal encore, à cause du bouquin.

Agnes ne dit rien, mais bouillonna intérieurement. Gro avait pourtant accepté l'interview pour *La Chute*, et avait donné son aval pour toutes les citations. De quoi pouvait-elle lui en vouloir ?

On leur apporta bientôt de grandes assiettées de nigiris et de makis, et ils s'attaquèrent aux sushis chacun à sa manière, comme ils l'avaient toujours fait. Agnes mélangea son wasabi à la sauce soja, tandis que Viktor en déposait une noisette sur chaque sushi. Ils avaient confronté un nombre infini de fois leurs méthodes respectives, et le débat se terminait toujours de la même façon : Agnes avait besoin d'un surplus de wasabi, et Victor lui donnait ce qu'il lui restait.

Ils mangèrent un moment sans rien dire, et Agnes fut reconnaissante de pouvoir déjeuner tranquillement quelques minutes. Peut-être Victor était-il mûr lui aussi pour une petite discussion sur les derniers événements de Voss ? Il avait une sacrée dette envers elle.

– Kristina Bachmann ne croit quand même pas sérieusement que j'aie quelque chose à voir avec le meurtre ? glissa-t-elle.

– Mais non, dit Viktor, avant d'ingurgiter à même la bouteille une grande gorgée de Coca. Formellement parlant, on n'a même pas ouvert l'enquête. Elle est juste un peu impatiente à cause de Pâques, et stressée aussi, parce qu'il y avait plus de six cents personnes dans la salle, samedi soir. Évidemment, on n'a pas pu interroger tout le monde, alors le meurtrier potentiel peut très bien avoir quitté Voss depuis longtemps. Elle nous a reproché de ne pas avoir pris les noms des gens avant de les laisser sortir. On peut savoir qui avait un billet, puisqu'il fallait les acheter en ligne, mais on ignore s'il y avait d'autres personnes présentes. Il est toujours possible de se faufiler d'une manière ou d'une autre dans une salle de concert. On a tellement peu d'indices par ailleurs qu'il faut vérifier toutes les possibilités.

Il engouffra un maki au saumon.

– Et puis, ça aurait fait une bonne histoire si la biographe s'était transformée en meurtrière, ajouta-t-il en mastiquant.

– Je crois que j'ai lu un bouquin comme ça, dit Agnes. Ou vu un film.

Elle mordilla le bout de ses baguettes.

– Ils ont relevé les empreintes sur l'instrument ?

Viktor la regarda tout en enfournant un autre bout de saumon et de riz, et attendit d'avoir avalé pour répondre :

– Ça fait partie du travail, oui.

Le sourire exagérément encourageant d'Agnes déclencha un soupir.

– Les empreintes ne vont pas franchement nous aider, parce que des tas de gens ont touché le saxo, manifestement, dit-il, ou plutôt *les* saxos.

– Hein ? Elle en avait plusieurs ?

– Oui, deux différents. Mais les deux sont restés sur scène pendant tout le concert, d'après ce que j'ai compris, précisa Viktor. De toute façon, le plus probable, c'est que le malfaiteur éventuel ait mis des gants.

– Et qu'il se soit servi de sa main gantée pour mettre sur le saxo une substance qui est passée dans la bouche de Marta et plus tard du médecin, et les a tués tous les deux ?

– L'autopsie le dira. Mais, entre nous : c'est ce que je pense, moi aussi.

Agnes s'étonnait toujours que du riz et du poisson puissent être aussi bourratifs. Une fois le repas payé et Viktor retourné au travail, elle aurait aimé rentrer chez elle et s'allonger sur son canapé.

Elle s'assit dans sa voiture, la nuque contre l'appuie-tête, et s'accorda un instant de repos, avant de sortir son téléphone et de s'obliger à taper le numéro de Hauki Thorsson. Elle se sentait en devoir de discuter avec le mari de Marta, mais elle ignorait s'il serait d'accord.

À sa grande surprise, Hauki ne sembla pas importuné par son appel. Au contraire, il eut l'air heureux d'entendre sa voix. Il n'avait peut-être pas parlé à grand monde depuis le week-end, se dit-elle.

Ils avaient à peine échangé quelques mots qu'il l'invita à prendre le café.

En route vers Een, la nervosité la gagna, mais aussi un regain d'énergie, comme si le fait d'avoir les mains libres lui insufflait une force nouvelle. Elle ne dépendait plus de l'opinion d'un manager censé lui dire ce qui avait sa place dans un reportage en ligne ou dans l'édition papier du matin.

Son projet était de plus grande envergure.

Raconter toute l'histoire.

La vaste maison de Marta et Hauki était pratiquement voisine d'Eenstunet, la ferme à touristes d'où partaient, l'été, le circuit baptisé *Norway in a nutshell* et, l'hiver, les pistes de ski menant vers Bavallen. On était tout près de l'E16, mais l'autoroute se faisait oublier dès qu'on tournait vers Voss Auto pour gravir la pente menant à la propriété. D'ici, la vue sur le lac Melsvatnet, vierge de tout obstacle, était splendide. La maison était adossée aux flancs les plus abrupts de la montagne et la neige scintillait sur ses versants paisibles.

Quand Agnes s'arrêta près du garage, quelqu'un apparut à la porte. Une femme de son âge, apparemment. C'était sans doute Ragna, la fille de Hauki, mais il était difficile d'en être sûr avec sa longue doudoune et son bonnet enfoncé sur les yeux. Cette personne s'installa dans une voiture et s'en alla sans dire un mot à Hauki, qui s'affairait à déblayer la neige dans la cour.

Il leva la main vers Agnes. Comme chaque fois qu'elle le voyait, elle eut envie de faire un câlin à ce gros nounours, éventuellement de s'asseoir sur ses genoux et de lui dire quels cadeaux elle souhaitait pour Noël. Et, une fois de plus, elle fut frappée par la différence extrême entre cet homme et la femme avec laquelle il avait été marié pendant quarante ans. Il avait enfilé une combinaison, mais était resté tête nue, et ses oreilles étaient rougies par le froid. Marta Tverberg, c'était certain, n'avait jamais dû toucher une pelle à neige de sa vie.

– Bonjour, Agnes, lui dit-il, et il la serra joue contre joue.

– Bonjour, répondit-elle, en se sentant agréablement petite entre ses bras. Comment vas-tu ?

Il poussa un profond soupir qui fit grogner son grand corps.

– Je ne sais pas trop. Je me suis fait à l'idée qu'elle n'était plus là, mais je continue d'attendre qu'elle m'appelle. Viens, allons nous mettre au chaud.

Il ouvrit la porte et la fit passer devant lui.

Comme toutes les autres fois, elle sursauta en tombant droit sur Marta. Ce portrait accroché sur le mur du salon de manière à ce qu'il frappe dès qu'on avait mis un pas dans la maison. Il avait été réalisé par un peintre américain. Sans son saxophone, Marta avait plus l'air d'appartenir à une famille royale qu'au monde du jazz. Il ne lui manquait qu'une couronne ou un diadème. Elle était tellement kitsch, cette peinture, qu'on l'aurait presque trouvée cool.

Presque.

Mais Agnes ne se risquerait pas à un commentaire, certainement pas aujourd'hui.

La maison avait dû être construite dans les années 1970, comme celle où Agnes avait passé son enfance, mais l'intérieur semblait récemment rénové. Et pour une maison individuelle, elle était immense, au moins le double de la surface habituelle.

Hauki entra dans le salon avec deux tasses.

– C'est bien que tu sois venue, Agnes. Je pensais t'appeler, en fait, parce que j'espère que tu comptes terminer ton livre. Marta le méritait bien, je trouve. Et je voulais te dire que je t'aiderais volontiers, si ça peut t'être utile.

Agnes eut soudain mauvaise conscience de devoir transformer sa biographie en *true crime*. Les proches risqueraient d'y voir une spéculation sur le drame. Elle décida de ne rien lui révéler pour le moment. Il n'avait pas besoin de savoir. Et puis, tel qu'elle connaissait l'éditeur, il pourrait encore changer d'avis du jour au lendemain. Peut-être qu'elle finirait tout de même par écrire l'éloge de Marta, quel que soit le genre qu'on lui imposerait. Elle pensa à ce que lui avait dit Alexander.

– Voilà qui me fait plaisir, répondit-elle à Hauki, et elle ne mentait pas. C'est à l'éditeur de décider de l'avenir du projet, mais moi, j'ai très envie d'aller jusqu'au bout.

Tandis que Hauki s'adossait aux coussins du canapé, l'air soulagé, Agnes s'aperçut que la grande pièce où ils se trouvaient regorgeait de fleurs. Sur la table à manger et la table basse, sur les étagères, il y avait partout des bouquets de roses de différentes couleurs. Hauki suivit son regard.

– On n'a pas arrêté d'en déposer devant ma porte. Tu ferais bien d'en emporter un peu pour chez toi, je n'ai jamais eu la main verte, alors elles ne vont pas durer longtemps.

– Elle était aimée par beaucoup de monde, on dirait.

Il haussa les épaules.

– Je ne sais pas si c'était de l'amour, mais elle avait énormément de relations. Je ne connais même pas certains noms écrits sur les cartes. Mais c'est parce que je restais le plus souvent à la maison, pendant qu'elle était en tournée.

– Tu n'as jamais été tenté de l'accompagner ?

– Jamais. Je vais une fois par an à Reykjavik et à Akureyri, où je suis né. Ça me suffit largement. Moi, ce que je préfère par-dessus tout, c'est m'occuper de notre maison. Pour Marta, rester toujours au même endroit, c'était synonyme de mort.

Agnes s'étonna d'entendre ce mot dans sa bouche après

ce qui s'était passé. Le comportement étrange de Hauki ce samedi, au festival, était-il le signe d'une douleur profonde, ou d'une certaine indifférence ? Ou troisième possibilité : cet homme pouvait-il être un assassin ? Ça, elle n'y croyait pas, mais après les événements de l'été passé, elle était prête à toutes les éventualités. Ce qui ne faisait aucun doute, en tout cas, c'est que le mariage entre Hauki Thorsson et Marta Tverberg n'était pas vraiment inscrit dans les astres.

Agnes plongea le nez dans un bouquet de roses et inspira leur parfum.

– Comment vous étiez-vous rencontrés, au fait ?

Une lueur s'alluma dans les yeux de Hauki, comme si les vieux souvenirs les faisaient briller.

– Marta ne t'a pas raconté ?

Agnes secoua la tête.

– Malheureusement, on n'a pas eu le temps de remonter jusque-là.

Après l'histoire de la robe de mariée décousue sauvée par Hauki, Agnes n'avait pas réussi à revenir sur le sujet. Elle était bien, Marta, pendant cette conversation, elle buvait du vin rouge et semblait plus détendue que d'ordinaire. Agnes s'était dit ce jour-là qu'elles devraient boire plus souvent ensemble, et elle s'était fait une joie que Marta lui en apprenne plus sur l'homme de sa vie.

– Je l'ai rencontrée alors qu'elle jouait à Reykjavik, un soir de mai, en 1976. J'allais à pas mal de concerts, à l'époque, mais je n'avais encore jamais vu de femme saxophoniste. Et peut-être même aucune femme qui jouait d'un instrument. Elle portait une robe courte qui montrait ses longues jambes. Dire que j'ai été conquis dès la première note n'est pas exagéré.

Agnes sourit. Elle adorait ce genre d'histoires.

– Qui a dragué qui ?

Hauki prit une gorgée de café, regarda fixement devant lui, comme s'il explorait sa mémoire.

– J'ai cassé la gueule à un type qui essayait de la tripoter.

– C'est vrai ?

– Oui. En Islande, on n'avait pas trop l'habitude des femmes comme elle, qui n'avaient pas peur de se montrer. Ce que les autres pensaient, elle s'en fichait. Elle s'en est toujours fichue. J'étais à la fois impressionné et effrayé. Elle avait des manières tellement crues. Elle avait même fait de la prison.

– Hein, de la prison ? réagit Agnes, irritée de ne pas en avoir entendu parler avant. Pourquoi ?

– Oh, des petites histoires de drogue bien innocentes, on avait dû trouver un peu de cannabis sur elle. Toujours est-il qu'elle avait pris trois mois. Mais tu comprends, elle était plus courageuse que la moyenne. Enfin, c'est quand même grâce à moi si le crétin qui lui avait mis ses sales pattes entre les cuisses est reparti la gueule en sang.

– Eh ben… Et ça a commencé entre vous ce soir-là ?

– Oh non, Marta n'était pas si facile à appâter, tu penses bien. J'ai eu le droit de prendre un verre avec elle, et puis elle a continué son chemin. On s'est retrouvés à un autre concert, trois ans plus tard.

– Trois ans ! Et elle se souvenait de toi ?

– Non. Mais j'ai trouvé un moyen de lui rafraîchir la mémoire : j'ai cogné un autre type qui lui faisait des avances.

Hauki partit d'un éclat de rire qui secoua son grand corps entre les coussins du canapé. Agnes vit apparaître quelques larmes au coin de ses yeux. Il était difficile de savoir si c'était d'amusement ou de tristesse, mais petit à petit, le rire se transforma en sanglot.

– J'ai tout quitté pour elle. Ma fille et… tout. Et on a

eu une belle vie, c'est sûr. Mais que ça se termine comme ça, si brutalement...

Il se tut de nouveau.

Le temps qu'il se reprenne, Agnes regarda autour d'elle. Outre le portrait de Marta, il y avait aux murs beaucoup d'autres toiles, d'une valeur artistique sans doute un peu moins contestable. Elle se demanda si ce grand nounours avait continué de défendre sa femme pendant toutes ces années.

– C'est quand même étrange, dit-il dès qu'il eut retrouvé ses esprits. Quand quelqu'un meurt, on est tout de suite nostalgique. La maison me semble grande et vide, tout à coup, alors que je suis habitué à être seul.

– Vous n'avez jamais pensé à avoir des enfants ?

– Non, répondit-il. Marta n'en voulait pas, c'était très clair. Elle voulait rester libre de pouvoir voyager et travailler comme elle l'entendait. La musique, c'était tout ce qu'elle avait besoin de mettre au monde, comme elle disait.

– Et toi ?

Il haussa de nouveau les épaules.

– Heureusement, j'avais eu ma fille avant.

– Elles s'entendaient bien, toutes les deux ?

Hauki parut un instant déconcerté avant de répondre.

– Marta était une bonne belle-mère. Et maintenant, je me félicite d'avoir Ragna avec moi.

C'était donc bien elle qu'Agnes avait vue sortir en arrivant.

Elle ne pouvait pas repartir sans lui poser la question :

– Ne le prends surtout pas mal, mais que penses-tu qu'il se soit passé, samedi ? Sachant que la police a des soupçons. Est-ce que tu vois qui pourrait avoir voulu... tuer Marta ?

Hauki lâcha un drôle de petit rire.

– Honnêtement, même moi, ça a dû me venir à l'idée quelquefois. Ma femme était exceptionnelle dans plein de domaines, y compris quand il s'agissait de se mettre les gens à dos. Je ne crois pas qu'il soit difficile d'en trouver qui aient eu de mauvaises intentions.

Il secoua la tête.

– Mais non, je ne sais pas. Tout ce dont je suis sûr, c'est que si j'avais compris que quelqu'un lui voulait du mal, il aurait eu mal avant.

Agnes resta deux heures entières. Elle regarda des photos de mariage, de confirmation, des photos d'enfance et d'adolescence de Marta. Hauki déroulait son récit et ses commentaires, bien huilés, tel un guide professionnel du musée Tverberg. Agnes connaissait déjà la plupart des anecdotes, pour les avoir lues ou entendues de la bouche de Marta. Mais elle n'avait pas le cœur de l'interrompre. C'était peut-être une manière pour lui d'exprimer son chagrin. Il n'y avait peut-être pas grand monde prêt à écouter les histoires de la diva, malgré l'océan de fleurs dans ce salon.

Elle observa qu'il n'y avait, dans la pièce, aucune photo d'autres enfants. Ni de Hauki petit, ni de sa fille. Ce qu'on exposait sur ces murs avait dû être défini avec soin, pensa-t-elle. Les souvenirs évoquant la vie précédente de l'homme de la maison n'avaient peut-être pas leur place entre ces murs.

Hauki lui raconta – Agnes était au courant – que Marta avait passé son enfance dans la ferme voisine, ici même, à Een. Elle était la petite dernière, après quatre garçons, et sa naissance avait fait la joie de sa mère, qui souhaitait depuis toujours une fille. Personne dans la famille n'avait jamais fait de musique, aussi s'était-on étonné que la petite insiste pour apprendre à jouer d'un instrument.

Et l'étonnement avait redoublé quand elle avait choisi le saxophone.

En entendant à la radio John Coltrane, Marta avait décidé de faire cet instrument. En 1962, la fanfare de l'école de Voss avait enfin été ouverte aux filles, et Marta était l'une des huit qui avaient suivi les leçons de solfège, aux côtés de seize garçons. Elle avait dû attendre quelques années avant qu'on l'autorise à se mettre au saxo, le chef de la fanfare estimant que les filles devaient plutôt s'en tenir à la flûte traversière, mais elle avait tenu bon et, le 17 mai 1964, la petite Marta Tverberg, âgée de onze ans, avait arboré son saxophone pour la première fois dans le défilé populaire de la fête nationale. Hauki lui montra une photo en noir et blanc, fanée et toute petite, où l'on voyait la fière instrumentiste au milieu d'autres musiciens qui semblaient avoir le même âge qu'elle.

Agnes lui demanda si elle pouvait emporter la photo, ce que lui permit Hauki. Ce jour avait été un moment important dans ce qui allait devenir une longue carrière.

Le reste, c'était de l'histoire.

Une façon d'insister pour qu'elle mette ce cliché dans son livre, aurait-on dit.

Il n'en continua pas moins son récit, comme si elle n'était pas capable de trouver les informations toute seule.

Après le collège, Marta s'était installée à Trondheim pour étudier au Conservatoire du Trøndelag. C'est là-bas qu'elle était entrée en contact, pour la première fois, avec le milieu du jazz. Jusque-là, elle n'avait fait qu'écouter son style de musique favori à la radio. Elle s'était distinguée rapidement dans un univers dominé par les hommes. Dans les années 1970-1980, quand on était une fille, il fallait être solide pour percer dans ce milieu, souligna Hauki, et Agnes se rappela son échange avec Marta à ce sujet.

Je devais me comporter comme si j'avais des couilles, lui avait-elle dit.

Le guide du musée Tverberg ne rapporta pas cette citation qu'Agnes se ferait un plaisir de glisser dans son livre. Peut-être comme titre de chapitre. Même si elle devait faire de ce bouquin un *true crime*, il faudrait pimenter un peu le texte.

Puis Hauki lui raconta une autre histoire qu'Agnes connaissait vaguement, sur le jour où un producteur musical américain avait entendu Marta en concert à Bergen, alors qu'elle n'avait que dix-neuf ans. Peu de temps après, elle s'était envolée pour New York pour enregistrer son premier disque. Le producteur avait des contacts parmi des gens très haut placés, et l'avait fait entrer à la Maison Blanche.

– Un vrai conte de fées, commenta Hauki.

Mais son téléphone se mit à sonner, et il sortit du salon. Agnes, restée seule, s'attarda devant un autre mur parsemé de photos. Marta devant la Grande Muraille de Chine, Marta devant la tour Eiffel, Marta au festival de jazz du Brésil, Marta un peu partout dans le monde. Elle observa que la photo prise aux États-Unis faisait partie des plus anciennes, et elle savait maintenant pourquoi. Marta Tverberg avait dû mettre fin à ses tournées américaines peu de temps après son concert pour le Président. Sans doute n'était-elle même plus admise sur le territoire après sa condamnation pour cette affaire de drogue ?

Au bout d'un moment, Hauki réapparut et s'excusa de devoir faire un saut à son travail, l'air soudain pressé. Agnes avait presque oublié qu'il était propriétaire d'une entreprise de bâtiment.

– Mais on se reparle bientôt ? suggéra-t-il.

– Oui, bien sûr, répondit Agnes, merci pour l'accueil et le café.

Elle eut droit à une nouvelle embrassade. Pourvu qu'elle ne change jamais d'avis sur cet homme, pensa-t-elle en sortant. Elle croisait les doigts pour que le géant islandais n'ait pas mis à exécution l'idée qui lui venait quelquefois de tuer sa femme.

À peine assise dans sa voiture, elle se rappela la photo de groupe en noir et blanc découverte dans le livre que Marta avait laissé dans sa chambre, au Fleischer. Elle pourrait peut-être interroger Hauki, se dit-elle, mais ce serait difficile sans avouer qu'elle avait fouillé dans les affaires de son épouse. Elle consulta le cliché sur son téléphone. Maintenant qu'elle venait de voir toutes ces photos de Marta petite, elle n'avait aucun mal à la reconnaître. La fillette, un nœud dans les cheveux et les mains sur les genoux, était assise au milieu du groupe, comme si elle était déjà au centre de l'attention. C'était à l'école primaire, sans doute. Pourquoi Marta utilisait-elle une vieille photo de classe comme marque-page ? Il n'y avait rien au dos, même si à l'époque on avait l'habitude de griffonner quelques mots par-derrière – l'année, la nature de l'événement, etc.

Elle ressortit l'autre photo, celle de la fanfare, elle aussi en noir et blanc. À côté de la petite Marta de onze ans, deux autres enfants en uniforme souriaient devant l'objectif. Elle retourna la photo. Cette fois, on avait écrit quelque chose en lettres gracieusement contournées, un commentaire des plus classiques, dont la mère de Marta était probablement l'auteur : « Les joyeux musiciens, 17 mai 1964 : Marta, Lucy et Lauritz. »

Combien de Lauritz pouvait-il y avoir à Voss ? Était-il possible qu'il s'agisse de Lauritz Fadnes, l'ex-patron du festival, celui qui avait cédé sa place six mois plus tôt ? Il était méconnaissable, mais comment s'en étonner, après toutes ces années, et tant de kilos…

On frappa à grands coups à la fenêtre, et Agnes bondit sur son siège.

Un visage barbu la cherchait du regard.

– Désolé, je ne voulais pas te faire peur ! s'exclama Hauki quand elle ouvrit la portière. J'ai vu que tu n'étais pas encore partie, et je me suis aperçu que j'avais oublié un truc. Je me demandais si ces appareils pouvaient t'intéresser ?

Il lui tendit deux enregistreurs identiques, du même type que celui de l'hôtel.

– J'en ai trouvé un dans la salle de bains et un autre dans son bureau. Ça lui servait presque de journal intime, par périodes. Et à prendre des notes pour le livre. Elle n'a sans doute pas eu le temps de te les donner tous.

Agnes, un peu étonnée, les prit.

– C'était quand même une drôle de façon de faire, et pas gratuite, en plus, d'aller utiliser tous ces dictaphones au lieu de transférer les enregistrements au fur et à mesure sur un PC, remarqua Hauki. Mais tu sais que ma femme faisait beaucoup de choses à sa manière. Si seulement elle avait eu un smartphone, elle aurait pu tout regrouper.

– Elle ne voulait pas en entendre parler, dit Agnes avec un sourire. Je me souviens de l'avoir entendue dire que l'iPhone, c'était « le déclin de la civilisation ».

Hauki toussota.

– En tout cas, je sais que ce qu'il y a là-dedans était pour toi, affirma-t-il.

Quand elle eut enfin quitté la cour en lui adressant un signe de la main, Agnes prit conscience qu'en théorie, son hôte aurait dû se rendre directement au commissariat de police avec ces appareils. C'était peut-être islandais, cette façon de procéder, de se débrouiller tout seul. Maintenant qu'elle les tenait, ces engins, elle pourrait écouter leur contenu en vitesse avant de les confier à Viktor.

Gagnant-gagnant, se dit-elle pour se rassurer, quand Ingeborg l'appela.

– Je vais peut-être rompre une forme de confidentialité dans le métier, lui dit-elle, mais j'ai pensé que ça t'intéresserait de savoir que les frères Rogne sont en train de vider le bar du Fleischer.

– Alfred aussi ? s'étonna Agnes.

Lui qui s'était toujours montré si prudent avec l'alcool. Elle ne se souvenait pas de l'avoir jamais vu ivre. En revanche, Didrik se retrouvait régulièrement affalé sur l'épaule de son frère.

– Et il ne fait pas semblant, répondit Ingeborg.

Agnes avait presque oublié que Hauki Thorsson, dans cette histoire, n'était pas le seul à s'être retrouvé veuf. Et quelque chose lui disait qu'Alfred Rogne devait être plus mal en point. Si Hauki était un grand nounours flegmatique, Alfred, depuis toujours, semblait fragile comme un oiseau. Au lycée, en tout cas, il était discret, sauf quand il montait sur scène et exerçait son pouvoir musical sur la salle.

Il y avait toutes les raisons de croire que son chagrin devait être plus déchirant.

Agnes n'avait pas la moindre d'envie d'aller le voir. Mais elle n'avait pas vraiment le choix. Si elle voulait qu'un *true crime* sorte de tout ça, elle devait se rendre sur le terrain. Prendre de l'avance. Parler avec un maximum de gens – y compris ceux qui souffraient le plus.

Et puis, c'était bien connu : la vérité sort de la bouche non seulement des enfants, mais des ivrognes.

Les lumières tamisées donnaient d'ordinaire à Agnes une forte envie de whisky.

Pas cette fois.

Le malaise habituel la prit immédiatement à la vue des deux hommes, penchés chacun sur un verre d'eau-de-vie brune, avec l'air de n'avoir rien fait d'autre depuis le lever. Depuis l'enfance, les hommes soûls la dégoûtaient, or la tête d'Alfred Rogne pendait dangereusement bas au-dessus du comptoir. Bien sûr, noyer son chagrin était devenu socialement acceptable, mais Agnes en voulut à Didrik de laisser son frère, l'élégant pianiste de jazz, s'enivrer en public. Manifestement, le barman en chemise et cravate était au courant de la situation dans laquelle se trouvait Alfred. Peut-être Ingeborg le lui avait-elle expliqué. Par chance, en ce lundi matin, il n'y avait personne d'autre au bar. Sinon, dans un établissement aussi prestigieux, on n'aurait sans doute pas toléré de le voir ainsi avachi, à demi somnolent.

– Toutes mes condoléances pour ton mari, lui dit Agnes, sans savoir s'il l'entendait.

Puis elle se tourna vers Didrik :

– Et ton beau-frère.

Elle n'avait pas demandé à Viktor si on les avait déjà interrogés, et le regretta. Ça ne changeait rien en soi, mais elle aurait sans doute trouvé moins désagréable de leur poser des questions si la police l'avait précédée.

– Tu veux un truc à boire ? lui proposa Didrik.

– Non merci.

– Alors qu'est-ce que tu viens faire là ?

Elle tourna les yeux vers Alfred, toujours figé dans la même position, tellement bourré que son frère, à côté, semblait sobre. Elle décida d'être franche, pour une fois.

– Je cherche à savoir ce qui s'est passé samedi.

– Tu n'étais pas là ? répliqua Didrik. On n'en sait pas plus que toi.

Agnes ignorait depuis combien de temps lui et son frère jouaient dans l'orchestre, mais ils ne semblaient pas avoir entretenu avec Marta des relations étroites, et cette impression ne découlait pas seulement de ce que la diva lui avait raconté à propos de leurs histoires d'argent. Quand Agnes était passée à la salle St Olav, le local de répétition attribué aux artistes du festival, dans les bâtiments de l'Université populaire où l'on fignolait toujours le morceau une semaine avant le concert, elle avait remarqué que le silence régnait entre les musiciens. Pas de bavardages, encore moins d'éclats de rire. À l'heure du déjeuner, chacun était parti de son côté. Ce jour-là, Agnes n'y avait rien vu d'anormal, elle s'était dit qu'ils étaient tous concentrés et très professionnels, mais compte tenu de ce qui s'était passé depuis, cette atmosphère assez froide prenait de l'intérêt à ses yeux.

– Je me fous de Marta, déclara Didrik. Désolé, mais je ne peux pas faire semblant. C'était une emmerdeuse.

Agnes, une fois de plus, le prit mal pour la défunte. Certes, la saxophoniste n'était pas facile à vivre, mais que faisait-il du respect dû aux anciens ? Il se prenait pour qui, à juger une star du jazz ?

– Alors pourquoi tu jouais avec elle, si elle te déplaisait autant ?

Sans répondre ni la regarder, il avala une nouvelle lampée d'alcool.

– On prend les jobs qu'on vous propose, finit-il par murmurer au bout d'un moment.

– Et qu'est-ce qui n'allait pas chez elle, au juste ?

La question déclencha un rire sans joie.

– La liste est longue. Tu as le temps ? Elle était avare. Dominatrice. Manipulatrice. Ringarde.

– Ringarde ? Ce n'est pas un peu injuste de dire ça de quelqu'un qu'on fêtait comme une légende dans le monde entier, et qu'on a chargé d'écrire un morceau pour l'un des meilleurs festivals de jazz du pays ?

Didrik la fixa du regard.

– Elle était ringarde, répéta-t-il. Mais elle le cachait bien. Enfin, Marta a eu une belle carrière, personne n'en doute. Elle s'est lancée dans la musique à une époque où il était encore possible de faire de l'argent en vendant des disques. Mais il y a des années de ça. Et quand on lui a passé cette commande, tout le monde n'était pas d'accord, c'est le moins qu'on puisse dire.

– Pourquoi le lui a-t-on proposé, alors ?

– Parce que celui à qui on avait demandé au départ, et qui bossait dessus depuis presque un an, a fini par renoncer. Et Tverberg a pris le relais sans vergogne, elle a bricolé un truc en quelques mois. Parce qu'elle n'avait pas grand-chose d'autre à faire, certainement.

Et si Didrik avait raison ? Agnes en eut la chair de poule. Si Marta Tverberg, en réalité, était *has been* ? Si la publication d'un livre à son sujet faisait hausser les épaules au pays tout entier ? Que savait-elle, au fond, du statut de Marta Tverberg parmi les célébrités ?

– Tout le monde savait que sa carrière était plus ou moins finie, reprit Didrik. Kosanovic lui a juste fait une petite faveur pour la prolonger.

– Alexander ? dit Agnes, en se rendant compte aussitôt qu'elle avait prononcé ce prénom un peu trop fort, et qu'elle piquait un fard comme une ado.

– Oui, il s'est retrouvé devant cette annulation alors qu'il venait d'être nommé. C'est lui qui a passé commande à Marta. Mais ça n'a pas plu à tout le monde.

Agnes avait donc plus d'une raison de discuter avec Alexander, en déduisit-elle avec un bref picotement de plaisir.

D'un signe de tête, elle montra Alfred, accoudé au comptoir, la tête entre les mains.

– Comment il va ?

Didrik regarda Alfred, l'air de découvrir à l'instant que son frère s'était endormi. Il lui donna un violent coup de coude, et Alfred sursauta comme un animal apeuré.

– Comment tu vas ? lui demanda-t-il.

Délicat, le mec, pensa Agnes, en regrettant sa question. Maintenant, c'était elle qu'Alfred regardait. Il avait le blanc de l'œil écarlate.

– Très mal, répondit-il, en continuant de la fixer.

Si elle avait dû deviner ce qu'il y avait dans ce regard, elle y aurait vu du chagrin, de la crainte et de la colère. En temps normal, elle serait partie sur-le-champ. Mais il fallait au moins qu'elle lui pose la question pour laquelle elle était venue :

– Qu'est-ce qui est arrivé à Tobias, tu crois ? Il est mort de quoi, à ton avis ?

Alfred secoua la tête et ses yeux replongèrent dans son verre, à présent vide.

– D'orgueil, marmonna-t-il.

Tobias Løken était à peu près invisible sur les réseaux sociaux. En tout cas ceux qu'Agnes fréquentait couramment. Elle ne trouva rien de plus que ce qu'elle savait déjà de lui : il se destinait à la médecine et aimait la marche en montagne. Elle hésita avant de télécharger Grindr, mit deux minutes à se créer un profil homo sur l'application de drague la plus courue au monde, en espérant pour Alfred qu'elle n'y trouverait pas Tobias. Sérieux comme il en avait l'air, il ne devait pas être du genre à garder les portes ouvertes tout en étant en couple…

Eh bien si, c'était son genre.

Gentil garçon, étudiant en médecine, qui ne demande qu'à jouer au docteur avec toi, disait la présentation de Tobias Løken.

Le tout illustré de quelques photos de randonnées en montagne, mais surtout de portraits de l'intéressé, torse nu et souriant.

C'était un bel homme, comme Alfred. Question beauté, ils formaient un couple bien au-dessus de la moyenne. La courte notice biographique indiquait qu'il venait de Knarvik, près de Bergen, mais était domicilié à Voss. Agnes tapa Løken + Knarvik, et n'obtint qu'une seule réponse. Josefine Løken. Sa mère, peut-être ?

Elle réfléchissait s'il était ou non correct d'appeler une mère dans le deuil, quand elle reçut un SMS. Kristina Bachmann souhaitait lui parler, écrivait Viktor, et de préférence tout de suite.

– Il paraît que vous avez rendu visite à Hans Haukur Thorsson tout à l'heure ? lui dit Kristina Bachmann.

Agnes se demanda de qui elle tenait cette info.

La responsable de l'enquête portait à présent un pull qui donnait à son buste un volume peu flatteur. Agnes en vint à songer à l'une des dames qui s'occupaient d'elle quand elle était petite, au jardin d'enfants, et qui, quand elle câlinait les bambins, leur écrasait toujours sans s'en rendre compte le visage contre ses seins.

– Oui, je suis allée voir Hauki, répondit Agnes d'un ton méfiant qu'elle perçut elle-même. Comment le savez-vous ?

En guise de réponse, Bachmann esquissa un sourire. Agnes aurait dû être au courant que dans cette ville, la cheffe de la Kripos avait des yeux et des oreilles partout.

– Vous a-t-il dit quelque chose qui vous a paru suspect ?

Quelle question.

– Pourquoi vous me demandez ça ? Il est soupçonné du meurtre de Marta ?

– La culpabilité du mari est toujours une hypothèse à examiner. Et j'ai le sentiment que vous avez de l'instinct. Thorsson vous a-t-il dit quelque chose qui vous aurait frappée ?

Agnes se racla la gorge. Les compliments marchaient toujours un peu trop bien, avec elle. Elle regretta immédiatement les mots qu'elle avait laissés échapper :

– Il m'a dit qu'il lui était venu quelquefois à l'idée de tuer sa femme.

Face à l'expression de surprise qui venait de se peindre sur les traits de son interlocutrice, elle leva les deux mains dans un geste défensif.

– Mais ce n'était qu'une plaisanterie, s'empressa-t-elle d'ajouter. Le genre de choses qu'on peut sortir quand on vit avec quelqu'un depuis des années et des années, et que cette personne vous agace.

Bachmann s'appuya au dossier de sa chaise.

– Parce que ça vous arrive aussi de raconter ici ou là que vous avez envie de tuer les gens ?

– Non ! Non, mais…

– Et vous trouvez normal qu'un homme plaisante sur ce sujet deux jours après le meurtre de sa femme ?

Agnes se mordit les lèvres. Plus jamais elle n'ouvrirait sa grande gueule.

Kristina Bachmann se pencha vers elle, de sorte que sa poitrine repose quasiment sur le bureau.

– J'aimerais vous avoir dans mon équipe, Agnes. Si vous comptez achever ce livre, vous avez comme personne la possibilité de parler avec des gens qui pourraient être impliqués dans l'affaire.

Cette déclaration laissa Agnes perplexe. Kristina Bachmann s'imaginait-elle qu'elle accepterait de jouer les agents secrets pour la police ? Drôle d'idée, surtout après le désastre de leur première entrevue. Elle préféra se taire en attendant que l'envoyée de la Kripos lui en dise plus.

– Toutes ces conversations que vous avez eues avec Marta

Tverberg, reprit Bachmann, et Agnes comprit que son but était exactement le même que la fois précédente. J'ai bien compris que vous n'aviez pas encore de manuscrit à me montrer, mais sachez que des notes m'intéresseraient tout autant. Je vous prie donc de me transmettre ce que…

Un téléphone sonna. La cheffe de la Kripos ôta ses lunettes, jeta un coup d'œil à l'écran de son portable, et le sentiment d'appartenance au même camp perdit visiblement de son importance. Agnes eut l'impression d'être une vulgaire mouche qu'on chasse quand Kristina Bachmann agita la main pour lui signifier de quitter la pièce.

Décidément, il fallait être motivé pour aider cette femme.

Agnes s'arrêta juste derrière la porte du bureau, sortit son téléphone et fit semblant de lire quelque chose avec attention, tout en écoutant par la porte mal refermée ce que racontait Bachmann.

– Mais non, tu ne comprends pas, répondait sa voix, bien plus bas qu'un instant plus tôt. Comme je te l'ai dit, elle a laissé une petite fortune derrière elle. Plusieurs dizaines de millions de couronnes.

Et merde. Agnes avait compris qu'autrefois, le secteur de la musique avait connu des temps plus glorieux, mais était-ce vraiment son jazz novateur qui avait permis à Marta de gagner autant de fric ? Ou avait-elle su gérer intelligemment ses revenus ?

– Elle a investi notamment dans un nouveau lotissement de vacances dans les environs, entendit-elle Bachmann expliquer, répondant à la question qu'Agnes venait de se poser. De toute évidence, le rendement était intéressant, et elle a vendu ses actions il y a un peu moins d'un an. Comme elle n'avait ni enfant ni frères et sœurs, et que ses parents sont morts depuis longtemps, il ne lui restait que des cousins éloignés. Son conjoint… Thorsson, oui… Il est le seul héritier.

Voilà donc pourquoi sa visite à Een avait tant intéressé la cheffe de la Kripos. La police observait manifestement Hauki à la loupe. Ce qui n'était peut-être pas si étonnant.

Agnes tendait toujours l'oreille. Bachmann se tut un instant, avant de reprendre :

– A priori non, même si la perspective d'avoir autant d'argent peut suffire à constituer un mobile. Mais apparemment, Tverberg aurait eu l'intention de léguer par testament une bonne partie de sa fortune à quelqu'un d'autre, ou à une institution.

Un agent de police qu'Agnes ne connaissait pas la dévisagea en passant. Il était temps de s'en aller, avant qu'on ne lui demande ce qu'elle fabriquait là.

– Non, je ne sais pas, entendit-elle tout en s'éloignant. C'est justement ce qu'il faut trouver.

Cette fois, sa curiosité était sérieusement en éveil.

En rentrant chez elle, Agnes se demanda ce qu'elle devait faire si elle découvrait à qui ou à quelle cause Marta comptait léguer son argent. Arrivée à la maison, elle avait décidé que Kristina Bachmann serait la dernière personne qu'elle informerait de quoi que ce soit.

Elle se dirigea tout droit vers la cuisine, ouvrit le réfrigérateur et se figea devant les étagères vides. Il y avait plusieurs jours qu'elle n'était pas allée au supermarché. Surtout ne pas oublier de faire des courses avant les jours fériés. Le cauchemar serait de se réveiller le jeudi saint en découvrant qu'elle n'avait plus rien à manger.

Que deviendrait l'enquête pendant le week-end de Pâques ? Les tout premiers jours avaient une importance capitale, avait-elle appris. La police allait devoir convoquer un monde fou aux interrogatoires. Les gens pourraient-ils partir en montagne alors que l'enquête était en cours ?

Agnes sortit les deux dernières saucisses au fromage qui traînaient dans un emballage en plastique humide peu ragoûtant et vérifia qu'il lui restait deux galettes de pommes de terre, avant de laisser tomber les saucisses dans la poêle, de se saisir de la spatule d'une main et de l'autre, de son téléphone. Elle avait l'intention d'appeler Hauki pour en savoir plus sur cette histoire d'héritage, après un détour par Twitter.

Un certain Jazz Hands avait écrit : *L'œuvre composée par Marta Tverberg ? On croyait que Jazz à Voss voulait aller de l'avant et donner un coup de pouce aux jeunes musiciens, et voilà qu'ils ont dégoté une vieille saxophoniste sur le retour. Félicitations ! #lefestivalseplante.*

Ce post avait suscité près de cent commentaires. Dont plusieurs, constata-t-elle en les parcourant, utilisaient le même hashtag.

Tverberg, soixante-sept ans, va composer un morceau pour le festival. C'est la fête à la maison de retraite ! écrivait quelqu'un.

C'est une blague ? Ou le début de la fin pour Jazz à Voss ? s'interrogeait un autre.

Plus elle lisait, plus Agnes se sentait révoltée. Si ces réactions étaient représentatives du milieu du jazz, pas étonnant que Marta ait fait un esclandre sur scène.

Elle aurait même dû y aller plus fort ! se dit Agnes. Quelle discrimination dégueulasse ! Du pur *jeunisme.*

Agnes avait lu un article à ce sujet, il n'y avait pas si longtemps. Le psychiatre qui avait inventé le mot à la fin des années 1960 expliquait que la peur de mourir ou de perdre ses capacités physiques expliquait largement ces attitudes pleines de préjugés. Mettre les vieux à l'écart, pour certains, c'était une façon d'éviter de penser à leur propre nature mortelle, affirmait-il.

Agnes était prête à parier tout ce qu'elle possédait qu'aucun de ces trolls numériques, si angoissés soient-ils à l'idée de la mort, n'aurait écrit des saloperies pareilles à propos d'un compositeur de soixante-sept ans.

Encore une discrimination envers les femmes, putain !

L'indignation la fit bouillir plus fort que la graisse dans la poêle à frire. Comment avait-elle pu ne pas le comprendre plus tôt ? Elle éprouva soudain un regain d'estime pour Marta Tverberg, un respect plus profond. Si elle ne s'était heurtée au jeunisme que depuis quelques années, la misogynie l'avait poursuivie pendant toute sa longue carrière. Comment s'étonner qu'elle ait eu la peau dure ?

Et le pauvre Alexander n'avait pas dû se régaler, lui non plus, ces derniers mois.

Elle chercha rapidement son numéro et lui envoya un message.

Elle venait de sortir ses saucisses de la poêle quand la réponse arriva.

Je reprendrais volontiers le relais pour ton bouquin, écrivait-il. *Un café demain matin, ça t'irait ?*

Et voici qu'eut lieu ce qui ne s'était presque jamais produit auparavant : Agnes Tveit, trente-neuf ans et demi, constata qu'elle avait perdu l'appétit.

Elle s'assit à sa table de cuisine et mangea malgré tout. Si elle se couchait le ventre creux, elle n'arriverait jamais à s'endormir. Déjà que ce serait difficile avec toutes ces informations et ces nouveaux motifs d'irritation qu'elle avait en tête.

Elle en était à la moitié de la première saucisse quand elle repensa aux enregistreurs qu'elle avait rapportés de sa visite à Een. La bouche pleine, elle alla les chercher dans son sac à main et les posa devant elle sur la table avant d'appeler Hauki.

– Ça m'a fait du bien de te voir, merci, lui dit-il. Tu as eu le temps d'écouter les enregistrements ?

– Je m'apprêtais à le faire, mais je viens de me rappeler un truc. Tu sais si Marta avait un testament ?

Elle entendit Hauki pousser un soupir résigné.

– J'en ai parlé pendant des heures à l'interrogatoire, hier. La police n'a pas voulu me dire d'où elle tenait cette idée, mais je dois avouer que ça m'inquiète. Non que Marta n'était pas libre de faire ce qu'elle voulait de ses sous – elle en avait assez pour qu'on partage, honnêtement – mais si c'est vrai, ça signifie qu'elle ne m'en a pas parlé. Moi qui croyais que Marta me racontait tout, ajouta-t-il. Je me demande ce qu'elle a pu me cacher d'autre. En plus, même un homme simple comme moi comprend que ne pas savoir répondre à la police dans une enquête pour meurtre, ça ne fait pas bon effet.

Hauki supplia Agnes de l'avertir si jamais elle apprenait quelque chose. À lui non plus, elle préféra ne rien promettre. Elle commençait à se lasser qu'on la prenne pour une agence de presse, comme si elle n'avait rien de mieux à faire.

Elle posa son téléphone et prit l'un des enregistreurs. Il ne contenait qu'un seul enregistrement, et lorsque la voix qu'elle connaissait bien se mit à parler, Agnes ne fut pas loin de trouver la coïncidence troublante. C'était comme si Marta Tverberg commentait ce qui venait de la choquer. Elle disait qu'elle avait examiné ses rides dans la glace, et chacune reflétait la vie qu'elle avait derrière elle, tous ces soucis et ces sourires qui avaient laissé leurs traces sur son visage. Elle concluait qu'elle venait de décider de ne plus avoir recours à la chirurgie esthétique.

« J'emporterai ma tête fripée dans la tombe ! » s'exclamait-elle dans le micro.

Agnes ressentit subitement plus d'affection pour cette femme qu'elle n'en avait eu de son vivant.

Elle prit le second enregistreur, qui contenait trois séquences. La première, totalement inintéressante, expliquait pourquoi Marta nettoyait si rarement son instrument. La deuxième se limitait à des crachotements. Quant à la troisième, Hauki ne pouvait pas l'avoir entendue, s'il pensait que les confidences de Marta n'avaient aucun intérêt pour l'enquête.

Agnes, debout dans sa cuisine, l'écouta plusieurs fois d'affilée.

De quoi Marta pouvait-elle bien parler ?

« Tout le monde me trouve égoïste, mais si seulement les gens savaient comme j'ai fait preuve de loyauté toutes ces années. Combien de fois j'ai agi en fonction de ce qui était le mieux pour les autres, au lieu de m'en tenir à mon propre intérêt. Combien de fois j'ai couvert Untel ou Unetelle. Mais maintenant, je suis trop vieille, il faut que ça cesse. Je n'ai plus le courage de me mettre dans ce genre de situations. Je n'ai plus envie de garder des secrets. J'ai déjà fait assez de sacrifices comme ça. Ils n'auront qu'à se débrouiller, même si ça signifie que tout s'écroulera pour l'un comme pour l'autre. »

MARDI

Agnes, debout devant le grand miroir fixé à la porte de sa chambre, se sentait bête.

On aurait pu dire beaucoup de choses déplaisantes sur son compte, mais certainement pas la traiter de vaniteuse. Elle enfilait en général les premiers habits qui lui venaient sous la main, se maquillait d'un coup de mascara et ne se lavait les cheveux que deux ou trois fois par semaine. Elle était satisfaite de son physique, et les petits détails qui pouvaient survenir comme des kilos en trop ou une peau pas très nette ne l'empêchaient pas de vivre. C'était ce qui lui donnait du caractère, se disait-elle depuis toujours.

Alors que foutaient ces cinq pulls, ces trois pantalons et ces deux jupes sur son lit ? Pourquoi s'escrimait-elle à rentrer dans sa ceinture le chemisier en dentelle qu'elle avait choisi, en observant d'un œil contrarié que son jean lui faisait de grosses cuisses ?

L'idée qu'un homme puisse avoir autant d'impact sur elle l'agaçait terriblement. Ce n'était pas bien, pas bien du tout, et elle décida par principe d'en revenir à la robe de laine noire qu'elle avait commencé par enfiler. Après tout, ce n'était pas un *date*, et il n'y avait pas la moindre raison d'essayer de plaire à un type marié, père de trois gosses, même si ledit père avait été autrefois son amoureux, et qu'elle n'avait jamais vraiment réussi à l'oublier.

Aurait-elle été encore aussi accro s'ils étaient allés jusqu'à coucher ensemble, pendant ces six mois de lycée ? Sûrement pas. La magie aurait sans doute été pulvérisée depuis longtemps. Sans doute associerait-elle aujourd'hui son nom au souvenir de mains tâtonnantes, de manipulations maladroites autour d'une capote, en tout cas rien de mieux qu'un rapport sexuel moyennement réussi. Le fait qu'ils ne soient jamais passés à l'acte – grâce à M. Tveit, qui avait interdit à sa fille d'aller voir seule ce garçon dans sa chambre – avait donné naissance à des fantasmes qui continuaient à prospérer, plus de vingt ans après.

Aucun de ces fantasmes ne comprenait de rendez-vous au café Vangen, au milieu des retraités habitués de l'établissement, mais c'était ce qu'avait proposé Alexander. Avant de partir, elle avala une tasse de café, fut vaguement tentée d'engloutir une tartine de Nutella, mais elle avait encore moins d'appétit que la veille. Constatation qui ne fit qu'augmenter son inquiétude. Puisqu'il lui restait encore beaucoup de temps, elle enfila son anorak et descendit à pied vers le lac.

La neige avait tenu au sol comme un sale gosse qui refuse de s'en aller. Elle n'en était encore qu'à l'esplanade Prestegardsmoen, quand les chaussures de jogging qu'elle s'obstinait à porter toute l'année depuis son retour dans le Vestland commencèrent à prendre l'eau. Comme elle abordait la rue Uttrågata, elle sentit ses orteils se refroidir. Elle ferma les yeux une seconde, et s'imagina enfoncer les pieds dans du sable chaud, le dos chatouillé de plaisir.

La seconde d'après, une sensation glaciale s'abattit dans sa nuque.

Une boule de neige.

– C'est quoi ce bordel ? s'écria-t-elle, avant de se retourner pour savoir quel morveux l'avait agressée.

Tor Erik Åkervold souriait à pleines dents comme un ado malfaisant.

– Désolé, je n'ai pas pu m'en empêcher, déclara-t-il en s'approchant d'elle.

Elle était trop furieuse pour faire semblant de trouver la plaisanterie amusante. Ce qui avait du bon : il interpréterait le rouge vif de ses joues comme une marque d'énervement, et la honte de l'avoir vu surgir, lui, au milieu de ses ébats solitaires passerait inaperçue.

– Tu vas déjà à la conférence de presse ? lui demanda-t-il. Ça ne commence qu'à midi, non ? Tu veux qu'on prenne un…

– Non.

– … café ?

– Non merci, se reprit-elle. Pour le café. La bière. Ou toute activité commune.

Elle soutint son regard.

Il avait l'air vraiment désemparé.

– Tu es si fâchée que ça pour la boule de neige ?

Elle n'avait pas envie de répondre, mais se sentait déjà revigorée.

Tout en poursuivant son chemin, elle engueula Viktor par SMS de ne pas l'avoir prévenue qu'une conférence de presse était prévue aujourd'hui.

Et de deux. Elle avait remis deux hommes à leur juste place avant qu'il soit dix heures.

Et elle s'apprêtait à en rencontrer un troisième. Suspense.

Incontestablement, le nouveau café Vangen était mille fois mieux que l'ancien établissement du même nom. Elle s'en souvenait comme d'un endroit triste où les clients fumaient et mangeaient des boulettes de viande à toute heure du jour et de la nuit. Elle-même n'y avait pas mis le pied depuis des années. Mais maintenant que le café était installé dans le grand local de plain-pied qui abritait autrefois le magasin Spar, il y avait de la place, et surtout, côté fenêtres, on pouvait voir tous ceux qui passaient rue Vangsgata. Le Vangen, désormais, n'était rien de moins que le meilleur poste d'observation de la ville.

Agnes était en avance. Elle prit une tasse de café et vint s'asseoir près de la fenêtre donnant vers l'ouest, de manière à pouvoir repérer Alexander quand il arriverait d'Evanger. À cette heure, la rue était quasi déserte, seules quelques voitures passaient de temps en temps. Elle tourna les yeux vers la boutique de prêt-à-porter féminin où elle n'était jamais entrée et la salle de sport qu'elle n'avait jamais testée, tout en écoutant la conversation entre deux femmes d'âge mûr à la table voisine.

Elles parlaient des morts suspectes du week-end. Les retraités aussi avaient compris qu'il s'agissait de meurtres.

– C'est tout simple, je ne me sens pas en sécurité, dit l'une des dames aux cheveux blancs devant son sandwich au gouda. Quel genre d'être humain peut bien courir dans la nature et trucider de vieilles dames ?

Si Marta avait entendu qu'on la qualifiait de vieille dame, elle se serait certainement levée pour injurier l'auteur de ces propos.

– C'est franchement sinistre, renchérit son amie, à peu près du même âge, qui avait posé son sac à main sur ses genoux, comme pour se préparer à une agression éventuelle. Même ici, à Voss, ça commence à devenir aussi malsain qu'à Oslo. Les gens sont marteaux.

– Bonjour !

Agnes se sentit bondir sur sa chaise tellement Alexander l'avait surprise en se présentant sans prévenir derrière elle. Il approcha plus près encore, l'enveloppant dans un nuage de parfum Kosanovic, et elle fut prise de vertige.

Les deux dames d'à côté s'étaient tues et dévoraient le nouveau venu des yeux.

– Tu as attendu longtemps ? demanda-t-il en montrant sa tasse à moitié vide.

Elle secoua la tête, tentant de dissimuler qu'elle était bêtement excitée.

– Non, non, je viens d'arriver, mentit-elle. J'avais très envie d'un café, c'est tout.

– Je vais t'en chercher un deuxième. On en a pour un petit moment, pas vrai ?

Il retira sa longue écharpe bordeaux, son manteau gris, prit la tasse d'Agnes et se dirigea vers le comptoir. Elle le suivit discrètement du regard et examina son dos bien droit, son jean qui tombait parfaitement sur son postérieur. Contrairement à tous ces obsédés de plein air que comptait la ville, Alexander n'avait pas le cul large et trop musclé, typique des skieurs de fond. Son corps svelte de musicien était infiniment plus sexy.

Il revint avec un plateau. Elle y reconnut sa tasse marquée de rouge à lèvres, à côté d'une nouvelle pour lui, et de deux petites assiettes sur lesquelles étaient disposés un croissant et une coupelle de confiture.

– Si tu as déjà pris ton petit déjeuner, ça fera un dessert, commenta Alexander.

Ça, c'était un ami, pensa Agnes.

– Comment vas-tu ? lui demanda-t-elle. Tu n'as pas dû chômer, ces derniers jours.

L'odeur du croissant se mêlait au parfum d'Alexander. Mais l'appétit n'était toujours pas de retour.

– Les mois derniers non plus, pour tout te dire. Un festival, ça ne se monte pas tout seul. J'ai dû faire mon apprentissage à toute vitesse. Avec une pause côté foot, ce qui est triste. Mais j'ai adoré. Jusqu'à... ouais. Jusqu'à l'autre jour.

– Je préfère ne pas penser à ce que ça a dû être pour toi, de te retrouver avec cette responsabilité. Comment les gens du festival encaissent-ils la nouvelle, d'ailleurs ? Il y a beaucoup de jeunes parmi les bénévoles, non ?

– La plupart m'ont impressionné. Je suis content qu'on ait pu maintenir la fête du personnel, dimanche soir. Ça nous a permis de nous retrouver tous au même endroit, devant une bière, et de parler de tout ce qui s'était passé. L'équipe est soudée.

– Mais ça n'a pas dû être très facile pour toi d'intégrer ce milieu, n'est-ce pas ? J'ai lu que tu t'étais fait pas mal critiquer pour avoir donné la vedette à Marta.

Il lui lança un regard un peu méfiant. La conversation avait peut-être pris un virage un peu brusque.

– Je suis juste curieuse, ajouta-t-elle. Mais pourquoi le monde du jazz a-t-il si mal réagi ? Je croyais qu'elle était reconnue et respectée, mais certains disent qu'elle était ringarde ?

Cette fois, Alexander soupira avec un sourire en coin, comme si on lui avait déjà posé cent fois la même question.

– Marta Tverberg était toujours une artiste de stature internationale, répondit-il. C'est juste notre patelin qui refusait de l'admettre. Peut-être parce que c'était une femme ? Ou parce qu'elle approchait des soixante-dix ans ?

Il prit une gorgée de café, mais il n'avait pas encore touché à son croissant. Peut-être l'attendait-il, par politesse. En temps normal, Agnes se serait jetée sur le sien.

– Je crois qu'il y avait des deux, poursuivit-il. Vu de l'extérieur, le milieu du jazz passe peut-être pour être ouvert, mais en réalité, c'est une bande de gens très conservateurs qui donnent le *la*. Alors pour répondre à ta première question : prendre la direction du festival derrière quelqu'un qui occupait le poste depuis trente ans, ça n'a pas été facile. Mais il était temps, je crois, si je peux me permettre d'être un peu dur.

– Donc si je comprends bien, Marta avait raison, l'autre soir, quand elle a pété les plombs sur scène ?

– Tout à fait. Ce qui n'allait pas, c'est la manière dont elle a fait passer le message. Engueuler le public en plein concert, malheureusement, ce n'est pas hyper constructif. D'ailleurs, c'était sans doute le problème principal de Marta. Elle était incapable de se montrer diplomate, ce qui ne risquait pas d'amadouer ceux qui la critiquaient. Je l'ai rencontrée pour la première fois à mon retour à Voss, après toutes ces années à Bruxelles, mais j'ai toujours été fan d'elle – y compris de son franc-parler.

– Mais si tu savais qu'elle était controversée dans le milieu, tu n'étais pas sceptique à l'idée de la faire jouer la première année que tu dirigeais le festival ?

Il lâcha un petit rire.

– Je ne sais pas si « sceptique » est le mot, mais j'étais tendu, c'est clair. Parce que je ne pensais pas avoir à engager des artistes cette année : la plupart l'étaient déjà quand j'ai pris la suite de Fadnes, en août dernier. Mais juste après, on a eu cette annulation, et tu peux me croire, ç'a été la galère. La plupart des musiciens mettent au minimum un an pour composer. Quand Marta a accepté de reprendre le flambeau, le moins qu'on puisse dire, c'est que j'étais content.

– Parce qu'elle était prête à le faire en si peu de temps ?

– Oui, mais pas seulement. Je pensais aussi que j'avais de la chance dans ma malchance, que je mettais ma marque personnelle sur le festival en l'engageant. Ce qui aurait dû être fait depuis longtemps. Comme musicienne, Marta avait des qualités indiscutables. Et puis, elle était faite pour Jazz à Voss. Je pensais qu'on se souviendrait de moi au moins pour avoir fait en sorte que Marta Tverberg ait le concert prestigieux qui manquait à son CV. Il était temps. Je ne sais pas si tu es au courant, mais elle avait tenu le haut de l'affiche dans le reste de la Norvège et un peu partout dans le monde. Elle avait reçu des prix. On lui avait décerné le Spellemannprisen, par exemple, et elle avait fait la une de grands magazines spécialisés. En fait, donner à Marta Tverberg la possibilité de composer pour le festival de sa ville natale, c'était plus important que de flatter l'élite du jazz.

Elle observait son visage enthousiaste pendant qu'il parlait. Qu'il était beau.

– Il paraît qu'elle avait l'intention de léguer sa fortune à quelqu'un ou à une cause ?

Alexander haussa les sourcils et secoua la tête.

– Aucune idée, mais imagine, si elle avait donné ses sous à Jazz à Voss… Ç'aurait été la vengeance parfaite, finalement.

Agnes opina :

– Surtout si elle avait ajouté une clause imposant qu'on rebaptise le festival à son nom. « Festival de jazz Marta Tverberg ».

Ils gloussèrent tous deux à cette idée.

– Tu penses qu'on se souviendra surtout d'elle pour la musicienne qu'elle était ? glissa Agnes au bout d'un moment. Ou à cause de sa mort spectaculaire ?

– Ceux qui connaissaient son travail se souviendront d'elle

en tant que musicienne, ça ne fait aucun doute, répondit-il en baissant le regard sur son assiette, où le croissant attendait toujours.

Quand il releva la tête, ses yeux marron rencontrèrent ceux d'Agnes.

– Et quant aux autres… je ne sais pas. De toute manière, ça vaut peut-être mieux que d'être oubliée ? Et puis, il ressort au moins quelque chose de bon de toute cette histoire.

– Quoi donc ?

– Que je sois là, à discuter avec toi.

Agnes, quarante ans bientôt, sentit qu'elle devenait rouge comme une tomate. Il flirtait avec elle, là. Sauf erreur. Elle en avait le bas-ventre retourné, réclamant déjà qu'Alexander envoie balader les assiettes et les tasses pour la prendre ici, sur la table, au beau milieu du café Vangen, devant un aréopage de retraités.

Stop. Elle devait dire s-t-o-p à ce genre de pensées.

Elle ne pouvait pas être de ces filles qui fantasment sur des pères de famille. Et encore moins de celles qui couchent avec eux.

– C'est vrai que c'est sympa ! dit-elle, et elle se fourra une moitié de croissant dans la bouche.

– Un empoisonnement, déclara Kristina Bachmann, avant d'enlever ses petites lunettes. D'après le rapport d'autopsie provisoire, ce serait la cause des deux décès. Si on ajoute un certain nombre de détails techniques décelés sur les lieux, le schéma qui se dessine à présent nous mène à considérer cette affaire comme un double meurtre. Deux enquêteurs de la Kripos nous ont rejoints pour assister la police locale dans la suite de son travail.

La conférence de presse venait à peine de commencer. Agnes était arrivée en courant quand la cheffe de la Kripos avait pris la parole. Elle était allée droit au but, si bien qu'au bout de quelques secondes, on entendait les mouches voler. Cette fois, on avait mis de côté Storedal, au sens propre comme au figuré. Kristina Bachmann menait la danse toute seule.

– À l'heure qu'il est, nous ne souhaitons pas préciser quel poison a été utilisé, reprit-elle, devant les micros siglés NRK, TV2, *VG*, *Dagbladet* et *Bergens Tidende*, installés sur la table devant elle. Mais je peux vous dire qu'il s'agit d'une substance très dangereuse, précisa-t-elle en tripotant nerveusement ses lunettes.

Agnes, les yeux rivés sur l'oratrice et la gorge nouée, s'efforçait de déglutir.

Que la police ait conclu à un meurtre n'avait rien de surprenant. Qu'il s'agisse d'un empoisonnement non plus. Mais l'entendre confirmer s'avérait bien plus dur qu'elle ne s'y était attendue.

Dire que quelqu'un en avait voulu à ce point à Marta Tverberg.

– Toute personne qui aurait des indices est instamment priée de prendre contact avec la police, ajouta Kristina Bachmann.

Au même instant, le téléphone d'Agnes émit un bip retentissant. Elle avait oublié de le mettre sur silencieux. Pourquoi diable Viktor lui envoyait-il un message en pleine conférence de presse ?

– Nous avons affaire là, comme tout le monde le comprend, à une situation grave, conclut la cheffe de la Kripos en fusillant Agnes du regard. La substance que nous recherchons est extrêmement toxique et ne doit pas traîner entre les mains de n'importe qui.

La séance étant retransmise en direct, le moment était venu, pour les journalistes de NRK et de TV2, de poser des questions auxquelles la police ne pourrait pas répondre, en espérant que l'absence de réponse serait captée par leur caméra. Agnes pouvait enfin sortir son téléphone.

C'est pas mon boulot de te surveiller, disait le SMS, *mais on peut se voir 5 minutes au kiosque du pont après la conférence, si tu veux.*

Enfin ! Quand elle était journaliste, Viktor et elle avaient l'habitude de se retrouver sur le parking où se trouvait autrefois un minuscule kiosque à saucisses. C'était leur lieu de rendez-vous, où elle avait l'impression de disposer d'un informateur secret à la « Deep Throat » et de faire quelque chose d'important dans son métier. Certes, il n'avait au final pas été si fréquent qu'elle tire parti de leur amitié sur le plan professionnel. Mais savoir que c'était possible avait de la valeur en soi.

En traversant le pont au pas de course, elle repéra tout de suite Victor dans sa voiture. Il l'avait prise pour faire cinquante mètres, ce fainéant. Mais finalement ça tombait bien, puisqu'elle était venue à pied.

– Bon, j'espère que tu as l'intention de me dire de quel poison il s'agit, dit-elle en se laissant tomber sur le siège passager et en refermant la portière.

– Tu auras cette info en gage de notre vieille amitié. À condition de tenir ta langue, répondit-il, et Agnes acquiesça docilement. C'est une substance qui s'appelle le carfentanyl. Un opioïde extrêmement puissant et dangereux, apparenté à la morphine.

– Ah.

– C'est dix mille fois plus fort que la morphine, tu vois le truc. Évidemment, ce n'est pas homologué à la consommation, mais on en trouve sur le marché de la drogue depuis quelques années, avec beaucoup d'overdoses dans les pays de l'Est et aux États-Unis, et aussi quelques-unes chez nous.

– Putain, oui, ça me dit quelque chose. On en a parlé dans les médias ?

– Il y a eu des articles dans la presse, il y a quelques années, quand un gamin de quinze ans en est mort. Apparemment, ça faisait partie de la culture jeune, à l'époque.

– Et on en a retrouvé sur les deux saxophones de Marta ?

Viktor secoua la tête.

– Non, sur un seul, celui qu'elle a utilisé à la fin, après son petit speech. Il y en avait sur l'embouchure.

Agnes opina. Elle le savait bien.

Sur l'anche, la pièce amovible qui se place sur l'embouchure, et qu'on peut changer comme on veut. Chaque saxophoniste avait ses habitudes, et Marta avait sa routine.

– Elle la mettait juste avant le début du concert, dit Agnes.

– Oui, et apparemment, beaucoup de monde était au courant, répondit Viktor. Et il y a peu de chances que le carfentanyl se soit retrouvé là parce que quelqu'un aurait bavé sur son anche. Tobias Løken l'a sans doute ingéré en faisant du bouche-à-bouche à Tverberg. Bon. Voilà pour l'info secrète que je n'avais pas le droit de te donner. On est quittes, maintenant ?

Elle acquiesça, encore un peu secouée, mais satisfaite d'avoir pensé à cette hypothèse dès le lendemain des événements.

– Très bien, dit-il. Maintenant, sors de là, il faut que je retourne au boulot.

Agnes s'arrêta au milieu du pont, se pencha par-dessus le parapet et inspira profondément l'air froid de la rivière. Puis elle sortit son téléphone, chercha « carfentanyl », et se mit tout de suite à lire un article vieux de cinq ans, paru dans *Aftenposten*, expliquant que la police suspectait cette substance de courir dans les milieux de la drogue. *Le carfentanyl se vend sous forme de poudre ou de papier buvard, mais il existe aussi des comprimés, des sprays et d'autres conditionnements. Ceux qui le consomment sous-estiment la dangerosité de cette substance extrêmement puissante. Un grain de poudre peut suffire à provoquer une intoxication mortelle. Un gramme de carfentanyl en poudre correspond à 50 000 doses létales. Autrement dit, un grain de poudre peut tuer.*

Agnes avala sa salive avant de poursuivre sa lecture.

Les effets toxiques interviennent peu de temps après l'ingestion (le délai peut varier). Il n'existe pas d'antidote. Le sujet est désorienté, perd rapidement tout tonus musculaire et cesse de respirer. Ses pupilles rétrécissent et sa peau devient moite. En cas de suspicion d'ingestion, appeler immédiatement une ambulance ou l'hôpital en vue d'une tentative de réanimation.

Pour Marta, ça n'a pas marché, pensa Agnes.

Et quant à Tobias Løken, le traitement est sans doute intervenu trop tard.

Perdre la vie en essayant de sauver quelqu'un.

Et si c'était là le plan du malfaiteur, depuis le début ? Empoisonner Marta Tverberg pour attirer sur scène l'étudiant en médecine ? La sacrifier pour pouvoir le tuer, lui ?

Cette pensée l'indigna au nom des deux victimes.

Elle ouvrit un autre article, dans lequel un médecin légiste, spécialiste en toxicologie et pharmacologie clinique, mettait en garde contre le carfentanyl.

Même présente en toute petite quantité, par exemple sur des vêtements, cette poudre peut dangereusement se diffuser dans l'air, ce qui représente également un risque pour les fonctionnaires de police et les personnels de santé susceptibles d'entrer en contact avec la substance. Il n'est pas sans intérêt de savoir que le carfentanyl est utilisé à très petite dose pour plonger les éléphants dans une narcose profonde – d'où le surnom de « drogue des éléphants ».

Agnes s'attarda sur cette dernière phrase.

Non seulement Marta Tverberg avait été empoisonnée, mais on lui avait administré un toxique destiné d'ordinaire aux éléphants.

À supposer qu'elle soit bien la cible du meurtre, ce qui paraissait le plus vraisemblable, avait-elle fait suffisamment de tort à quelqu'un pour qu'il puisse vouloir la supprimer d'une manière aussi spectaculaire ? Une histoire d'héritage ? Ou s'agissait-il d'un fou prêt à tuer plusieurs personnes pour s'amuser ?

Non, elle n'allait pas se mettre à spéculer sur le thème du tueur en série.

Les fous qui assassinent sans mobile n'opèrent pas dans des bleds du Vestland.

Il valait mieux suivre le fil de réflexion qui avait dû être celui de la police : qui avait eu accès au saxo de Marta dans les coulisses de la salle du festival, samedi soir ?

Le producteur, un type du coin qui adorait faire son petit chef aux répétitions, ce qui l'avait rendu fidèle à Jazz à Voss depuis des années.

Les deux techniciens du son.

Les bénévoles du festival. Si l'on comptait tous ceux qui portaient un gilet jaune, ils étaient nombreux à avoir pu approcher l'instrument. Comme pour chaque concert, il y avait aussi la responsable des artistes, une jeune femme spécialement chargée de veiller sur Marta et sur son groupe.

Alexander.

Et les musiciens, bien sûr. Didrik et Alfred. Et Ragna, la percussionniste. La fille de Hauki.

Agnes ouvrit le site du festival et cliqua sur la présentation du concert. Marta était naturellement la première évoquée, venaient ensuite les frères Rogne, puis Ragna Haukursdottir.

Au cours de plusieurs de ses conversations avec Marta, Agnes avait tenté de la faire parler de sa belle-fille, mais chaque fois, elle avait changé de sujet. Curieux. Elles ne devaient pas être très proches, même si Hauki avait affirmé que sa femme était « une bonne belle-mère ».

La percussionniste n'était pas dans l'annuaire, ce qui n'avait rien d'étonnant, puisqu'elle était domiciliée aux États-Unis. En revanche, on la trouvait sur les réseaux sociaux, son profil sur Facebook était même public. *Brooklyn, New York*, y lisait-on.

Agnes lui écrivit sur Messenger, un bref message dans lequel elle lui adressait ses condoléances pour Marta, et expliquait qui elle était, puisqu'elles n'avaient jamais été présentées. Puis elle lui demandait si elle était toujours à Voss, et dans l'affirmative, si elle avait la possibilité de la rencontrer. Agnes savait pertinemment que bien souvent, quand on n'était pas ami avec l'intéressé, ce type de message passait inaperçu. Aussi croisa-t-elle les doigts en appuyant sur « envoyer ».

La réponse arriva deux minutes plus tard.

Je ne pense pas avoir grand-chose à apporter à un hommage de ce genre, écrivait Ragna Haukursdottir.

Bon, se dit Agnes, elle avait au moins la confirmation que l'ambiance entre belle-mère et belle-fille n'était pas au beau fixe. Mais ça valait sans doute la peine d'essayer une autre stratégie.

Le but n'est pas nécessairement de rendre hommage à Marta, expliqua Agnes, *mais d'écrire la vérité sur elle. Comme le souhaite votre père, lui aussi.*

Elle vit apparaître les petits points signalant que Ragna était en train de répondre. Puis ils disparurent. Merde. Agnes s'apprêtait à fermer Messenger quand la réponse arriva.

OK, disait-elle seulement.

OK… pour se voir tout de suite ? proposa Agnes.

Un pouce levé apparut.

Je suis à Een, écrivit Ragna.

Agnes se maudit d'avoir laissé sa voiture à la maison. Elle allait devoir trottiner dans la neige jusque chez elle pour la récupérer. Elle aurait aimé pouvoir héler un taxi, mais à Voss, prendre un taxi, c'était toute une affaire. Il fallait appeler la centrale ou marcher jusqu'à la station. Ce qu'elle voulait, c'était repérer un taxi libre au passage et sauter dedans.

Tout en se dépêchant, avec un mécontentement ostensible et ces chaussures qui lui mouillaient les pieds en moins de deux, elle repensa aux répétitions auxquelles elle avait assisté pendant les jours qui avaient précédé le concert. Un épisode qui s'était déroulé le tout premier jour dans la salle St Olav lui revint à l'esprit. Tous semblaient impatients de commencer, comme s'ils manquaient de temps et n'étaient pas assez préparés. Les trois musiciens étaient prêts, mais Marta, qui était déjà arrivée en retard, les faisait encore attendre, l'air perplexe.

– C'est pour aujourd'hui ou pour demain ? lui avait lancé la percussionniste, et Agnes s'était étonnée que quelqu'un, dans l'orchestre, ose s'adresser à la diva sur ce ton.

Elle venait de comprendre que Ragna Haukursdottir était sans doute la belle-fille rebelle qui disait exactement ce qu'il lui plaisait.

– Alors comme ça, c'est vous qui écrivez la biographie de Marta ?

Agnes reconnut ce regard inquisiteur qu'elle avait observé chez son père, mais sans la gentillesse chaleureuse qui irradiait des yeux de ce dernier.

– Absolument. Toutes mes condoléances.

– Merci. J'imagine qu'elle a dû vous parler beaucoup de moi, ironisa Ragna.

– Vous n'étiez pas proches ?

Autant poser la question directement, puisque Ragna l'amenait par tous les moyens. Comme Agnes l'avait parié, c'était une femme du même âge qu'elle, ou à peu près. Elle s'était assise en tailleur sur son canapé, et Agnes éprouva le complexe d'infériorité qui rejaillissait immanquablement quand elle rencontrait des gens qui habitaient des endroits plus cool et faisaient dans la vie des choses plus sympas qu'elle. Une musicienne installée à Brooklyn cochait les deux critères et, pour couronner le tout, Ragna Haukursdottir était d'une beauté provocante. Aussi grande que son père, elle avait les jambes longues et minces, si bien que le jean étroit qu'elle portait, loin de la boudiner, tombait joliment. Avec son ample chemise blanche, elle avait tout de l'artiste, l'air détendue, relax. Agnes, de son côté, regrettait de ne pas avoir profité de son passage chez elle pour enfiler des chaussettes fraîches. Elle avait toujours les pieds mouillés d'avoir pataugé dans la neige en chaussures de sport, et se sentait comme un bébé qui a besoin d'être changé.

Le téléphone de Ragna se manifesta alors qu'elle s'apprêtait à dire quelque chose. Après un coup d'œil sur l'écran, elle rejeta l'appel, mais comme la sonnerie recommença aussitôt, elle finit par répondre.

– Je ne peux pas, là, Didrik. J'ai de la visite. Je te rappelle plus tard, OK ?

Elle raccrocha en soupirant.

– Les hommes qui ont besoin de s'épancher, dit-elle. C'est épuisant...

Didrik Rogne, dans la catégorie des mâles qui déversent ce qu'ils ont sur le cœur ? Voilà qui étonnait Agnes, mais la réaction de Ragna la fit sourire.

– On en était où ? Si Marta et moi on était proches ? Eh bien, je pense que vous avez dû comprendre que ce n'était pas le cas. Ma belle-mère était... Vous allez écrire quel genre de bouquin, au juste, si ce n'est pas un hommage ?

Agnes laissa passer quelques secondes, prête à lui dire, dans un élan de franchise totale, qu'elle allait sans doute écrire un *true crime* sur le meurtre, mais elle se ravisa.

– Je voudrais donner d'elle une image complète, qui rende compte à la fois de l'artiste et de la personne.

La formulation lui parut exceptionnellement réussie. Il faudrait qu'elle pense à la coucher sur le papier.

– D'accord. Alors je vais vous fournir un bout du portrait : ma belle-mère était avant tout une mégère.

Ragna Haukursdottir sembla presque étonnée qu'Agnes soit si peu étonnée.

– Vous l'avez déjà entendu dire, à ce que je vois. Je sais que ce n'est pas la plus belle façon de parler de sa belle-mère, mais Marta ne mâchait pas ses mots, elle non plus. Je crois même qu'elle aurait été d'accord.

Elle replia ses pieds nus sous ses cuisses, joua un moment avec la fermeture Éclair d'une housse de coussin.

– Pour tout vous dire, Marta avait différents visages. D'un côté, elle en a sans doute fait beaucoup, peut-être même plus que n'importe qui, pour les femmes, dans le monde du jazz nordique en particulier, et pour les musiciennes d'une manière générale. Mais de l'autre, concrètement, on ne pouvait pas compter sur elle pour donner un coup de pouce aux filles de son entourage. À celles comme moi. Vous connaissez la citation de Margaret Thatcher : « Il y a une place spéciale en enfer pour les femmes qui ne s'entraident pas » ? Eh bien, je pense que Marta doit s'y trouver, maintenant. Enfin, non, c'était méchant, ça. Oubliez.

Agnes n'y comprenait plus rien. Si Ragna avait eu autant de problèmes avec sa belle-mère, pourquoi jouait-elle dans son orchestre ?

La jolie percussionniste répondit à la question qu'elle n'avait pas posée tout haut.

– Au fond, je n'ai pas à me plaindre. Marta m'a emmenée dans des concerts un peu partout dans le monde, elle m'a présentée à plein de gens dans le milieu. C'est en grande partie à elle que je le dois, si j'habite à New York et que je peux vivre de la musique, elle m'a ouvert des tas de portes.

– Je croyais qu'elle n'avait plus fait de tournées aux États-Unis depuis les années 1970 ?

– Si, elle a fini par pouvoir y retourner, même si ça a pris près de vingt ans. Enfin, le problème, c'est qu'elle ne m'a jamais aidée par choix personnel.

– Pourquoi l'a-t-elle fait, alors ?

– Parce que mon père insistait. Au début, il était très réticent à l'idée que je prenne le même chemin professionnel qu'elle, il avait dû voir que les voyages et la pression de la prestation, ça use physiquement et psychologiquement. Comme j'y tenais, il a pensé que je devrais prendre le nom Tverberg, pour tirer profit de ma parenté avec la star. La classe, non ?

– Vous savez à qui Marta avait l'intention de léguer une partie de sa fortune ?

Ragna haussa ses sourcils parfaits :

– Parce qu'elle voulait léguer de l'argent à quelqu'un ? Ça ne ressemble pas trop à la Marta que je connaissais. En tout cas, je peux vous garantir que pas un sou n'était prévu pour la belle-fille dont elle se serait bien passée.

– Vous êtes née après que Marta et Hauki se sont rencontrés ?

Elle y allait peut-être un peu fort, se dit Agnes, mais Ragna ne semblait pas heurtée.

– Est-ce que je suis le résultat d'une infidélité de mon père, vous voulez dire ? Non, j'ai été désirée. Ou en tout cas, je le croyais. Mes parents ont vécu ensemble dans un petit appartement à Reykjavik pendant des années, et ils devaient être heureux, jusqu'à ce que Marta Tverberg le séduise et l'emmène à l'étranger. Je tiens tout ça de ma mère, bien entendu. Elle ne s'en est jamais remise, j'ai passé la majeure partie de mon enfance et de ma jeunesse à la consoler.

Son ton avait durci sur ces derniers mots. Il ne fallait sans doute pas s'étonner que Ragna Haukursdottir ait une dent contre sa belle-mère. L'attirance de son père pour la saxophoniste norvégienne avait dû faire pas mal de dégâts.

– Elle est encore en vie ? Votre mère ?

– En vie, oui, si on veut. Elle existe, en tout cas. Elle habite Reykjavik.

Et elle en veut encore à Marta Tverberg, pensa Agnes.

– Vous veniez souvent dans cette maison ? demanda-t-elle. Dans votre enfance, je veux dire.

– Jamais. Ma mère ne me laissait pas partir. Mon père venait nous voir de temps en temps, mais je n'ai rencontré Marta qu'à dix-huit ans, une fois que je pouvais faire le voyage toute seule. J'ai adoré. Vous savez, pour nous les Islandais, la Norvège, c'est le Sud. Ce pays m'a captivée, j'ai pris des cours de norvégien et j'ai commencé mes études à Bergen.

– C'est Marta qui vous a inspiré l'idée de faire de la musique, vous aussi ?

– Absolument. Je l'adulais.

Ragna, manifestement, avait cessé d'aduler Marta. Dans un premier temps, elle ne sembla pas disposée à expliquer quand ni pourquoi. Puis elle fixa le vide d'un œil vague, avant de se reprendre :

– Jusqu'à ce qu'elle me mette à la porte.

– Hein ? Pourquoi est-ce qu'elle a fait ça ?

– Parce que Marta Tverberg, même si c'était elle qui faisait le tour du monde et n'était quasiment jamais à la maison, ou peut-être justement à cause de ça, était d'une jalousie maladive. Non seulement vis-à-vis de rivales éventuelles, mon père a toujours eu du succès auprès des femmes, mais à l'égard de la fille de son mari. Vous imaginez ? Elle préférait que je ne sois pas dans les parages quand elle s'absentait, de peur que je lui « mette des idées en tête », comme elle disait, de le pousser à déménager, à la quitter. Marta ne craignait que deux choses, dans la vie. Un : montrer de la faiblesse. Deux : se retrouver seule.

Voilà de belles citations, pensa Agnes, enfin des propos qui ne soient pas creux.

Puis elles parlèrent un peu de New York. Tandis qu'elles discutaient du quotidien dans la ville la plus agréable au monde, comme l'appelait Ragna, Agnes, qui n'avait pas vécu ailleurs qu'en Norvège, se sentit petite, bête et campagnarde.

– Vous y retournez bientôt ? s'enquit-elle.

– *I wish !* Mais il faut bien que je reste ici jusqu'à ce que tout ça soit fini. Au moins pour mon père.

– Qui peut se cacher derrière ce crime, vous avez une idée ?

Du bruit retentit à la porte. Toutes deux se retournèrent en même temps, et virent la tête ébouriffée de Hauki apparaître dans le couloir.

– Des idées, on en a tous, chuchota Ragna, avant de se lever brusquement. Salut, papa !

Hauki avait l'air fatigué. Il sortait d'un nouvel interrogatoire. La séance avait duré plusieurs heures, raconta-t-il en laissant tomber lourdement son grand corps sur le canapé. Pourvu qu'on ne l'ait pas cuisiné sur cette phrase qu'elle avait rapportée, se dit aussitôt Agnes, inquiète. Apparemment non. Ils n'avaient cessé de lui reposer les mêmes questions, se plaignit-il : si Marta et lui avaient des problèmes de couple, si des tiers s'étaient immiscés dans leur ménage, s'ils avaient des différends financiers.

– Je comprends que la police doive commencer par les personnes les plus proches de la victime, mais comment peuvent-ils imaginer que j'aie supprimé celle qui a été ma femme pendant plus de quarante ans en l'empoisonnant sur une scène de concert ?

Agnes eut mauvaise conscience, elle n'aurait pas dû lâcher cette information à Kristina Bachmann. Mais si d'autres qu'elle avaient observé Hauki ce samedi, s'ils avaient vu sa réaction en apprenant que Marta était morte, cela n'avait rien de surprenant que la police le surveille de près.

D'ailleurs, est-ce qu'elle n'aurait pas dû le dire à la Kripos ?

De toute évidence, Ragna aussi savait quelque chose qu'elle gardait pour elle. En tout cas, elle n'avait pas eu le temps de confier à Agnes tout ce qu'elle voulait avant le retour de son père.

– Vas-y doucement, Gro n'est pas de bonne humeur. Mais au moins, elle est debout, et elle s'est habillée.

Viktor croisa les bras et s'adossa à la porte de sa maison de style fonctionnaliste. En quittant Een, Agnes avait ressenti le besoin de parler. Apprenant que Viktor était chez lui, elle avait décidé de s'inviter à Skjerpe.

– Je serai gentille, promit-elle.

Dès qu'elle pénétra dans le large hall d'entrée, elle se rendit compte que sa précédente visite remontait à l'été, le dernier jour de la Semaine des sports extrêmes. Cette pensée lui fit froid dans le dos. Cette soirée avait dû être la plus intense dans la vie de Gro comme dans la sienne. Dommage qu'elles n'aient jamais réussi à en parler, se dit-elle. Depuis ce soir-là, ni l'une ni l'autre n'étaient plus la même pour des raisons différentes.

Malin était assise sur le canapé, le nez dans son iPad. Agnes la voyait si rarement qu'à chaque fois, elle était frappée par sa ressemblance avec Viktor.

– Regarde qui est venu nous voir, clama-t-il : tata Agnes !

La petite leva à peine les yeux sous sa frange brune, avant de replonger dans son écran.

Agnes trouvait adorable que son ami s'efforce de faire passer dans les mœurs familiales ce titre de « tata », alors qu'ils savaient pertinemment tous les deux qu'elle entretenait avec Malin une relation bien moins étroite qu'avec la fille d'Ingeborg. Gro en était en grande partie responsable. Un peu comme dans le cas de Ragna Haukursdottir et de Marta Tverberg, pensa-t-elle soudain. Autrement dit, Gro ne s'était jamais montrée expressément jalouse de son amitié avec Viktor, mais Agnes avait toujours eu le sentiment qu'elle se méfiait d'elle. D'ailleurs, méfiante, elle l'aurait peut-être été elle-même, si son mari avait entretenu des liens aussi constants avec une autre fille depuis le lycée. Viktor et elle avaient vécu dans le même appartement, beaucoup partagé et parlé de tout.

La seule chose dont ils se soient abstenus, c'était de coucher ensemble.

Heureusement.

Sinon, ils n'auraient jamais pu rester aussi bons amis au bout de vingt ans.

– Agnes ? dit Gro, en sortant de sa cuisine, un tablier à petits carreaux rouges noué autour de la taille comme une ménagère des années 1950. Qu'est-ce que tu fais ici ?

Avoir si peu de tact, c'était bien elle. Non contente d'avoir l'allure d'une femme politique, avec ses cheveux raides coupés court, elle en avait le ton.

– J'étais dans le coin, répondit Agnes, et j'ai pensé que je pourrais faire un saut chez vous pour dire bonjour. Et poser quelques questions pour mon bouquin à notre flic préféré.

Tout en opinant, Gro fit une moue démonstrative.

– Oui, ça n'est pas possible pendant ses heures de travail, j'imagine, marmonna-t-elle en retournant dans sa cuisine, avant de lancer : Tu veux manger quelque chose, sans doute ?

– Volontiers, acquiesça Agnes, maîtrisant son irritation.

Gro lui en voulait, manifestement, mais pourquoi ? Dans son précédent livre, elle n'avait rien inventé. D'accord, elle avait peut-être dramatisé les événements en forçant quelque peu le trait autour du meurtre, mais il fallait bien que ça fonctionne sur le plan littéraire, ou ça n'aurait donné qu'un reportage interminable – qui aurait eu envie de le lire ? Le *Bergens Tidende* avait estimé que le livre « explorait les faits de près sans tomber dans la spéculation ». Alors bon.

Quand une odeur de cuisine au wok commença à monter dans l'air, Viktor et Agnes s'installèrent à la table du salon.

– La drogue des éléphants, lui glissa-t-elle tout bas.

– Oui ?

– Tu savais que c'était le surnom du carfentanyl ?

Quand on avait appris la cause des deux décès, *VG* et les autres tabloïdes s'étaient jetés sur la nouvelle, qui restait à la une de tous les journaux en ligne. Mais on n'y lisait que ce qui avait été annoncé lors de la conférence de presse. Agnes était la seule à savoir de quelle substance il s'agissait, puisque personne n'avait eu l'info en sous-main.

– Oui, je savais que c'était utilisé comme anesthésique sur de gros animaux, entre autres les éléphants, répondit Viktor avec impatience. C'est ça que tu es venue me dire ? Parce que…

Agnes hésita. Ce n'était pas si important, mais elle avait envie de lui confier ce qui la tracassait.

– Samedi, dans son discours, Marta a parlé de la manière dont le festival était administré. Je suppose qu'elle voulait dire avant l'arrivée d'Alexander, puisqu'elle a parlé de « pachyderme ». « L'Éléphant », c'était bien le surnom de Lauritz Fadnes, non ?

– Pour les mauvaises langues, ouais. Et Fadnes est mort l'année dernière, comme tu dois savoir.

– Oui. Mais tu ne trouves pas cette coïncidence étrange ?

Viktor se tourna vers elle, les yeux écarquillés.

– Tu crois que l'Éléphant aurait ressuscité et empoisonné Marta Tverberg avec la drogue qui porte son nom ?

Agnes lui décocha un regard noir.

– Très drôle.

Il fit un clin d'œil.

– C'est curieux, comme coïncidence, c'est vrai. Mais ça me paraît difficile de voir un lien entre les deux. Admets que c'est un peu tiré par les cheveux, non ? Mais bon, je garderai tes éléphants derrière la tête, OK ?

– Très bien.

– Mais au fait, reprit-il. J'espère que tu ne joues pas les détectives privés pour en mettre plein la vue à Alexander Kosanovic, ou à Tor Erik Åkervold, ou aux deux ?

Elle préféra ignorer ce commentaire bête et assez méchant. Tout comme elle faisait semblant de ne pas prêter attention à Gro, qui les espionnait depuis la cuisine.

– Est-ce qu'on a retrouvé quelque chose dans sa chambre ? demanda-t-elle plutôt. Dans la chambre de Marta ?

– Rien qui change le cours de l'enquête, non.

– C'est prêt, annonça Gro.

– Et son téléphone ? insista Agnes. Ils ont vérifié son téléphone ?

Viktor acquiesça.

– Rien d'anormal, là non plus. Comme tu le sais sûrement, elle faisait partie du peu de vieux assez raisonnables pour éviter les smartphones et les réseaux sociaux.

– Ne parle pas d'elle comme d'une vieille. C'est discriminatoire.

– Ah bon ? Depuis quand tu fais partie de la police des mœurs ?

– Depuis que j'ai vu à quelle dose de harcèlement et de

discrimination Marta avait été exposée tout au long de sa carrière, d'abord parce qu'elle était une femme, ensuite parce qu'elle était d'âge mûr. Je t'assure, c'est une honte, la façon dont on traite les gens de plus de soixante ans dans ce pays.

Viktor, gentiment assis sur sa chaise, eut l'air presque impressionné.

– Agnes Tveit présidente ! lança-t-il. Il faudra juste que tu penses à ne plus parler de « la vieille bique », comme tu disais avant.

– C'est prêt ! répéta la voix venue de la cuisine, un peu plus fort et un peu plus sèchement encore.

Malin réussissait à manger sans faire tomber une seule goutte de sauce sur la nappe beige. Elle mâchait son poulet bouche fermée, ne buvait qu'après avoir avalé la nourriture, et s'essuyait les lèvres avec sa serviette entre deux coups de fourchette. Gro manipulait la sienne en regardant par la fenêtre. Viktor ne disait rien. Comme c'était étrange de le voir dans un cadre aussi… dénué d'humour. Lui d'ordinaire si joyeux et malicieux, toujours prêt à dégainer un commentaire sarcastique. Au contact de cette famille, il s'étiolait, c'était flagrant.

Le silence n'avait guère dérangé Agnes tant qu'elle dégustait son plat, mais maintenant qu'elle n'avait plus faim, la langue lui démangeait.

– Tu connaissais Marta Tverberg ? demanda-t-elle en regardant Gro.

Celle-ci secoua discrètement la tête.

– *Not in front of the child.*

– *It's just a simple question*, répondit Agnes.

– *I said : not in front of the child.*

Agnes leva les yeux au ciel. Ça ne faisait pas de mal aux enfants de savoir que, dans la vie, tout n'était pas que bonbons du week-end et dessins animés. Mais Gro semblait prête à la poignarder avec ses couverts si elle disait un mot de plus, ils continuèrent donc à manger dans un silence de plus en plus pesant. Agnes finit par poser sa serviette près de son assiette et se lever.

– Merci pour ce délicieux repas. Je dois malheureusement m'en aller.

Et elle partit.

Sans qu'on la raccompagne.

Alors qu'elle redescendait la route en lacets menant à Skjerpe, concentrée sur la chaussée enneigée lisse comme un miroir, elle reçut un appel.

Gro, lut-elle avec étonnement.

– Je suis désolée d'être partie aussi brusquement, s'excusa Agnes. Je ne voulais pas…

– Je ne connaissais pas Marta Tverberg, coupa Gro d'une voix qui n'était guère plus enjouée que quelques instants auparavant. Mais je connais Alexander Kosanovic. Ou plutôt, je connais ce genre de personnage. J'ai entendu son nom dans la bouche de Viktor, tout à l'heure, et je me suis dit qu'il fallait que je t'avertisse. Avant que tu ne fasses une bêtise… de plus.

Quoi ? Qu'est-ce que c'était que cette histoire ? Qu'est-ce qu'Alexander avait à voir là-dedans ? Une *bêtise*, comment ça, et de quoi Gro se mêlait-elle, d'ailleurs ? On ne pouvait pas dire qu'elle se soit beaucoup préoccupée jusqu'ici de ce qui pourrait lui arriver en bien ou en mal.

Agnes respira profondément, puis lâcha :

– Et tu m'appelles pour me dire ça ?

– Je veux juste t'aider. Viktor m'a dit que tu avais encore

un faible pour ce type, et maintenant qu'il est à Evanger, j'ai peur qu'il… qu'il t'attire dans un truc.

Agnes n'en croyait pas ses oreilles.

– Tu as peur ? Tiens donc. Premièrement : tu ne dois pas le connaître si bien que ça, sinon, tu saurais qu'il a une femme et trois enfants. Et deuxièmement : qu'est-ce que tu as contre lui, au juste ?

Gro soupira dans son téléphone.

– Sa femme est repartie à Bruxelles avec les enfants juste avant Noël, annonça-t-elle d'un ton neutre. Olivia et moi, on faisait du CrossFit ensemble. Si tu ne veux pas m'écouter, tu n'as qu'à prendre contact avec elle, elle te dira quelle opinion elle a de ce… chaud lapin.

Après leur conversation, Agnes resta un moment à l'arrêt au bord de la route, sans pouvoir déterminer si les picotements qu'elle ressentait sous la peau étaient agréables ou gênants. La femme d'Alexander avait-elle déménagé parce qu'il l'avait trompée ? Pourquoi Gro estimait-elle nécessaire de l'appeler pour l'en informer ? L'élément qui s'imposait de plus en plus clairement à sa conscience ne tarda pas à effacer tout le reste.

Alexander était seul.

Ils étaient célibataires tous les deux.

Non seulement ils étaient seuls au même moment, mais ils habitaient la même ville, pour la première fois depuis l'époque du lycée.

Agnes souffla. Il fallait qu'elle se calme. Elle devait se concentrer sur autre chose. Et puis, Alexander avait d'autres sujets de préoccupation que ses amours de jeunesse. Même s'il avait clairement flirté avec elle au café.

Elle redémarra sa voiture et continua la descente. Mais elle avait soudain oublié ce qu'elle comptait faire, et comme elle ne savait plus vraiment non plus où aller, elle se dirigea vers la station-service Hydro Texaco de Skulestadmoen, pour acheter des bonbons.

Pour mieux réfléchir, elle avait besoin de sucre et d'additifs.

Sitôt garée, elle sortit son téléphone. Il ne lui fallut que quelques minutes pour trouver Olivia Kosanovic sur Facebook : il lui suffit de parcourir la liste des amis d'Alexander, après avoir constaté que son nom ne figurait plus après *married to.*

Le profil était privé, mais les informations de sa biographie restaient accessibles à tous.

Domicile : Brussel, lut-elle, et un frisson la traversa.

Un gros pick-up qui arrivait en remontant la pente se gara à côté d'Agnes. De la buée sortait par la fenêtre du siège conducteur, cinquante centimètres au-dessus d'elle – de la buée ? Il ne faisait pas assez froid, ce devait être de la fumée de cigarette. Quand elle ouvrit la portière, la bonne odeur entra dans sa voiture. Et si elle s'achetait un paquet de clopes, elle aussi ? Mais elle resta sur son siège, soudain curieuse : l'homme dans le véhicule d'à côté gueulait dans son téléphone.

– Mais bordel, tu devais la fermer, on était d'accord là-dessus ! grondait la voix.

Agnes ne voyait pas le visage de l'homme, mais la suite l'intrigua :

– Tu ne sais rien de plus que les autres, compris ?

Elle s'immobilisa, l'oreille tendue.

– Et débrouille-toi pour ne pas te retrouver dans le radar de la police, ajouta l'inconnu. Bon. OK. À plus.

Il avait manifestement raccroché.

Cette conversation n'avait certainement rien à voir avec l'affaire Tverberg, mais… et si c'était le cas ? Agnes eut soudain peur d'être vue. Elle referma prudemment la portière, démarra et roula vers la sortie, avant de freiner et de jeter un coup d'œil dans le rétroviseur. Elle se concentra, lire une plaque d'immatriculation dans un rétroviseur, ce n'était pas si simple, mais elle finit par taper TF11981 sur son téléphone. Puis elle s'engagea sur la route.

Elle ressortit quelques centaines de mètres plus loin, pour se garer devant le magasin Clas Ohlson. Elle était trop curieuse pour attendre.

Quand elle était petite, relever les numéros d'immatriculation des voitures était l'une de ses activités favorites. Quelque part dans la maison de son enfance, il devait y avoir encore au moins deux épais carnets remplis de numéros joliment recopiés, correspondant aux plaques des voitures qu'elle avait vues passer. Mais dans les années 1980, il n'y avait pas Internet, ce système fantastique qui permettait à n'importe qui de savoir en trois clics à qui appartenait la voiture.

Le Mitsubishi L200 immatriculé TF11981 était enregistré au nom de Lucy Fagnastøl.

La présidente du comité d'organisation de Jazz à Voss.

Agnes procéda comme elle en avait l'habitude quand elle cherchait à identifier quelqu'un et à le situer dans un cercle de connaissances : elle ouvrit Facebook sur son portable.

Le profil de Lucy était verrouillé, mais Agnes s'aperçut qu'elles avaient des amis communs, notamment Alexander Kosanovic, ce qui n'avait rien d'étonnant, et Vemund Tveit, son propre père. L'âge de l'intéressée ne figurait pas, et il était impossible à déterminer au vu de la photo qui la représentait jusqu'à la taille, avec un grand sourire. De cinquante à soixante-dix ans, toutes les hypothèses étaient acceptables. En tout cas, elle était de la génération de Marta. Peut-être que son père avait aussi eu une histoire avec elle ? pensa Agnes.

Lucy, mais oui, évidemment. Elle devait faire partie des adolescents sur la photo de la fanfare que lui avait montrée Hauki. D'ailleurs, est-ce que Marta n'avait pas cité son nom, au cours d'une de leurs conversations ?

Agnes se figea. On avait frappé de grands coups à sa fenêtre.

Dehors se tenait un homme, une expression d'impatience sur le visage. À côté de lui se trouvait le pick-up de tout à l'heure.

Elle baissa sa vitre. L'odeur de tabac afflua quand il ouvrit la bouche.

– C'est à vous, ça ? demanda-t-il en lui tendant son portefeuille.

Elle acquiesça sans comprendre.

– Je l'ai trouvé par terre quand vous êtes partie du parking de Texaco. Il faut faire attention à vos affaires, ma petite.

Agnes était encore terrorisée en arrivant chez elle. L'homme qui conduisait le pick-up devait être le compagnon ou le mari de Lucy Fagnastøl.

Était-ce avec elle qu'il avait parlé au téléphone ?

Il fallait réécouter ce que Marta lui avait raconté à propos de Lucy, mais trouver le bon enregistrement prendrait une éternité. Une fois de plus, elle s'agaça d'avoir choisi une méthode de travail aussi lamentable – retranscrire le contenu des interviews aurait été tellement plus rapide. Si elle avait eu tout ça sous forme de texte dans un dossier Word, elle n'aurait plus eu qu'à saisir le nom de Lucy dans la fenêtre de recherche.

Il fallait qu'elle prenne le temps de s'atteler à ce travail au plus tôt.

Peut-être pendant le week-end de Pâques.

Mais elle finit par les dénicher, ces fichiers, bien cachés dans le dossier « Vie privée ». Les enregistrements du jour où Marta lui avait parlé de ses souvenirs d'enfance.

– Tu étais comment quand tu étais petite ?

– Joyeuse, je crois. J'avais quatre grands frères, et je les admirais tous. On était tranquilles, à Een, je n'ai pas le souvenir d'avoir eu des soucis. Jusqu'à ce que ma mère tombe malade et finisse par mourir. C'était comme si la famille s'était dissoute, tout le monde s'occupait de ses petites affaires, tout à coup. Moi, je passais mes après-midi chez Lucy.

– C'était ta meilleure amie ?

– Oui, elle habitait un peu plus haut, et on est devenues inséparables dès qu'on s'est retrouvées ensemble à l'école. On faisait des bêtises à longueur de journée.

– Quel genre de bêtises ?

– On allait chiper des pommes, on séchait les cours, des choses comme ça, très innocentes dans ce temps-là, mais c'était plus souvent les garçons qui étaient turbulents. On n'était des enfants de chœur ni l'une ni l'autre. Un jour où on avait chahuté en classe, le maître s'est fâché, et il n'avait sans doute pas tort. Il nous a lancé que les filles ne pouvaient pas se comporter comme ça. Je n'étais pas habituée à me faire gronder, et je n'en menais pas large quand je suis rentrée à la maison. Mais Lucy, elle, a réagi un peu différemment, je dirais.

– De quelle manière ?

– Quand elle est revenue à l'école le lendemain, elle avait coupé ses longs cheveux, et elle a déclaré que désormais, le maître pourrait l'appeler Lucifer. Ha ha ha, je n'oublierai jamais la tête qu'il a faite en la voyant ! Elle avait du culot, surtout pour l'époque.

En un coup d'œil sur Google, Agnes apprit que Lucy Fagnastøl travaillait comme juge assistante au tribunal d'instance de Bergen. Son nom n'avait fait surface qu'une seule fois au cours des conversations avec Marta, quand elle avait raconté ce souvenir d'enfance. Fallait-il en déduire qu'elles n'étaient plus amies ?

Il serait utile de discuter avec elle.

Demain.

Ce soir, Agnes était trop fatiguée, elle avait la tête déjà bien assez pleine.

Les quelques heures qui lui restaient avant d'aller se coucher, elle décida de les passer devant la télé, à manger des popcorns salés.

Elle s'allongea sur le canapé, la télécommande à la main, mais s'aperçut vite qu'elle n'était pas d'humeur à regarder Netflix. Elle était bien trop agitée pour pouvoir suivre quoi que ce soit. Au bout d'un quart d'heure d'une énième série sur le retour au pays natal d'une jolie femme au bagage intellectuel non moins conséquent que ses valises, Agnes éteignit. Elle tendit la main vers la table basse, dans l'espoir de trouver quelque chose de plus distrayant dans l'édition du samedi du *Hordaland*. Elle tourna la première page, monopolisée par une grande photo couleur de la soirée d'inauguration de Jazz à Voss. Dire que, le jour de la publication du journal, le festival et la ville avaient changé du tout au tout, peut-être pour toujours. Les premiers articles figuraient en page deux.

SUSPICION D'INCENDIE À LA MAISON DES CONVALESCENTS, lut-elle. *Les pompiers sont intervenus lundi à la Maison des convalescents de Voss, après le signalement d'un dégagement de fumée, doublé d'une odeur de brûlé. Aucun foyer d'incendie n'a été trouvé. Un employé de l'établissement s'était simplement avisé de nettoyer un poêle à l'aspirateur.*

Agnes pouffa, déjà un peu plus détendue.

TAPAGE NOCTURNE À SKULESTADMO, annonçait l'entrefilet suivant. *Samedi, à 00 h 57, la police a reçu une plainte concernant une fête bruyante qui se déroulait dans un domicile privé, à Skulestadmo. Arrivés sur place, les agents ont intimé l'ordre aux participants de baisser la musique par égard pour le voisinage. Le calme est revenu suite à cette intervention.*

Et voilà, c'était tout. Ces récits de chiens écrasés donnaient à Agnes le sentiment d'habiter le lieu le plus sûr au monde. Le plus soporifique aussi, pensa-t-elle. L'une des choses qui lui manquaient depuis qu'elle avait laissé tomber son emploi au journal local, c'étaient ses incursions au commissariat pour entendre Viktor énumérer d'une voix masculine à l'autorité surjouée les incidents notés sur son bloc.

Elle feuilleta le journal à la recherche d'autres pépites, et se retrouva bientôt devant le tout dernier article en date, suivi de la colonne intitulée NOS TOUT-PETITS, où étaient présentés des nouveau-nés, photographiés de préférence à côté d'une grande sœur ou d'un grand frère, le visage fier. Il y avait dans le lot une petite Gunnlaug – qui pouvait bien avoir l'idée d'appeler un bébé « Gunnlaug » ? –, un Daniel et des jumeaux prénommés Stein et Børre. Dans la colonne d'à côté, consacrée aux anniversaires, des « petits anges » de quatre, six ou huit ans se voyaient couverts de baisers par leurs grands-parents et le reste de la famille. Agnes se prit à songer aux enfants d'Alexander, là-bas, en Belgique, et à ceux que Fredrik et elle n'avaient pas eus. Il n'en fallut pas davantage pour que ressurgisse sans prévenir ce diable qui la pourchassait, l'impression d'avoir raté, d'avoir perdu par négligence des pièces centrales de ce puzzle qu'est la vie. D'être fille unique et de ne pas pouvoir – ne pas vouloir, peut-être – offrir à ses parents le seul cadeau qu'ils désiraient.

Où en était Fredrik ?

Avait-il ce genre de pensées, lui aussi ? Ou son retour à la vie de la capitale s'était-il fait sans douleur ?

Pourquoi avait-il fallu qu'il s'en aille aussi vite, qu'il rompe aussi brutalement ? Depuis son départ, ils ne s'étaient pas parlé une seule fois. Il lui avait envoyé quelques messages purement pratiques, au ton glacial.

Elle l'avait informé en trois mots qu'elle n'était pas enceinte, finalement.

Arrivait-il à Fredrik de se demander s'il n'avait pas abandonné trop rapidement ? S'il aurait été capable de lui pardonner, de passer outre ses mensonges et de continuer ?

Ils étaient censés se marier d'ici deux mois.

En ce moment même, elle aurait dû être stressée à l'idée de ne plus pouvoir rentrer dans sa robe, ou qu'il tombe des trombes d'eau façon Vestland, le jour J.

Elle ouvrit son ordinateur, chercha le nom de Fredrik. D'après Facebook, ils n'étaient même plus amis. Quand son profil apparut enfin, elle sentit son cœur chavirer.

Fredrik Dahl is in a relationship with Rikke Jarlsberg.

Elle resta là à fixer le nom sur l'écran. En tout cas, la mère de Fredrik n'aurait plus à s'inquiéter que son fiston l'oublie pour « une fille de l'Ouest », comme elle disait par abus de langage. L'autre était de l'Est, pas de doute.

Agnes reprit le journal, contempla les poupons, la fierté des frères et sœurs, les heureux destinataires des vœux d'anniversaire.

Et, lentement, elle entreprit de déchirer les pages.

Elle déchira, déchira encore, réduisant le papier en morceaux de plus en plus petits, jusqu'à ce que la table de cuisine soit recouverte d'un tas de fins flocons gris.

Après, elle se sentit un peu mieux. Elle se grilla un toast, qu'elle tartina de beurre et garnit de deux tranches de salami généreusement relevées de mayonnaise, puis décida de passer en revue les journaux en ligne. Partout, l'événement qu'on pouvait désormais qualifier de meurtre faisait la une, naturellement.

LA DIVA ASSASSINÉE.

EMPOISONNEMENT À VOSS.

De nouveau, ce fait étonnant la frappa : pour la seconde fois en moins d'un an, sa ville natale venait d'être le théâtre d'un assassinat.

Voss était loin d'être aussi sûre et somnolente que ne le laissaient entendre les articles de presse.

Elle n'avait pas encore vu l'édition du jour du journal local. Elle n'était même pas allée chercher son courrier. La probabilité d'y trouver du nouveau à propos des deux morts du festival était à peu près nulle.

Pour un canard qui paraissait seulement trois fois par semaine, difficile de rester à la pointe de l'actualité. Mais elle était tout de même curieuse de voir comment ils couvraient l'affaire. Elle sauta dans une vieille paire de bottes et traîna les pieds dans la neige jusqu'à la boîte aux lettres.

Elle en sortit le journal, découvrit sans surprise en première page une molle évocation de la nouvelle qui avait fait sensation la veille : *La police soupçonne un double meurtre.*

Comme elle s'apprêtait à refermer la boîte aux lettres, elle s'aperçut qu'elle contenait autre chose.

Une enveloppe blanche, capitonnée.

Elle regarda l'adresse, écrite à la main en lettres capitales. Il n'y avait pas de timbre.

Quelqu'un était donc passé la déposer lui-même.

Comme elle n'avait pas mis de manteau et commençait à avoir froid, elle se dépêcha de rentrer. D'ordinaire, recevoir un colis par la poste était un petit événement. Mais cette fois, la méfiance dominait. Elle s'assit à sa table de cuisine, ouvrit le paquet, regarda à l'intérieur.

Puis elle en sortit prudemment un enregistreur Olympus de couleur grise.

Identique à celui que lui avait donné Hauki.

Agnes secoua l'enveloppe, mais elle ne contenait rien d'autre.

Pas de mot, pas d'expéditeur, aucune explication.

Vite, un café. Le filtre, la poudre. Elle attendit impatiemment que la machine fasse son travail. Cinq minutes plus tard, elle se rassit.

Puis elle appuya sur « play » pour lancer la première séquence.

Les enregistreurs étaient peut-être identiques, mais le contenu n'avait rien à voir avec les autres. Sur celui-ci, ce n'était pas Marta qui parlait. On entendait quelqu'un bouger et déplacer l'appareil. Mais personne ne disait rien. Un enregistrement vide, constata-t-elle, déçue. Elle avança un peu, par petits sauts, pour ne pas risquer de louper quelque chose, quoi que ce soit.

Rien.

La deuxième séquence commençait de la même manière.

Agnes soupira, c'était une blague ou quoi ?

Elle était sur le point de laisser tomber quand, au bout de cinq minutes, une voix perça enfin le silence. Mais cette voix ne parlait pas à côté du micro. Elle venait d'un peu plus loin dans la pièce.

Agnes sentit un frisson lui couler dans le dos.

C'était Marta, non ?

Au début, on comprenait mal ce qu'elle disait, mais elle avait l'air énervée, ce qui collait avec le personnage.

Agnes appliqua le mini-haut-parleur contre son oreille et se concentra.

Il lui sembla entendre « Fadnes », puis le mot « enfant ».

Fadnes – l'ancien directeur de Jazz à Voss.

Et à qui Marta s'adressait-elle ? À la personne qui l'enregistrait ?

Non, voilà qu'une autre voix surgissait. Plus lointaine encore. Un homme, apparemment, mais qui ne s'exprimait que par monosyllabes, impossible de l'identifier.

Elle réécouta, encore et encore.

De quel enfant Marta parlait-elle ?

Il me faut de l'aide, pensa Agnes. Elle appela Ingeborg, en vain. Viktor ne répondait pas non plus.

Qu'est-ce qui pouvait bien les occuper tous les deux ?

Alors seulement, elle regarda l'heure.

Il était un peu plus de deux heures du matin.

MERCREDI

Elle avait mal dormi, d'un sommeil agité. Quand la sonnerie du téléphone la réveilla, elle se sentait tout sauf reposée. Elle bondit pour voir si c'était Ingeborg ou Viktor.

C'était sa mère.

– Quelque chose ne va pas ? lança Agnes.

– Non, je voulais juste savoir si tu t'étais décidée, pour le week-end au chalet ?

– Maman, enfin, on ne peut pas appeler les gens pour leur poser ce genre de question avant huit heures du matin.

– À huit heures, la plupart des gens sont au boulot, répliqua sa mère sans détour. Et il serait temps que je sache si tu viens, parce que demain on est jeudi saint, et c'est le dernier jour pour commander un taxi-scooter. Ton père a la flemme de faire toute la montée à skis, tu vois. Enfin non, le problème, c'est ta vieille mère malade, bien sûr. C'est qu'on emporte pas mal de provisions, tu sais, et un ou deux cartons de vin, et tante Eline, alors il nous faudra bien deux scooters, si tu viens aussi.

Elle avait déjà dû avaler plusieurs tasses de café. Réussir à parler ainsi en continu, pour une femme atteinte d'un cancer du poumon, c'était impressionnant.

– Le scooter ne pourrait pas faire deux allers-retours, éventuellement ? suggéra Agnes, encore assommée de fatigue, et elle regretta aussitôt sa question.

Le téléphone se tut pendant deux secondes et demie.

– C'est vrai, ça. Donc tu viens ? Chouette, alors.

Agnes ne répondit pas. L'idée d'être enfermée dans le même chalet que sa tante célibataire, certes bourrée de bons sentiments, mais épuisante, la tentait assez peu.

– Je vais y songer, OK ? fit-elle, pressée de terminer cette conversation pour pouvoir appeler Ingeborg ou Viktor.

– OK, dit sa mère, de la déception plein la voix. Mais ton livre, ce n'est plus très urgent, si ? Je veux dire… maintenant que Marta est morte. D'ailleurs, c'est quand, les obsèques ? Je n'ai rien vu dans le journal.

Ici, tant que le *Hordaland* n'avait pas publié un nom dans sa rubrique nécrologique, l'intéressé était tenu pour vivant. Tout comme on n'était pas vraiment né avant que la foutue photo de bébé ne soit passée à l'impression.

– Bonne question, dit Agnes. Je ne sais pas. Juste après Pâques, j'imagine. Je te préviendrai.

Elle tapa le numéro d'Ingeborg tout en mettant l'eau sur le feu pour une tasse de café instantané. Son amie répondit au bout de deux sonneries.

– Coucou ! piailla-t-elle joyeusement. Ça va ?

– Bof, répondit Agnes. Tu n'as pas vu que je t'avais appelée ?

– Si. Pour que tu t'amuses à essayer de réveiller les gens la nuit, je me suis demandé si tu t'étais bourré la gueule en pleine semaine. Je m'apprêtais justement à te rappeler. Qu'est-ce qui se passe ?

– Tu te souviens du dictaphone, dans la chambre d'hôtel de Marta ?

– Oui ?

– J'en ai trouvé un exactement pareil dans une enveloppe dans ma boîte aux lettres, hier soir.

– Hein ? Avec le même contenu ?

– Non, avec l'enregistrement d'une conversation assez difficile à interpréter. Je pourrais te le passer ?

– Et comment ! Mais tu ne veux pas venir ici ? Je suis chez moi, la petite est malade. Viens donc me désennuyer un peu, tu auras un petit déj et un cortado en échange.

– D'accord. Je suis là dans dix minutes.

Agnes raccrocha et composa le numéro de Viktor.

– Merci pour hier soir, c'était très agréable de dîner avec toi, dit-il avec dans le ton un tel poids de sarcasme qu'elle n'eut ni le temps ni l'envie de le relever.

– J'ai un indice, annonça-t-elle. Et je parie que tu veux que je te raconte.

– Ah bon ? Et c'est aussi pour ça que tu m'as réveillé cette nuit ?

Ce manque d'enthousiasme la déçut. En plus, il avait laissé son téléphone sonner alors qu'il était réveillé, songea-t-elle, amère, mais elle lui raconta tout de même en trois mots ce qu'elle avait entendu en écoutant l'enregistrement.

Viktor prolongea un peu le silence.

– Tu pourrais venir me l'apporter au commissariat ? finit-il par demander.

– Oui, si tu me dis ce que tu penses de l'affaire.

– Ça, malheureusement, je ne peux pas, répondit-il. Par ég…

– Par égard pour l'enquête ? Dommage, parce que dans ce cas-là je ne peux pas te donner l'enregistrement. Par égard pour… mes sources.

Nouveau silence.

Viktor poussa un gros soupir.

– D'accord, lâcha-t-il. Rendez-vous au kiosque.

– J'y serai dans une heure.

Les plantes du jardin d'Ingeborg, si exubérantes pendant la belle saison, courbaient l'échine sous toute cette neige. Le premier mois du printemps touchait à sa fin, et on se serait encore cru au cœur de l'hiver.

Agnes se gara devant le portail et ouvrit un message de son père.

Tu viens avec nous au chalet ? avait-il écrit.

La question était suivie d'un mouton et d'un biberon, que sa mauvaise vue, alliée à une compréhension plus approximative encore des emojis, avait dû prendre pour un œuf de Pâques. Mais ce n'était qu'une hypothèse.

Elle ne répondit pas, se dirigea vers la porte, secoua vaguement la neige de ses bottines et entra.

Vera fit aussitôt son apparition en titubant. Elle était en couche, et ses petites fesses empaquetées se dandinaient.

– Salut toi, lança Agnes en s'accroupissant devant elle, bras ouverts.

La petite, tout sourire, se précipita contre elle.

– Tu ne m'as pas l'air spécialement malade, dis donc ?

– Elle a eu de la fièvre cette nuit, expliqua Ingeborg, arrivée derrière sa fille, en s'appuyant au chambranle de la porte. Je dois attendre vingt-quatre heures avant de la renvoyer à la crèche, même si elle est en pleine forme. Tu imagines tout le fric que cette règle débile fait perdre à la Norvège ?

– Elle en perdrait peut-être encore plus si les gamins passaient leur temps à s'entre-contaminer parce que leurs parents les remettent trop vite à la crèche. Ta mère ne pouvait pas la garder ?

– Elle est à Tenerife. Donc pas de garde d'enfants jusqu'à la fin de la semaine de Pâques, répondit Ingeborg en se dirigeant vers la cuisine, suivie d'Agnes avec Vera dans les bras. On était invitées, poursuivit Ingeborg, mais je n'avais pas envie de tenir la chandelle, avec son nouveau mec. Me retrouver au bord d'une piscine à regarder ces deux tourtereaux, très peu pour moi.

– Ah. Tu es jalouse de ta mère qui vient de tomber amoureuse !

– Je suis jalouse de tous ceux qui viennent de tomber amoureux. Ou qui sont amoureux, d'une manière générale. Heureusement que tu es de nouveau seule.

– Merci d'être aussi généreuse et de te soucier autant de mon bien.

Ingeborg répondit par un sourire et lança un cortado sur la machine à café. Agnes posa Vera sur le plan de travail et coupa deux tranches de pain frais. Puis elle dénicha le tube de mousse de crevettes dans le réfrigérateur, dessina un huit sur chaque tranche avant d'étaler la masse rose en une couche épaisse. Après avoir découpé la croûte sur la tartine de Vera, elle tendit le tube à Ingeborg, qui secoua la tête en mimant la nausée. Elles rejoignirent le salon en emportant le tout et s'installèrent toutes les trois sur le canapé.

– Bon, je suis prête, déclara Ingeborg.

Agnes sortit l'enregistreur.

– Écoute très attentivement, dit-elle. Batman a besoin de l'aide de Robin.

– Vas-y. J'ai l'ouïe aussi fine qu'un élan.

– Ah, les élans ont l'ouïe fine ? Alors comment se fait-il qu'ils se retrouvent si souvent sur le capot des voitures ? s'étonna Agnes, avant de secouer la tête. On s'en fout.

Elle mit en marche l'enregistrement qu'elle avait elle-même écouté et réécouté. Vera grimpa sur ses genoux en réclamant « À dada sur mon bidet », et la monture tâcha de se faire silencieuse pendant qu'Ingeborg se concentrait, les yeux plissés.

– Encore une fois, ordonna celle-ci avec détermination. Et sans faire rigoler la petite, s'il te plaît.

Agnes prit son téléphone et lança une appli muette spéciale bébé, abandonnant Vera devant un ballet de patates ; le temps d'aller se chercher une deuxième tasse de café, elle la retrouva endormie.

– Elle dit « Fadnes », ça c'est sûr, dit Ingeborg. Mais je ne crois pas qu'il soit question d'enfant. Moi, j'entends « éléphant ». C'est de Lauritz Fadnes qu'elle parle, non ? Il a fait plusieurs infarctus avant de mourir, il me semble.

Agnes n'avait rencontré l'ancien directeur de Jazz à Voss qu'une seule fois, le jour où elle l'avait interviewé à l'occasion du festival de l'année passée. Des types comme lui, on n'en croisait pas tous les jours, s'était-elle dit à l'époque. Le bonhomme maîtrisait la plupart des techniques de domination, et sa manière de parler donnait un visage au mot *mansplaining*. Certes, Agnes n'était pas une passionnée de jazz, mais il lui avait parlé du festival comme si elle n'avait jamais entendu parler de ce genre musical. D'une manière générale, elle ne lui avait trouvé aucun charme.

Et pour ce qui était de sa mort, elle en avait un souvenir assez flou, sachant que l'événement était intervenu à peu près en même temps que le départ de Fredrik. Pendant les deux semaines où elle était à peine sortie de son lit.

– Enfin, reprit Ingeborg, si tu veux mon avis – pardon, l'avis de Robin –, on dirait soit que Marta Tverberg en voulait à Lauritz Fadnes pour un truc, soit qu'elle était en colère en son nom. À condition que ce soit elle qui parle sur l'enregistrement, bien sûr. Moi, je n'en mettrais pas ma main à couper, mais tu es mieux placée que moi pour le savoir.

– La question principale, c'est pourquoi quelqu'un a jugé cette affaire assez importante pour glisser l'enregistreur dans ma boîte aux lettres.

Ingeborg lui adressa un sourire chaleureux.

– Ça fait plaisir de te voir de nouveau en action, Batman, dit-elle. Tu as fait un bon bout de chemin depuis l'automne dernier, quand je ne voyais plus que ta tête émerger de la couette. Mais au fait ! J'ai failli oublier de te demander quelque chose. Je n'ai pas réussi à refuser quand une collègue de l'hôtel m'a proposé d'accueillir chez moi une sorte de… un truc, ce soir : j'ai dit oui, et je t'ai inscrite aussi.

Agnes lui adressa un regard interrogateur.

– Tu me demandes si je veux bien participer à un truc auquel tu m'as déjà inscrite ?

– Exactement.

– Et c'est quoi ?

– Une espèce de petite réunion Tupperware, répondit Ingeborg, sauf qu'il s'agit… d'autres produits.

Agnes décida de ne pas tenir compte des doutes émis par son amie. Elle-même sentait ses battements cardiaques s'accélérer. Il fallait qu'elle parle de nouveau de Lauritz Fadnes avec Viktor. Dans quelle mesure la police était-elle sûre que l'ancien directeur du festival, qui se trouvait être aussi l'un des amis d'enfance de Marta Tverberg, était mort naturellement ?

Si quelqu'un avait voulu lui communiquer cette information, à elle, Agnes, il y avait forcément une raison.

Elle s'étonna de voir la voiture de Viktor qui l'attendait sur le parking. Pour une fois, c'était son tour de s'asseoir à côté de lui, sur le siège passager. Une odeur de chewing-gum aux fruits flottait dans l'habitacle. Son vieil ami mâchait nerveusement en regardant fixement devant lui.

– Tout va bien ? Tu ne m'en veux pas d'être en retard, j'espère, parce que si c'est le cas, on va devoir régler nos com...

– Tu as l'enregistrement ? l'interrompit Viktor.

Était-il vraiment fâché à cause de la manière dont elle s'était comportée pendant le dîner de la veille ? Peut-être valait-il mieux s'abstenir de lui poser la question.

Elle sortit plutôt l'Olympus de son sac et le posa sur ses genoux.

– On est bien d'accord : tu me raconteras ce que tu sais, lui rappela-t-elle.

– Oui, oui, mais fais-moi d'abord écouter ce qu'il y a là-dessus, répliqua-t-il impatiemment. Qu'est-ce qui me dit que ce n'est pas une mauvaise blague de ta part ?

– Waouh, la confiance règne, après vingt ans d'amitié ! Je prends note.

Viktor écouta l'enregistrement en regardant impassiblement dehors. Impossible de lire quoi que ce soit sur son visage.

Il ne réagit pas davantage une fois la séquence terminée.

– Alors ? fit Agnes. Tu en conclus quelque chose ?

– Non. C'est complètement inaudible, répondit-il, en dirigeant son irritation contre l'enregistreur, comme si c'était la faute de l'engin. Mais ça m'intéresse que le nom de Fadnes soit prononcé.

– Parce qu'on n'est plus si sûr qu'il soit mort d'un infarctus, compléta Agnes.

Viktor se tourna vers elle et la regarda enfin dans les yeux.

– Comment tu le sais ?

– Je ne le sais pas, je le pense. Je pense aussi que la police doit commencer à se demander s'il pourrait y avoir un lien entre la mort de Fadnes et le meurtre de Marta, puisqu'on l'a empoisonnée à la drogue des éléphants, et que l'Éléphant, c'était le surnom de Fadnes.

– Ça, ça reste tiré par les cheveux.

– Mais ?

Son vieil ami la dévisagea comme s'il se demandait s'il y avait lieu ou non de lui révéler un secret. Puis il prit son élan :

– Mais tu as raison, on cherche un lien éventuel, admit-il. Parce qu'il se trouve que la police, il y a déjà un certain temps, a reçu un message anonyme disant que quelqu'un était sorti de la maison de Lauritz Fadnes la nuit de sa mort.

Agnes laissa Viktor emporter l'enregistreur au commissariat, après lui avoir fait promettre d'insister sur sa provenance devant Kristina Bachmann.

Son premier réflexe fut de rentrer chez elle, mais se rappelant soudain qu'elle avait emporté son ordinateur, elle décida de retourner dans le centre-ville et se gara devant la banque. Elle remonta la rue Vangsgata jusqu'à la boulangerie Kringlo, où elle acheta une brioche à la crème et un café noir. Elle n'avait pas revu depuis le collège la dame en tablier qui la servit, mais c'était toujours la même, en un peu plus mince peut-être, détail incroyable, quand on vit au milieu de pâtisseries.

Lauritz Fadnes, lui, ressemblait à une montagne de brioches à la crème.

Une recherche Internet sur son compte revenait à s'informer sur l'histoire de Jazz à Voss. Il avait dirigé le festival pendant plus de trente ans. On comprenait difficilement pourquoi. Il était sûrement compétent, mais côté image, on ne pouvait pas faire pire. Monter trois marches le mettait hors d'haleine. Le patron du festival de jazz le plus important de Norvège avait l'allure de quelqu'un qui n'aurait pas bougé de son fauteuil depuis des décennies.

Par curiosité, Agnes chercha sa date de naissance. Elle fut surprise d'apprendre qu'il était né en 1953 – comme Marta. Elle repensa à la vieille photo de la fanfare scolaire. *Les joyeux musiciens* : Marta, Lauritz et Lucy. Peut-être étaient-ils de la même année tous les trois ? Elle retrouva la photo sur son téléphone et l'examina tout en avalant une gorgée de son café, qui avait déjà eu le temps de devenir tiédasse. La brioche, en revanche, était un délice.

Elle n'avait pas encore rencontré Lucy Fagnastøl, mais en y songeant, elle se dit qu'il y avait des similitudes entre Marta Tverberg et Lauritz Fadnes. Tous deux étaient brillants dans leurs domaines respectifs, mais d'un comportement assez antipathique. Contrairement à Marta, Fadnes, manifestement, n'avait jamais rencontré l'âme sœur capable de supporter son caractère. « Célibataire et musicien », tel était le titre d'un des nombreux portraits qu'avait faits de lui le *Hordaland*. Il avait lui-même été saxophoniste, y lisait-on, mais avait dû arrêter pour des raisons de santé.

S'il avait mis des bâtons dans les roues à Marta s'agissant de Jazz à Voss, il ne paraissait pas invraisemblable que la jalousie envers sa vieille camarade de la fanfare y soit pour quelque chose.

Mais était-il possible que quelqu'un en ait voulu à la fois à Marta et à Lauritz ?

Et à la troisième musicienne ?

Peut-être s'agissait-il d'une histoire suffisamment ancienne pour que Lucy Fagnastøl s'en souvienne.

Elle allait devoir parler à la présidente du comité d'organisation, se dit Agnes. Ce que la police avait forcément déjà fait.

Dans le petit encadré qui agrémentait l'interview de Fadnes, on lisait que le directeur du festival était célibataire et sans enfant. Regrettait-il cette situation ? Le *Hordaland* n'en informait pas ses lecteurs. Les journalistes des petits journaux locaux n'avaient pas l'habitude de poser ce genre de questions. Elle, au contraire, quand elle travaillait dans le secteur, s'était efforcée de donner à ses interviews une tournure plus personnelle, pour mettre davantage en lumière ce que l'intéressé pensait de tel ou tel sujet, plutôt que le contenu de son CV.

Dans celle de Fadnes, on avait quatre-vingts pour cent d'autocongratulations sur le thème « tout ce que j'ai fait », contre vingt pour cent de « tout ce que j'ai à faire ».

Agnes se demanda s'il avait menti, s'il n'aspirait pas en réalité à avoir quelqu'un avec qui partager son quotidien. Il y avait indéniablement quelque chose de triste à s'endormir et se réveiller seul jour après jour, toute sa vie.

Ou bien finissait-on par y prendre plaisir, à force ? Lauritz Fadnes avait-il été heureux pour de vrai, dans sa solitude ?

Agnes engouffra le reste de sa brioche en écumant la seconde moitié de l'interview, qui remontait à la fin des années 1990. Alors qu'elle en était aux dernières lignes, elle avala de travers un bout de noix de coco râpée et se mit à tousser si peu discrètement que les gens autour d'elle se retournèrent.

Quand elle eut repris ses esprits, elle relut les dernières lignes.

Même s'il est célibataire et musicien, Lauritz Fadnes tient à suivre le devenir de la jeune génération. Il apprécie de passer du temps avec ses neveux qui, comme lui, sont passionnés de musique. Didrik et Alfred, qui fréquentent tous deux la filière musicale du lycée de Voss, se félicitent d'avoir un oncle aussi « jazzy ».

En fait, elle ne savait vraiment pas grand-chose des frères Rogne, s'avoua Agnes après avoir passé une demi-heure à les googler tous les deux. Et ça ne s'arrêtait pas au fait qu'ils soient les neveux de Fadnes. Apparemment, ils n'avaient pas toujours eu les choses faciles. Ils avaient beau faire partie des meilleurs musiciens du pays dans leur domaine, ils manquaient de travail. Et leur oncle Lauritz, ce directeur tout à la fois administratif et artistique du festival qui tenait « à suivre le devenir de la jeune génération », ne s'était pas toujours montré secourable. Plutôt l'inverse.

DISSONANCES, s'intitulait une autre interview parue dans le *Hordaland* au cours de l'hiver 2018 : *Les musiciens free-lance Didrik et Alfred Rogne s'indignent que Jazz à Voss fasse appel à aussi peu d'artistes locaux. Le programme de cette année ne met pas un seul natif de Voss à l'affiche, bien que notre ville ait vu émerger plusieurs grands noms internationaux du jazz. « Nous ne nous exprimons pas seulement en notre propre nom. Nous n'avons jamais demandé à bénéficier d'un traitement de faveur au prétexte de nos liens de famille avec le directeur du festival. Mais nous prenons la parole pour tous les excellents artistes originaires de Voss qui n'ont pas la possibilité de se produire devant le public de leur propre région quand cela en vaudrait vraiment la peine », a déclaré Alfred Rogne.*

Sur le point d'entrer dans le salon d'Ingeborg, Agnes s'arrêta brusquement dans l'encadrement de la porte.

Que les *home parties* de l'époque des Tupperware puissent encore exister à Voss, c'était déjà incompréhensible en soi. Tout l'intérêt du commerce en ligne n'était-il pas d'éviter d'avoir à faire les courses, en tout cas de pouvoir rester à mille lieues de ce genre de choses ? Et voilà qu'elle découvrait Ingeborg sur son canapé, entourée de toutes sortes d'objets pittoresques, des vibrateurs de différentes tailles et moult déclinaisons du curieux concept de « boules anales ».

Il y avait là-dedans quelque chose de fondamentalement indécent.

Agnes entreprit de reculer, peut-être réussirait-elle à se défiler sans que personne s'en aperçoive. Elle n'avait ni le temps ni l'envie de marcher dans cette affaire. Et il ne semblait pas y avoir quoi que ce soit de comestible dans la pièce, alors qu'elle n'avait rien mangé depuis sa brioche à la crème.

– Soyez la bienvenue !

Et merde.

La voix était celle d'une femme qu'Agnes ne connaissait pas, mais qu'elle soupçonna d'être l'organisatrice, celle qui n'avait pas pu accueillir la réunion chez elle parce que sa maison était en travaux. Ingeborg leva les yeux et lui adressa un signe de la main, avant de retourner à une conversation au ton enthousiaste sur l'orgasme clitoridien.

– Asseyez-vous, je vous en prie ! Agnes, n'est-ce pas ? C'est bien vous qui écrivez un livre sur Marta Tverberg ?

– Oui, répondit-elle en prenant le verre de vin qu'on lui tendait.

Elle s'endurcissait d'avance à l'idée qu'on lui assène des infos intimes dont elle ne voulait pas, par exemple le goût qu'aurait pu avoir la diva du jazz en personne pour l'usage des boules anales.

– C'est terrible, ce qui est arrivé. Comment allait-elle, au juste ? lui demanda la femme.

Quelle drôle de question.

– Que voulez-vous dire ?

– Eh bien, elle en était où, côté santé ? précisa son interlocutrice en lui adressant un coup d'œil complice, comme si elles étaient seules à connaître un secret. Je travaille à l'hôpital, poursuivit l'inconnue, alors je l'ai rencontrée plusieurs fois.

La nouvelle venue la fixait, des points d'interrogation plein les yeux.

– Qu'est-ce qu'elle venait faire à l'hôpital ? demanda Agnes, mais soudain, la bavarde avait le regard fuyant.

Elle avait fini par comprendre qu'Agnes ne feignait pas de ne pas être au courant, et qu'elle-même venait sans doute de rompre le secret professionnel. Même en ne disant rien.

– Oh, aucune idée. Je pensais que vous auriez une info. Mais regardez-moi ça ! s'écria-t-elle en se jetant sur le vibrateur à oreilles de lapin rendu célèbre par *Sex and the City*, il y avait de cela une éternité. Celui-là, il me le faut absolument !

Le formulaire trônait sur la table, prêt à recevoir les commandes. Pas de pression. Agnes vida son verre d'un trait, se leva et s'approcha d'Ingeborg.

– Désolée, mais je ne peux pas rester, finalement.

– Hein ? Tu m'abandonnes ?

– Tu m'as l'air de t'en tirer brillamment.

Agnes ressortit dans la fraîcheur du soir avec quelques questions de plus en tête. La liste ne cessait de s'allonger.

Si Marta était malade, pourquoi ne lui en avait-elle pas parlé ?

Elle descendit la pente en direction de la gare, gagnée par une fièvre inhabituelle et le cœur plus rapide que d'ordinaire. Ce ne pouvait pas être cet unique verre de vin. Qui sait, ces sex-toys ridicules avaient peut-être réussi à l'émoustiller. Cette histoire d'Alexander qui serait de nouveau seul, il fallait qu'elle sache si c'était vraiment vrai.

Elle s'arrêta, prit son téléphone, fit apparaître le nom Olivia Kosanovic sur Facebook et commença à écrire un message privé.

Bonjour, Olivia ! Je suis journaliste, et j'aimerais écrire un article dans le Hordaland *sur votre boulangerie bio. Auriez-vous le temps et l'envie de m'accorder un petit moment ?*

Elle envoya le message sans trop savoir elle-même où elle voulait en venir.

À sa grande surprise, la réponse fut presque immédiate.

Merci beaucoup de vous intéresser à moi, mais je suis rentrée à Bruxelles avec mes enfants, et c'est une autre personne qui tient la boulangerie pour l'instant, écrivait Olivia Kosanovic, et elle ajoutait l'adresse de celle qui avait repris son magasin.

Agnes était arrivée au passage souterrain de la gare. Les doigts glacés, elle tapa une réponse où elle s'affligeait de la triste nouvelle, d'autant plus triste qu'elle connaissait un peu

Alexander, et qu'Olivia et lui formaient un très beau couple, trouvait-elle.

Là encore, la réplique ne se fit pas attendre plus de quelques minutes.

Merci, mais c'était sûrement mieux comme ça. Il est allé voir ailleurs, comme on dit. Bon week-end de Pâques à vous !

Elle n'aurait certainement pas dû rester plantée là, toute seule, à sourire comme une idiote, mais c'était plus fort qu'elle.

Alexander avait été infidèle. Elle aussi.

C'était le destin.

Et l'envie de commettre une folie s'empara d'elle.

Le prochain train pour Bergen partait dans une demi-heure. Mais elle ne pouvait pas se présenter comme ça devant sa porte. Ni dire pourquoi elle venait. Elle s'empressa de lui envoyer un message disant qu'elle était en route en direction d'Evanger, avant de lui demander s'il était chez lui, si elle pouvait passer discuter un peu.

Puis elle attendit.

Attendit.

Attendit encore un peu, jusqu'à ce que le train pour Bergen soit à quai et qu'elle soit gelée jusqu'aux os.

Tant pis, elle prenait le risque. Elle entra dans un wagon et s'assit.

Pour en ressortir précipitamment juste avant que les portes ne se ferment.

Salut, Agnes ! Je suis en réunion à Voss. On pourrait discuter ici quand tu seras de retour ? venait de répondre Alexander.

Ils s'étaient donné rendez-vous au café Skrot, une heure plus tard.

Agnes décida d'y aller tout de suite. Avant leur rencontre, elle avait besoin de boire un verre pour se détendre. Même si Alexander était seul dans la vie, il n'était pas du tout certain qu'il s'intéresse à elle.

Elle vit Didrik Rogne avant qu'il ne la remarque. Il se tenait devant l'entrée, une cigarette à la main. L'intervalle entre le moment où il inspirait et celui où la fumée ressortait de ses poumons était d'une longueur fascinante.

Agnes le rejoignit.

– Je peux t'en piquer une ? lui demanda-t-elle.

À peine eut-elle croisé son regard qu'elle regretta ces mots. Il était bien plus soûl que l'autre fois, au Fleischer. Il avait les pupilles embuées et flottantes, et un mauvais sourire aux lèvres.

– Tveit, Tveit, Tveit, prononça-t-il d'une voix pâteuse, mignonne petite chatte, chatte, chatte.

Elle le prit comme une boule de neige en plein ventre. Tout ce que son corps pouvait renfermer de désir sexuel s'étiola en un clin d'œil.

Il lui tendit le paquet de cigarettes. Elle en saisit une et se pencha au-dessus du briquet. Autant essayer de tenir quelques minutes : dans l'état où il était, ça allait être plus facile de lui tirer les vers du nez.

– L'autre salope aussi devait avoir une jolie petite chatte, dans le temps, ajouta Didrik Rogne.

Agnes murmura un remerciement en scrutant la grande fenêtre du café. Elle n'y vit personne de connaissance qui pourrait venir la tirer d'affaire, à part le barman, mais il était occupé à montrer à des clients les vieux disques vinyles qui servaient de support au menu.

Elle se raidit en entendant soudain sa voix tout contre son oreille.

– Tu veux que je te raconte un truc sur la connasse de ton bouquin ? proposait-il. Elle était tellement en manque qu'elle était jalouse de tous ceux qui baisaient. Personne ne voulait de cette vieille sorcière fripée, même pas Hauki.

Elle se retourna et lui lança un regard sévère.

– S'il te plaît, Didrik.

Rogne lâcha un ricanement.

– C'est exactement ce qu'elle me disait, la sorcière, à chaque fois. S'il te plaît, Didrik, prends-moi très fort. Et qu'est-ce qui s'est passé après, quand la vieille est venue témoigner au tribunal ? Putain, si elle n'était pas morte, je l'aurais butée moi-même.

De quoi pouvait-il bien parler, et de qui, Agnes n'en savait rien, mais elle n'irait pas lui poser la question. Elle restait là, sans mot dire, les yeux rivés au sol.

– Tu veux peut-être que je te prenne fort, toi aussi ? suggéra-t-il. C'est ça que tu cherches ?

Il s'approcha plus près encore. Il puait l'alcool et elle se détourna, nauséeuse.

– Non ? Bon. Une autre fois alors, marmonna-t-il, et il s'éloigna en titubant le long de la rue.

Agnes sentit son pouls lui battre dans la gorge, ses mains tremblaient, elle revit en flashback sa rencontre de l'été précédent, dans la cabine du téléphérique.

Quel sale type, au secours !

Chaque fois qu'elle tombait sur lui, son cas avait encore empiré.

Mais au fait, qu'est-ce qu'il lui avait sorti ? Que la « connasse », autrement dit Marta, aurait témoigné contre lui dans un procès ?

– Didrik ne se régale pas depuis un an, lui dit Alexander. C'est un musicien exceptionnel, mais sur pratiquement tous les autres plans, il n'y a malheureusement rien à tirer de lui. J'essaie de lui parler un peu de temps en temps. Il m'a dit un jour qu'il avait le sentiment d'avoir perdu son frère, alors j'essaie au moins de faire en sorte qu'il ait un pote.

Le contraste entre ces deux rencontres à une heure d'intervalle n'aurait guère pu être plus marqué. Agnes avait la tête qui tournait, assise en face de cet homme élégant, enveloppée par son parfum, tous deux penchés au-dessus de la petite table en formica. Le café Skrot était depuis un an l'un des bars les plus appréciés de Voss. Alexander leur avait commandé deux whiskies sour. Elle avait honte à l'idée de sa visite spontanée à Evanger avortée, mais l'alcool aidait. Il n'aurait pas pu trouver cocktail plus adapté, même si elle se serait bien passée du blanc d'œuf et des ingrédients acides – l'eau-de-vie brune aurait largement suffi.

La confrontation avec Didrik l'avait laissée tremblotante. Une chance qu'elle ait eu rendez-vous avec Alexander juste après, pour pouvoir lui raconter ce qui lui était arrivé.

– Tu sais quel genre de relations Didrik et Marta entretenaient ? lui demanda-t-elle.

– Du genre plutôt tordu, je crois.

Il prit une longue gorgée de whisky, avant de reprendre :

– Ce n'est pas très normal d'envoyer quelqu'un en taule et de l'embaucher dans son orchestre à la sortie.

– Marta Tverberg l'a envoyé en taule ? s'étonna Agnes, comprenant aussitôt que c'était sans doute ce qu'avait sous-entendu Didrik. Violences conjugales, c'est ça ?

Alexander lui lança un regard surpris.

– Il te l'a dit lui-même ? Waouh, il devait vraiment être au fond du trou…

Le ménage de Didrik Rogne traversait une phase orageuse depuis des années. Mais pour que les choses changent, il avait fallu attendre que Marta accompagne sa femme au commissariat et la convainque de porter plainte. Marta n'était qu'un témoin parmi d'autres dans l'affaire, parce qu'elle avait vu, une fois, Didrik battre sa femme. Il avait été condamné à six mois de prison. Quand il était ressorti, la plaignante avait quitté Voss. Il n'avait plus pour horizon qu'une lourde dépression – et le chômage.

– C'est un bassiste de premier rang, mais personne ne voulait d'un type violent dans son groupe. Personne sauf Marta.

– Mais il savait, à ce moment-là, que c'était elle qui avait convaincu sa femme d'aller voir les flics ?

– Oui, mais il était tellement désespéré qu'il a ravalé sa fierté. Et puis Alfred était déjà dans l'orchestre. Et ils sont très proches. La réputation de Didrik devait lui nuire, à lui aussi.

Ils se turent un moment, touillant leurs cocktails avec leurs pailles.

Quand Agnes releva les yeux, le regard marron d'Alexander la guettait sous ses boucles.

– Tu crois que Didrik pourrait avoir voulu se venger de Marta ? lui demanda-t-elle.

Il appuya le menton au creux de sa main.

– Ce n'est pas impossible, risqua-t-il. Il avait à la fois un mobile et accès au lieu du crime, en quelque sorte. Mais si c'est le cas, son plan a pris une dimension tragique à la Shakespeare, puisque son propre beau-frère y est passé à son tour.

– À moins que ça n'ait été calculé, qu'il ait aussi voulu se débarrasser de Tobias, ou qu'ils l'aient voulu tous les deux, avec Alfred.

– Ça, j'en doute, affirma Alexander. Alfred et Tobias, c'était un sacré couple. Dans le milieu du jazz, on les appelait Alias. Alfred était plus âgé, ils avaient plus de dix ans de différence, et ça se ressentait côté finances. Comme Tobias était étudiant en médecine, il ne gagnait rien. Et je te l'ai dit : le marché du travail n'a pas toujours été facile pour Alfred, ces dernières années, mais il refusait de prendre un autre boulot à côté de sa carrière de musicien, alors ils ne devaient pas rouler sur l'or. J'ai toujours eu l'impression qu'ils vivaient d'amour et d'eau fraîche, ces deux-là. Si eux aussi avaient des problèmes de couple, c'est à désespérer de l'amour.

Agnes observa l'homme assis de l'autre côté de la table en formica, attendit qu'il rebondisse sur sa propre situation. Mais rien.

– Moi, je désespère depuis longtemps, dit-elle pour l'y encourager.

Alexander la regarda.

– Tu n'as pas un mec qui…

– Il est reparti à Oslo, l'automne dernier.

Elle avait répondu un peu trop vite.

– Oh, fit-il. C'est triste.

Leurs yeux se rencontrèrent.

– Mais peut-être que ça tombe bien ? glissa-t-il.

– Que ça tombe bien ? Comment ça ?

Elle ne devait pas se trahir, ne surtout pas dévoiler qu'elle était au courant.

Il eut soudain un sourire un peu timide, et haussa les épaules.

– Parce que… Eh ben… Moi aussi, je me suis fait larguer.

Ils se dévisagèrent en silence pendant quelques secondes, en écoutant le bourdonnement des conversations autour d'eux. Agnes se sentait réchauffée et rassérénée. Elle leva son verre.

– À la lutte contre l'exode rural ! lança-t-elle.

– Tu sais quels rapports Alfred et Didrik entretenaient avec leur oncle ? demanda Agnes après quelques gorgées du deuxième cocktail.

– C'est qui, leur oncle ? s'enquit Alexander. Rappelle-toi que je ne suis pas d'ici, je ne connais pas tous les arbres généalogiques par cœur.

– Lauritz Fadnes.

Une expression floue passa rapidement sur son visage.

– Hein ? s'étonna-t-il. C'était leur oncle ? Ça, franchement, j'aurais dû le savoir.

Alexander plissa le front comme s'il venait d'avoir une illumination :

– Ça veut dire que Lucy Fagnastøl est la mère d'Alfred et de Didrik ?

– Quoi ?

Cette fois, c'était au tour d'Agnes d'être ébahie.

– Oui, c'est forcément ça, reprit-il. Puisque Lucy est mariée avec Svein Rogne, le frère de Lauritz.

Agnes se sentit de nouveau prise de vertige, mais cette fois, l'odeur de l'homme n'en était pas la cause.

– Ils étaient frères, ces deux-là ? Pourquoi n'avaient-ils pas le même nom ?

Alexander hocha la tête.

– Parce qu'ils n'avaient pas le même père, j'imagine ? Enfin, je n'en sais rien, ajouta-t-il. Tout ce que je sais, c'est qu'il faut suivre, dans ce patelin !

– Tu peux le dire. Lucy Fagnastøl… tu la connais bien ?

– Pas assez, apparemment. Comme elle est présidente du comité d'organisation, on se voit de temps en temps à des réunions, mais autrement, elle s'implique très peu dans le festival. Et elle habite Bergen.

– Tu penses quoi d'elle ?

Alexander eut l'air de réfléchir.

– Elle… elle se prend peut-être un peu trop au sérieux ? Elle a une façon de parler aux gens, en tout cas à moi, assez condescendante. C'est sans doute normal pour une magistrate, je ne sais pas. Mais ça ne me dérange pas qu'elle ne soit pas trop impliquée dans le festival, si tu vois ce que je veux dire.

– Et Lauritz Fadnes, tu le connaissais ?

– Plus ou moins. Dans le milieu du jazz, il appartenait au camp conservateur, je dirais. S'il avait su qu'on avait confié la compo à Marta Tverberg, je crois qu'il se serait retourné dans sa tombe. Il aurait sûrement dit qu'elle était dépassée, mais en réalité, c'est lui qui était dépassé, à force de s'accrocher, de continuer à diriger le festival année après année. C'était toute sa vie.

– Je vois.

– On ne peut pas nier que Lauritz Fadnes était rancunier et très peu sympathique, ajouta Alexander.

– Comment expliquer qu'il soit resté à sa place si longtemps ? Parce que c'était un homme ?

Alexander regarda Agnes droit dans les yeux, lui déclenchant une chatouille au creux du ventre.

– Il y a des chances que ça ait pu jouer en sa faveur, oui. Il était en bons termes avec tous les autres machos du milieu. Il occupait plusieurs fonctions au Forum du jazz et avait une colonne réservée dans le journal du jazz. Il ne devait pas être si facile de l'éjecter.

– Non, sans doute, admit Agnes.

Même si le festival, depuis plusieurs années, avait une femme comme présidente.

JEUDI SAINT

Elle entendait le frottement de ses pieds nus sur le plancher.

Elle ne se retournait pas, mais savait qu'il approchait par-derrière, s'arrêtait tout près d'elle. Elle sentait la chatouille de sa poitrine contre son dos, puis juste après, ses lèvres dans sa nuque. Un frisson mi-plaisir, mi-douleur lui électrisait le corps, depuis les pieds jusqu'au cou. Elle renversait la tête vers lui, jusqu'à ce qu'il lui attrape doucement les cheveux pour faire pivoter vers lui son visage. Ses lèvres étaient douces et charnues, elles enserraient les siennes, tandis que sa large main descendait lentement, mais sûrement, descendait plus bas, plus bas encore, et…

Elle ouvrit les yeux.

Elle sentait cette main qui n'était jamais arrivée au but.

Elle regarda autour d'elle, dans le lit, elle avait chaud et se sentait vide.

Alexander était parti peu après minuit, en la remerciant pour la soirée. Il l'avait embrassée sur la joue, comme un gentleman, avant de prendre le dernier train pour Evanger – sans l'inviter à l'accompagner. Mais elle n'avait plus que lui en tête. Elle lui avait voué sa dernière pensée avant de s'endormir, et la première au réveil.

Ce rêve…

Il fallait que sa propre main prenne le relais, tant que l'image et la sensation de sa présence étaient encore fraîches dans sa mémoire.

Ce qui ne prit pas longtemps. Pas besoin d'un truc qui vibre. Ce qu'elle attendait arriva presque tout de suite.

Puis, toujours couchée, elle sentit grandir une inquiétude dans ses tripes.

Pourquoi était-il rentré chez lui ?

À cause de quelque chose qu'elle avait dit ? Ou bien, tout simplement, avait-il moins envie d'elle qu'elle de lui ?

Elle tourna la tête vers la fenêtre. Le soleil brillait si fort que c'en était énervant. Aujourd'hui commençait officiellement le week-end de Pâques pour ceux qui n'avaient pas pris de vacances. Elle-même n'avait pas encore la tête aux jeux de société et aux vieilles BD. Si c'était faisable un jour férié comme celui-là, elle comptait essayer d'élucider quelque chose avant de monter au chalet.

Elle appela Viktor.

– Pâques noie nos soucis, lança-t-il en décrochant.

– C'est vrai ? douta-t-elle en se redressant un peu dans son lit. On t'a donné ton week-end pour que tu sois si joyeux, tout d'un coup ?

– J'aimerais bien, répondit Viktor. À la maison, je suis tout seul, les filles sont parties en montagne toutes les deux, ce qui a des avantages, en un sens. Mais là, je suis au boulot.

– Très bien. Est-ce que tu sais si Marta Tverberg était malade ?

– Non, pourquoi ?

Mieux valait qu'elle en sache plus elle-même avant de lui en parler, pensa-t-elle.

– Rien, je me demandais seulement… Par contre, j'ai appris

qu'il y avait des liens de parenté entre certaines personnes plus ou moins liées à l'affaire. Tu savais que Lauritz Fadnes était l'oncle d'Alfred et de Didrik Rogne ?

– Non, je ne savais pas, mais ça ne doit pas être un secret d'État, on l'aurait forcément découvert tout de suite si on enquêtait sur la mort de Fadnes, répondit-il sèchement.

– Hein ? Vous n'avez pas commencé à travailler sur l'hypothèse du meurtre le concernant ?

Son vieil ami soupira.

– Bachmann estime que « ce ne serait pas faire bon usage de nos ressources, pour le moment ».

– Tu rigoles ? Après l'indice qu'on vous a donné, et tout ? s'indigna Agnes. La Kripos aussi est en vacances ou quoi ? Il faut qu'ils regardent de plus près les relations entre tous ces gens ! Et tu savais que Lucy Fagnastøl, la présidente du festival et l'amie d'enfance de Marta, est en fait la mère d'Alfred et de Didrik Rogne ?

– Non, admit Viktor d'une petite voix, comme s'il avait un peu honte pour la police. Mais mis à part la parenté, il y a d'autres raisons qui expliquent que tu t'intéresses autant aux frères Rogne ?

– Oui. Didrik Rogne est un ivrogne qui harcèle les femmes. Ça, au moins, j'espère que tes collègues le savent.

Il y eut un blanc de quelques secondes.

– Je suis au courant qu'il a fait de la taule pour violences conjugales, oui.

– Elle est morte ? lança Agnes.

– Sa femme ? Non, encore heureux, ce n'est pas allé jusque-là. Elle a pu profiter qu'il soit en prison pour se barrer. Avant, ils habitaient Bergen, je crois, et il me semble qu'elle s'est installée dans le Grand Nord.

– Et tu sais qui l'a convaincue de porter plainte ?

– Non, mais je t'écoute.
– Marta Tverberg.
– Tiens tiens. Et en échange de toutes ces infos que j'aurais pu trouver tout seul, et que j'aurais d'ailleurs fini par avoir, tu veux…
– Un œuf de Pâques, répondit-elle. Plus une barre chocolatée et le rapport d'autopsie de Marta Tverberg.

La fille au lapin vibromasseur avait dû mal comprendre. Marta Tverberg était peut-être passée à l'hôpital pour des examens de routine. En tout cas, il n'y avait rien concernant une maladie quelconque dans le rapport d'autopsie provisoire que Viktor lui avait envoyé par mail, mais des tas de considérations auxquelles Agnes ne comprenait rien, et la confirmation de ce qu'elle savait déjà : la mort par empoisonnement. C'était sans doute ce qui expliquait que Viktor avait bien voulu lui transmettre ce document. Elle avait promis d'effacer le mail aussitôt après.

Si l'enquête de police, jusqu'à présent, n'avait pas visé Didrik Rogne, il fallait espérer que ce soit vite le cas. Il avait eu accès au saxo de Marta. Il entretenait des relations avec plusieurs personnes dans le cercle des connaissances de Marta et de Tobias. Et pour le mobile potentiel, il était tout trouvé. Il y en avait même plusieurs. Marta et lui se disputaient sur des questions d'argent. Et elle l'avait envoyé en prison pour violences envers sa femme.

Était-il imaginable que Marta ait voulu léguer sa fortune à un centre d'accueil pour femmes battues, ou un organisme travaillant sur ce genre de questions ?

Agnes n'aurait pas non plus été étonnée que Didrik ait souhaité se débarrasser de son oncle.

Elle n'avait pas la force de l'affronter de nouveau, mais elle se sentait d'humeur à aller parler avec son frère, à condition qu'il soit seul. Il y avait tout lieu de penser que Didrik cuvait encore ses excès de la veille.

Comme elle entrait dans la cuisine, avec la ferme intention de se préparer un toast poêlé au fromage, elle resta en arrêt, sidérée, devant la boîte à pain. Un croûton sec et des miettes, voilà tout ce qu'il lui restait.

Cette constatation lui fit l'effet d'une douche froide.

Et voilà. Elle avait oublié de faire les courses. Et les magasins étaient fermés pour deux jours.

Merde, il allait sans doute falloir qu'elle monte au chalet, finalement. Sinon, ce week-end de Pâques risquait d'être le plus sinistre de tous les temps. Elle envoya en vitesse un texto à son père, lui demanda comment étaient les pistes. La réponse fut immédiate, illustrée d'un croissant et d'un chat riant aux larmes.

On y est déjà ! Les scooters sont complets toute la journée, tu vas devoir monter à pied !

Ils auraient pu le dire avant, pensa Agnes en fourrant dans son sac de montagne un pull en laine, un pantalon de jogging, deux culottes et un caleçon long. Elle avala le croûton après l'avoir tartiné de Nutella en guise de petit déjeuner, songeant à la perspective d'un frigo plein à l'heure du déjeuner pour se motiver.

Puis elle s'immobilisa en pensant à ce qui l'attendait : débrouiller l'imbroglio de noms et de relations de famille qui pouvaient entrer en jeu dans l'enquête.

En réalité, elle n'avait pas le temps de partir en week-end. Elle devait rester ici, trouver d'autres solutions pour se nourrir. Voire oublier un peu la bouffe et se concentrer sur son travail.

Elle réussit à trouver le numéro de Lucy Fagnastøl, mais puisqu'on était un jour férié, elle décida d'écrire un message plutôt que d'appeler. Elle resta un moment figée devant son téléphone à se demander comment présenter son affaire.

Bonjour, nous n'avons pas encore eu l'occasion de nous rencontrer, mais je m'appelle Agnes Tveit et j'écris une biographie de Marta Tverberg. J'ai cru comprendre que vous étiez des amies d'enfance, et je me demandais si vous auriez un moment à m'accorder ?

Elle appuya sur la touche « envoyer », et se souvint trop tard que Lucy Fagnastøl venait aussi de perdre son gendre.

Il ne fallait sans doute pas s'étonner qu'elle ne réponde pas.

Au bout de cinq minutes à fixer son téléphone, elle appela quand même. C'était plus fort qu'elle.

L'appel fut rejeté.

De toute évidence, Lucy Fagnastøl ne voulait pas lui parler.

Il y avait de fortes chances pour que son fils n'en ait pas davantage envie.

Mais ça se tentait quand même.

– Agnes ? prononça une voix pâteuse dans l'interphone, manifestement couplé à une caméra. Qu'est-ce que tu fais là ?

Elle n'était pas encore revenue de son étonnement, après avoir découvert qu'Alfred Rogne habitait au numéro 40 de la rue Vangsgata. Autrement dit, dans l'immeuble baptisé Solvangbygget, implanté au beau milieu du parc bordant le lac, celui qu'on avait entièrement rénové, il y avait sept ou huit ans. Le troisième étage du bâtiment délabré, qui hébergeait jadis le non moins miteux café Solvang, était désormais occupé par un appartement avec terrasse, qu'on comptait au nombre des biens immobiliers les plus chers de Voss. L'étonnement d'Agnes s'était encore accru lorsqu'elle avait compris que c'était précisément dans cet appartement que vivait Alfred Rogne. Celui qui avait été mis en vente à près de neuf millions de couronnes. Agnes habitait Oslo, à l'époque, mais elle avait quand même eu vent de l'événement. Dans beaucoup de quartiers de la capitale, neuf millions, c'était un peu juste pour acquérir une maison mitoyenne très ordinaire. Mais à Voss, avec autant de fric, on pouvait s'offrir une villa gigantesque.

Ou un appartement de luxe.

La carrière artistique d'Alfred ne devait pas être si précaire, s'il se vérifiait que son compagnon n'avait pas de revenus. Ce n'était sûrement pas avec le prêt d'État pour ses études de médecine qu'ils auraient remboursé un emprunt pareil.

– Je voulais juste savoir comment tu allais, mentit-elle. Je peux monter un instant ?

La réponse se fit attendre.

– C'est le bordel chez moi, s'excusa Alfred.

Il avait l'air presque aussi groggy que lors de leur dernière rencontre, mais d'une autre manière.

« Bien sûr, je ne veux pas te déranger, aurait répondu Agnes si elle avait été polie, on pourra se parler une autre fois. »

Mais elle s'empressa plutôt de répondre :

– Pas de problème.

Un silence lui répondit.

Puis le grésillement de la porte qui s'ouvrait.

Agnes avait beau se flatter d'être ouverte d'esprit et réfractaire aux généralisations, elle trouva l'appartement d'Alfred et de Tobias totalement conforme à ce qu'elle s'attendait du domicile d'un couple homosexuel. Dès le vaste hall d'entrée, elle constata qu'il était non seulement immense, mais baigné de lumière et aménagé avec goût. Le long couloir, jalonné d'une série de tableaux alternant avec des portes fermées, débouchait tout au fond sur la cuisine d'un côté, et de l'autre sur un gigantesque salon, lui aussi orné de plusieurs toiles, et d'un grand lustre accroché au centre d'une rosace en stuc. Sur la table à manger en teck étaient disposées plusieurs piles de livres qui semblaient être des biographies de musiciens. Rien n'était laissé au hasard – quant au désordre, on l'aurait vainement cherché. Agnes n'avait jamais rien vu à Voss qui ressemble de près ou de loin à cet endroit. Elle eut aussitôt l'impression de se trouver dans le quartier le plus huppé d'Oslo.

Et elle eut envie de rester.

Jusqu'à ce qu'elle aperçoive Alfred.

Au premier coup d'œil, il semblait frais et raffiné, pieds nus, en jean bleu marine et pull vert olive, assis à son piano à queue. Mais ses yeux étaient encore plus lourds de fatigue que quand elle l'avait vu quelques jours auparavant, la tête sur le comptoir du bar.

– Comment vas-tu ? lui demanda-t-elle, tout en parcourant du regard l'irréprochable décor.

Alfred n'ouvrit pas la bouche, se contentant de hocher la tête.

Elle repéra la photo de mariage encadrée, posée sur un appui de fenêtre. Deux costumes blancs, deux sourires éclatants.

– On ne s'est pas parlé depuis si longtemps, dit-elle. Tu te rends compte, je ne savais même pas que tu t'étais marié. Ça remonte à quand ?

– Au printemps dernier.

– Vous aviez organisé une grande fête ?

Il ne semblait avoir ni l'envie ni le courage de se souvenir des moments heureux.

– Tu n'aurais pas dû venir, je crois. Je... je voulais juste m'excuser de m'être montré désagréable, la dernière fois, dit Alfred.

Agnes s'approcha du piano et posa une main sur la sienne.

– Tu viens de perdre l'homme de ta vie, glissa-t-elle. Tu as le droit d'être aussi désagréable et aussi soûl que tu veux.

Elle vit une larme rouler lentement sur sa joue.

Il sembla s'apprêter à dire quelque chose, mais renonça.

Agnes n'avait plus qu'à appliquer sa tactique habituelle.

Le silence.

Les larmes suivantes coulèrent elles aussi sans un bruit. Mais au bout d'un certain temps, Alfred Rogne se mit à sangloter.

Un déferlement de chagrin, pensa-t-elle, c'était ainsi qu'elle avait entendu décrire la douleur du deuil, une vague qui s'empare de vous sans qu'il y ait rien à faire.

– Je suis si fatigué, lâcha Alfred entre deux sanglots. Je n'ai pas dormi depuis... Tobias me manque tellement !

Elle lui passa une main dans le dos. En s'approchant, elle sentit l'odeur du whisky. Elle scruta la pièce et repéra dans un coin, sur un petit guéridon en verre, une bouteille à demi vide et une plaquette de médicaments. Il ferma les yeux et s'affaissa sous sa caresse, comme si personne, jusqu'ici, ne l'avait touché ni consolé.

– Tu as pris des somnifères ?

Il acquiesça lentement, leva deux doigts.

– Tu devrais peut-être t'allonger un peu ?

Il ne répondit pas, mais se leva docilement et se dirigea d'un pas lourd vers le canapé vert, qui avait dû coûter une fortune.

– Il n'y a personne pour s'occuper de toi, en ce moment ? s'enquit Agnes quand il fut couché, les yeux fermés. Tes parents ? Ou... ton frère ?

– Si, ils s'occupent de beaucoup de choses, marmonna-t-il.

Il avait l'air sur le point de s'endormir.

Agnes s'assit sur le bord du canapé et lui caressa les cheveux. De nouveau, le contact de sa main sembla réveiller quelque chose. Il se mit à renifler.

– J'ai peur.

– Peur de quoi ?

– De Didrik.

– Qu'est-ce qu'il a fait ? demanda-t-elle calmement.

Elle s'aperçut soudain à quel point ce salon était traversé de courants d'air. Elle attendait qu'Alfred en dise plus. Mais il restait là, inerte et muet.

La situation n'était pas moralement des plus confortables, s'avoua-t-elle. En tant que journaliste, elle se serait sans doute refusée à exploiter les informations que cet homme en deuil, drogué et somnolent lui aurait éventuellement fournies. Mais comme auteur libre d'exercer ses choix artistiques…

Elle était obligée de saisir l'occasion.

– Tu penses à… au meurtre ? risqua-t-elle prudemment.

Il eut un petit sursaut, mais n'ouvrit pas les yeux.

– J'ai un mauvais pressentiment.

– Dans ce cas, tu devrais peut-être aller voir la police ?

Il secoua la tête.

– Pourquoi non ?

– C'est mon frère !

– Oui, fit-elle.

Devait-elle ajouter qu'étant fille unique, elle était mal placée pour comprendre ?

Elle s'en abstint.

– Qu'est-ce qui te fait croire qu'il aurait quelque chose à voir là-dedans ? demanda-t-elle plutôt.

Les secondes passèrent, longues et nombreuses. Agnes commençait à croire qu'Alfred s'était endormi.

– Il les détestait tous les deux, Marta et Tobias.

– Hein, il détestait ton mari ? Pourquoi ?

Au fond, ce n'était peut-être pas si étonnant. Elle n'aurait pas été surprise que Didrik, non content de maltraiter les femmes, soit aussi homophobe.

Quand le flot se libéra, elle eut l'impression qu'il parlait en rêve. Chose étrange, sa voix était subitement redevenue claire, alors qu'il avait toujours les paupières fermées.

– Il était si jaloux… On a toujours été proches, Didrik et moi, mais Tobias était devenu plus important pour moi. Et ça ne lui plaisait pas que Didrik soit constamment dans les parages. Ils n'ont jamais eu d'atomes crochus. Tobias m'a fait prendre conscience de certains côtés de mon frère qui ne me choquaient pas jusque-là, parce que je le voyais de trop près. J'ai cessé de le soutenir en toutes circonstances, et il l'a mal pris. Surtout quand son propre ménage a commencé à chavirer. Il n'acceptait que rarement de nous voir ensemble. Tobias a fini par en avoir marre de son comportement. Il y a quelques mois, ça a tourné à la baston entre eux deux. Et Tobias a eu le dessus.

Agnes, tout en l'écoutant, s'efforçait de faire le tri dans ses pensées. Didrik Rogne comptait parmi les créatures les plus antipathiques qu'elle ait jamais croisées, certes, mais pouvait-il être assez diabolique pour faire ce qu'elle avait imaginé ? Pouvait-il avoir conçu le plan d'empoisonner Marta sur scène avec cette poudre mortelle, et parier que le médecin présent dans la salle – Tobias – se précipiterait ?

Une ruse aussi glaciale pouvait-elle exister dans le cerveau de quelqu'un ?

Et puis, en admettant que ce soit le cas, comment aurait-il pu être certain qu'il n'y aurait pas d'autre médecin dans le public ? Et si un autre docteur avait devancé son beau-frère ? Ou une infirmière, ou n'importe qui voulant se rendre utile ?

– Qu'est-ce que tu comptes faire ? demanda Agnes.

Alfred secoua de nouveau la tête.

– Moi je ne peux rien faire, dit-il. Mais toi, tu pourrais, peut-être.

Quand Agnes, dix minutes plus tard, redescendit l'escalier du 40, rue Vangsgata, ce qu'elle avait en poche lui brûlait les doigts. Un bout de papier, sur lequel Alfred Rogne avait écrit un mot et deux chiffres.

Le mot de passe du mail de son frère, que Didrik lui avait

donné un jour où il avait besoin de son aide pour résoudre un problème informatique. Didrik ne changeait jamais de mot de passe, mais Alfred n'osait pas aller espionner lui-même, redoutant ce que son aîné pourrait faire s'il s'en apercevait. D'une manière générale, Alfred Rogne semblait avoir peur de lui. La relation entre eux devait être beaucoup plus tendue qu'Alexander ne le pensait.

Agnes n'avait rien dit concernant Lauritz Fadnes. Elle ne pouvait lui révéler que la police – dans la mesure où on l'y autorisait – était en voie d'enquêter sur cette autre mort qui éveillait aussi ses soupçons.

Alfred Rogne avait fini par s'endormir sur son canapé.

Avant de s'en aller, Agnes avait jeté un nouveau coup d'œil à la collection de photos encadrées. Il y en avait une autre du couple de jeunes mariés en blanc – avec entre eux deux Marta Tverberg, souriante.

Se connecter au courrier électronique de quelqu'un d'autre lui fit le même effet que si elle s'était enfermée dans une maison étrangère en l'absence des propriétaires. Aussi inquiète que prise par le suspense, elle percevait le moindre son qui survenait à proximité de la table de cuisine où elle s'était installée, comme si elle pouvait craindre à tout moment d'être prise en flagrant délit. Et quand il suffit, pour fouiller une maison, d'ouvrir des tiroirs et des placards, il s'avérait plus compliqué de savoir où et comment chercher dans une boîte de réception Gmail. Elle regretta de ne pas avoir suivi la formation « fin limier numérique » qu'on lui avait offerte à l'époque, chez *VG*.

Elle commença par passer en revue les messages les plus récents. Manifestement, les propositions de cachets n'affluaient pas, en tout cas par courriel. Quelques factures, un mail collectif d'Alexander qui remerciait les participants au festival et espérait que tout le monde allait bien, au vu des circonstances. Quand Didrik aurait-il de nouveau l'occasion de jouer en concert ? Marta Tverberg disparue, quelqu'un d'autre aurait-il même l'idée de s'adresser à lui ?

Était-il vraisemblable qu'il ait scié la branche sur laquelle il était assis ?

Elle saisit le mot « carfentanyl » dans la zone de recherche.

Aucune occurrence.

Elle réessaya en modifiant l'orthographe à l'anglaise.

Rien de rien.

Agnes se prit le front entre les mains. Qu'est-ce qu'elle s'imaginait ? Qu'elle allait tomber sur une facture de drogue des éléphants et résoudre l'affaire en deux clics ?

Elle tapa le nom de Marta Tverberg, et vit défiler une série de mails contenant des informations pratiques à propos de la composition et des dates de répétition. Manifestement, ils ne se disputaient qu'à l'oral. À moins que ce genre de messages aient été effacés.

Elle cliqua sur la corbeille, après avoir constaté qu'elle n'avait pas été vidée. La plupart des mails qu'il avait éliminés étaient des publicités.

Mais il y en avait aussi un de Lucy Fagnastøl, envoyé la veille.

J'ai parlé avec Svein, écrivait-elle. *On est d'accord pour penser qu'il vaut mieux ne rien dire. En tout cas pour l'instant.*

Agnes s'aperçut qu'elle avait encore son manteau sur le dos. Elle s'en débarrassa, le laissant tomber à même le sol de la cuisine.

Elle regarda son téléphone.

Toujours pas de réponse de Lucy Fagnastøl.

Voilà qui était plus que curieux, sauf si la magistrate faisait partie de ces gens vertueux et particulièrement irritants qui n'oublient jamais d'éteindre leur téléphone quand ils sont en vacances. Auquel cas elle se coupait aussi de celui de ses fils qui venait de perdre son conjoint. Ou alors, était-il pensable qu'elle soit assez affectée par les deux disparitions pour ne pas avoir le courage de répondre ?

Agnes alla dans la salle de bains, ouvrit le robinet de la

baignoire, se glissa dans l'eau et fit mousser la surface tout en réfléchissant à ce qu'elle allait faire.

Puis elle se mit à penser à Alexander, et sentit l'excitation revenir.

Mais qu'est-ce qu'elle avait, en ce moment ?

Elle se caressa, l'extase approcha sous la couche de mousse parfumée à la pomme, et le visage de Tor Erik Åkervold ressurgit sur ses rétines.

Ce qui n'empêcha rien du tout, au contraire. Mais bordel, qu'est-ce qu'il foutait là, ce type prétentieux et maniéré avec lequel elle ne voulait plus rien avoir à faire ?

Elle retira le bouchon de la baignoire et se leva. Que le journaliste de *VG* puisse s'insinuer dans sa tête aux moments les plus malvenus lui faisait non seulement honte, mais la mettait en fureur.

Venait s'y ajouter l'agacement de ne pas avoir de réponse de Lucy Fagnastøl.

Plantée, dégoulinante, au milieu de la salle de bains, elle tapa en vitesse un nouveau message à son intention.

Au fait, j'ai parlé avec votre fils, ce matin. Quelle tristesse de le voir si malheureux.

Elle n'avait pas encore eu le temps de se sécher complètement que la juge assistante lui répondait.

Elle avait bien fait de jouer sur la fibre maternelle.

Bonjour. Il faudra attendre la fin du week-end pour nous voir, à moins que vous ne vous trouviez par hasard du côté de Mjølfjell. Si c'est le cas, vous pouvez passer au chalet. Lucy F.

Agnes avait toujours trouvé bizarre que tant d'habitants de Voss aient leur maison de vacances à si peu de distance de chez eux. Certains n'avaient même pas à sortir de la commune pour rejoindre leur chalet. Bien sûr, c'était pratique, mais un peu étouffant. Voss comme horizon quotidien et comme lieu d'évasion ? Les publicitaires qui avaient inventé le slogan « Le monde est vaste, mais Voss l'est plus encore » savaient de quoi ils parlaient.

Il ne lui était encore jamais arrivé de rendre visite à des gens dans leur chalet à Pâques. C'était invasif et si peu norvégien, autant que de s'inviter au café chez quelqu'un la veille de Noël. Mais attendre jusqu'au mardi, ce n'était pas une alternative acceptable. Mue par la volonté désespérée de donner à cette intrusion une coloration un peu plus sympathique et respectueuse du calendrier, elle s'arrêta à la station Esso, et en repartit avec un paquet de six brioches aux raisins secs et un lièvre de Pâques en chocolat au lait. Autant pour elle-même que pour ses hôtes. Quitte à faire deux fois trois quarts d'heure de route pour « passer » chez quelqu'un, il fallait au moins qu'elle ait de quoi grignoter.

Compte tenu des événements, il semblait étonnant que Svein

et Lucy Fagnastøl aient migré vers leur chalet. Ils venaient de perdre leur gendre, quand même. Mais peut-être les liens familiaux étaient-ils distendus. Elle aurait dû poser la question à Alfred. Il se pouvait aussi que ses parents pratiquent la forme de fuite adoptée par tant de monde dans ce pays : se réfugier en montagne. Quoi qu'il en soit, leur fils se retrouvait dans un appartement gigantesque et vide, avec de l'alcool et des pilules pour seule compagnie.

Plus elle progressait vers l'est, plus le temps se gâtait. Elle pria pour qu'il neige moins fort autour du lac Vangen qu'ici, sur les hauteurs. Trouver le chalet de Lucy et Svein pourrait s'avérer problématique, maintenant que le lotissement tout entier était recouvert d'un tapis blanc de plus en plus épais. Et les explications qu'on lui avait données partaient du principe qu'elle connaissait le coin. Heureusement, la route menait jusqu'à leur porte.

On n'y voyait presque plus rien, et elle tourna en rond une bonne heure dans la zone avant d'apercevoir le pick-up enfoncé dans la neige. La voiture au volant de laquelle Svein Rogne était assis, devant la station Hydro Texaco.

Cette vue lui donna des frissons. Elle avait gardé une impression désagréable de l'homme.

Agnes décida de laisser le lièvre en chocolat et le sac de brioches dans la voiture. Deux minutes plus tard, Svein Rogne lui ouvrait la porte avec un gentil sourire.

– Bienvenue !

Tout en le reconnaissant, elle le trouva très différent. Cette fois, il avait l'allure d'un de ces sportifs d'âge mûr qui peuplent Voss. Ici, pas d'odeur de cigarette, et il n'y avait pas non plus de cendrier devant la porte d'entrée. Rogne était peut-être de ces types qui n'osent pas fumer devant leur femme. Ou alors, la vie au chalet opérait réellement des miracles.

Agnes exprima ses condoléances, et Svein Rogne, sans lui tendre la main, s'écarta pour la laisser entrer dans le vestibule chauffé par un poêle.

– Alors comme ça, vous passez Pâques en montagne, vous aussi ?

Agnes se contenta de sourire, dispensée de répondre par l'apparition de Lucy Fagnastøl qui entrait avec la vivacité d'un courant d'air.

Si Svein Rogne était sportif, sa femme valait un top model. La photo qu'Agnes avait vue sur Facebook ne lui rendait pas justice. Il était carrément choquant qu'on puisse avoir autant d'allure à son âge. Elle était moulée dans un sous-pull en laine rose – sans doute revenait-elle d'une balade à skis par ce temps de chien – qui révélait un corps bien mieux fait que chez beaucoup de trentenaires.

Qu'est-ce qui se passait avec les vieux, en ce moment ? Enfin, les *personnes âgées*, se corrigea-t-elle intérieurement.

Est-ce qu'on ne devait pas être plus flasque et ridé que ça, quand on approchait des soixante-dix balais ?

Lucy Fagnastøl devait être bourrée de Botox, et pourtant, elle avait l'air saine comme pas deux. Un instant, Agnes pensa à la manière dont elle vieillirait elle-même. Elle n'irait pas *se priver* de ce qu'elle aimait manger et boire quand elle serait devenue vieille et que les nuits auraient allongé. Si elle se fichait de sa cellulite maintenant, ce n'était pas pour commencer à s'en soucier plus tard.

– Vous prendrez une tasse de thé ? lui demanda Lucy Fagnastøl, et Agnes n'osa pas répondre qu'elle aurait préféré du café, puisqu'il y avait déjà une théière qui crachotait sur le poêle.

Ce n'était sûrement pas de l'Earl Grey en sachet. Une mixture diététique, verte et aqueuse.

– On ne peut pas dire que la vue soit formidable, aujourd'hui, dit son hôtesse en lui tendant la tasse avec un signe de tête vers les grandes baies vitrées.

On aurait dit qu'une gomme sale, uniformément grise, avait effacé tout le paysage au-dehors.

– Mais j'espère pouvoir vous répondre, puisqu'il paraît que vous avez besoin de mon aide. Vous vouliez parler un peu de Marta ? C'est une semaine assez particulière pour nous, voyez-vous, à plusieurs points de vue, puisque notre gendre est mort lui aussi, samedi.

Lucy Fagnastøl, de toute évidence, était du genre à limiter au minimum les bavardages.

– Oui, toutes mes condoléances, répondit Agnes. C'est absolument affreux.

Elle chercha des yeux le mari, mais il n'était plus visible nulle part.

– Merci. Nous avons essayé de faire venir Alfred, je me disais qu'un peu d'air frais lui ferait du bien, mais il n'a pas voulu. Il ne veut l'aide ni de Didrik ni de personne. Mais enfin, vous êtes là pour parler de Marta.

Elle prononçait « Marta » d'une façon si sèche qu'Agnes s'attendit à un nouveau déballage concernant le caractère antipathique de la saxophoniste.

Mais Lucy changea d'expression.

– C'était ma première amie, et la meilleure, dit-elle. Je lui dois beaucoup.

Puis elle se tut un instant, et Agnes sentit qu'elle devait relancer le propos.

– Êtes-vous restées amies toute votre vie ?

– Plus ou moins, répondit Lucy.

Curieuse façon d'éluder la question, pensa Agnes, mais elle préféra ne pas lui demander durant quelles périodes elles s'étaient moins bien entendues. Ni lui révéler que Marta n'avait cité son nom qu'une seule fois devant elle.

– Personnellement, je n'ai aucun don pour la musique. Marta et moi, nous jouions ensemble dans la fanfare, pendant notre enfance et notre adolescence, mais j'ai abandonné quand j'ai pris conscience que je manquais de talent. J'ai décidé de faire des études de droit à la place. Mais j'ai développé un goût pour le jazz, et c'est grâce à Marta que cet intérêt a pu germer. Alors, qu'on me nomme présidente du comité d'organisation du festival, c'était assez amusant. Il y a cinq ans maintenant que j'assure cette fonction, et je dois dire que c'est un privilège.

Elle parlait sur un ton affecté de juriste. Si Lucy et Marta avaient été des amies aussi proches, ce dont Agnes doutait de plus en plus, il y avait de quoi s'étonner que son interlocutrice choisisse de se vanter en mettant en avant son rôle de présidente, plutôt que d'exprimer son effroi devant les événements récents.

– Votre mari travaille dans quelle branche ? l'interrogea Agnes en se demandant pourquoi l'intéressé s'était retiré.

– Il est ingénieur. Mais il aime autant le jazz que moi. Il a même joué un peu de piano, à ses heures perdues, et il a transmis cette passion à nos fils.

– Et j'en suis fier, intervint Rogne, soudain de retour dans la pièce.

Agnes éprouva un malaise, comme si cette réapparition avait fait fuir toute la chaleur diffusée par le poêle. Impossible de mettre le doigt sur ce qui la dérangeait chez lui, mais ce n'était pas le genre d'homme qu'on sentait pétri de bonnes intentions.

Elle pensa soudain à ses propres parents avec affection. On pouvait dire ce qu'on voulait sur leur couple fusionnel, mais si une tragédie pareille lui était arrivée à elle, l'un comme l'autre auraient lâché tout ce qu'ils avaient entre les mains.

– Je comprends, répondit Agnes de sa voix la plus élogieuse.

Puis elle prit son ton le plus sérieux :

– Je suppose que ce qui vient de se passer est lourd pour toute la famille. Ce serait terrible que Tobias ait été une victime innocente.

– Innocent, ce gars-là, je ne sais pas à quel point il pouvait l'être, répliqua Rogne. Pour être franc, je pense qu'Alfred sera mieux sans lui.

– Svein, protesta Lucy Fagnastøl d'un ton sévère, comme si elle était au tribunal et se voyait dans l'obligation de blâmer une formulation inopportune.

Elle se tourna vers Agnes.

– Tobias était un jeune homme plein de qualités. Simplement, Svein n'est pas très… moderne. Avant, Alfred a été en couple avec des filles. Tobias était… le premier. J'ai eu la chance de célébrer leur mariage. Une belle expérience.

Et voilà, bravo, elle a réussi à ramener la conversation à elle, se dit Agnes, mais elle n'avait d'autre choix que d'opiner.

– J'ai cru comprendre que Marta était également proche d'Alfred ? Elle était à leur mariage ?

– Pour y être, elle y était, répondit Lucy. Aucun des invités ne risque de l'oublier, je pense.

– Ah, pourquoi ?

– Parce qu'elle s'est comportée bizarrement. Elle avait dû trop boire. Dans la soirée, elle bafouillait tellement qu'on ne comprenait plus rien de ce qu'elle disait. Elle a dû s'en rendre compte elle-même, parce qu'elle est partie très vite. Ça a dû être pénible pour elle, elle était quand même « la star » parmi les invités, déclara Lucy Fagnastøl, en mimant des deux mains les guillemets. En fait, je ne l'ai pas revue après. C'était un peu comme si elle s'était retirée. La honte de son comportement pendant le mariage y était peut-être pour quelque chose.

– Donc vous ne vous parliez plus ?

– Non, malheureusement. Et bien entendu, je le regrette maintenant. Mais c'est comme ça, on oublie que la vie peut s'arrêter subitement.

Agnes s'aperçut soudain que Svein Rogne la fixait de côté. Elle lui jeta un coup d'œil et mesura tout d'un coup à quel point ses fils lui ressemblaient. Surtout Didrik. Cette froideur dans le regard.

– Lauritz aussi, c'était bien triste, glissa-t-elle, guettant aussitôt les réactions.

Lucy haussa les épaules et regarda son mari. Svein n'avait pas l'air spécialement marqué par la mort de son frère.

– Il l'a quasiment cherché, commenta-t-il. Ce mode de vie qu'il avait... Deux infarctus, et il ne voulait pas entendre parler de changer d'alimentation. En fait, je m'attendais à ce que ça tourne mal.

– Comment se fait-il que vous n'ayez pas le même nom de famille, d'ailleurs ? s'enquit Agnes.

– On était demi-frères. La même mère, mais pas grand-chose en commun côté patrimoine génétique, ajouta-t-il en se pinçant le ventre.

Quel connard.

Agnes s'efforça de reporter son attention sur sa femme.

– Vous avez dit tout à l'heure que vous deviez beaucoup à Marta. Je peux vous demander quoi ?

Le regard scrutateur de Lucy Fagnastøl rencontra celui d'Agnes, elle sembla soupeser la quantité de révélations souhaitable. Puis elle lança un bref coup d'œil à son mari.

– Rien de particulier, nous sommes nombreux à lui devoir

beaucoup, répondit-elle en baissant les yeux sur sa montre. Et si nous passions aux anecdotes sympathiques la concernant, pour votre livre ?

– Oui, mais juste un point encore, objecta Agnes. Savez-vous si Marta avait prévu de faire don d'une somme importante à une association ?

Lucy Fagnastøl laissa échapper un petit soupir qui ressemblait à un rire.

– Ça, je l'imagine mal, dit-elle.

En revoyant le lièvre en chocolat sur le siège passager, elle eut l'impression de retrouver un vieil ami. Elle se félicita d'avoir laissé ses achats dans la voiture, certaine que Lucy et Svein n'auraient pas fait grand-chose de ces brioches aux raisins et de ce chocolat. Pendant sa visite, ils auraient certainement mis les dangereuses calories à l'écart, et auraient tout jeté à la poubelle dès qu'elle serait partie. Leurs friandises de Pâques à eux, c'étaient sans doute des abricots secs, des graines et des noix sans sel.

Le ventre d'Agnes couina en signe de protestation.

Elle cassa les deux oreilles du lièvre, les mâcha précipitamment, piocha une brioche dans le sac et en avala la moitié en une seule bouchée.

Avant de passer à la seconde moitié, elle sortit son téléphone et ouvrit l'édition en ligne du *Hordaland*, pour se tenir au courant des derniers développements éventuels de l'affaire. Non qu'elle se figure que les journalistes du canard puissent dénicher eux-mêmes du nouveau, mais ils étaient bons quand il s'agissait de transmettre rapidement les informations officielles. Elle en crut à peine ses yeux. UN DOIGT D'HONNEUR À LA POLICE, tel était le titre choc de la une. Avec le résumé suivant : *Un mineur a fait un doigt d'honneur à la police mercredi dernier, place Hestavangen.* Fallait-il en rire ou en pleurer ? se demanda-t-elle, perplexe. Elle passa à *VG*, pour voir si la trêve pascale sévissait aussi dans la presse nationale. Mais oui : MÉTÉO AU TOP POUR LE WEEK-END, promettait un titre, à côté d'un dossier cuisine dans lequel des chefs révélaient leurs meilleures recettes d'agneau. Mais il y avait aussi un nouvel article de Tor Erik Åkervold. La malchance d'Agnes persistait, il n'avait pas l'air d'être en famille pour Pâques. Il avait préféré écrire un papier intitulé UN MILLION DE DÉFICIT POUR LE FESTIVAL DE LA MORT.

Le festival de la mort ? Ce n'était pas un peu exagéré ? Il était temps qu'Åkervold et tout le desk de *VG* mordent dans un chocolat de Pâques.

Autrement, l'article n'était pas mal, mais ce n'était pas non plus un de ces brûlots à incendier les kiosques dont le journaliste était coutumier. Les chiffres montraient que Jazz à Voss avait vendu moins de billets qu'habituellement. Alexander donnait son point de vue, expliquant ce recul par la concurrence croissante d'autres manifestations de ce genre. Il ne disait mot de ce qu'Agnes soupçonnait d'être la réalité : une sorte de boycott tacite du festival, à cause de Marta.

L'affaire criminelle qui a ébranlé la petite ville du Vestland et le pays tout entier risque-t-elle de dissuader plus de monde encore de venir l'année prochaine ? s'interrogeait Åkervold dans une envolée rhétorique. *La baisse des ventes de billets n'aurait pas à s'aggraver de beaucoup pour que Jazz à Voss se retrouve en situation de faillite. Mais Alexander Kosanovic envisage la situation avec un calme olympien. « Je compte sur la police pour élucider ce qui s'est passé samedi soir, pour placer les coupables devant leurs responsabilités, et lorsque l'affaire aura été résolue, nous nous tournerons vers l'édition de l'année prochaine. Je pense que ceux qui aiment le festival et la ville de Voss sont si nombreux qu'ils ne pourront manquer de revenir. Et c'est sans aucun doute ce qu'aurait souhaité Marta Tverberg. »*

La nuit tomba pendant qu'Agnes roulait vers l'ouest pour rentrer à Voss.

Elle avait le sentiment que les gens lui racontaient souvent les mêmes choses à propos de Marta, mais sans se comprendre mutuellement. Comme si tous avaient une dent contre la diva du jazz, mais qu'aucun ne voulait dire concrètement de quoi il retournait – probablement parce qu'ils en auraient eux-mêmes pâti.

S'agissant de Lucy Fagnastøl, Agnes trouvait presque suspect qu'elle se soit montrée aussi peu critique. Sauf concernant cette histoire le jour du mariage. Ce qui ressemblait fort peu à la Marta Tverberg qu'elle connaissait. Cette femme n'aurait jamais perdu le contrôle en picolant dans une assemblée de ce genre.

Agnes se sentait mal à l'aise. Il y avait quelque chose de physiquement désagréable à être brusquement confrontée à plusieurs membres d'une même famille. Et si toute la bande avait monté le coup ensemble ? Une famille entière derrière un meurtre. Ça ferait un bon polar.

Elle mit son kit mains libres et appela la seule personne de ses connaissances qui puisse lui en dire davantage sur tout ce petit monde.

– Tu es en route ? lui demanda son père.

Elle eut aussitôt mauvaise conscience de ne pas avoir répondu à son SMS.

– Non, pas encore, ce n'est pas pour ça que je t'appelle. Je me demandais : tu pourrais me parler de Lucy Fagnastøl ?

Son père soupira, il devait se dire, comme souvent, que sa fille travaillait tout le temps.

– Je n'ai pas grand-chose à te raconter. J'en savais plus autrefois. On était ensemble au collège. Enfin, pas dans la même classe, elle était dans celle de Marta. Elles ne se quittaient pas, ces deux-là. Elle faisait partie des rares élèves que la diva trouvait assez bien pour elle. Il y avait elles deux, et Lauritz Fadnes.

– Ils étaient amis tous les trois ?

– Ils le sont restés pendant des années, oui. On les appelait « les trois mousquetaires ». Un peu comme toi, Viktor et Ingeborg, en fait. Mais je crois qu'ensuite, ils se sont perdus de vue. Ou peut-être qu'ils ont évolué différemment, ça arrive dans la vie, philosopha-t-il. En tout cas, je ne me souviens pas de les avoir vus ensemble récemment.

Agnes se taisait. Elle venait d'avoir la forte intuition que la photo trouvée dans ce livre, dans la chambre d'hôtel de Marta, n'y avait pas été mise par hasard.

Espérait-elle que quelqu'un la retrouve ?

Ou était-ce seulement de la nostalgie ? Ça ne ressemblait pas à Marta.

– Tu avais autre chose à me demander ? reprit son père. Parce qu'on allait juste passer à table, tu comprends.

Elle en eut un coup au cœur. Qu'est-ce qu'elle allait bien pouvoir manger ce soir ? Qu'y avait-il d'ouvert en ville, un jeudi saint ? C'était la première fois qu'elle passait le week-end de Pâques à Voss.

– Tu n'as pas parlé avec Lucy depuis le collège ?

– Sûrement que si, mais il y a des années. Elle a toujours pris de grands airs, exactement comme Marta. Et elle n'habite plus Voss, elle vit à Bergen. Mais je connais son mari.

– Ah oui ?

– Oui, j'ai eu un peu affaire à lui au travail. Il était dans les ponts et chaussées, pendant un temps. Il faisait la navette entre Voss et Bergen, mais ensuite, il est devenu chef de projet dans une boîte du secteur pétrolier. Je crois que sa société livrait des produits chimiques à d'autres industries, dans le monde entier. Mais il doit être à la retraite, maintenant. Il y a longtemps que je ne l'ai pas vu.

Agnes prit congé de son père. Il lui vint soudain à l'esprit qu'elle n'avait pas parlé de Lucy Fagnastøl avec Hauki.

Ce dernier ne décrocha pas son téléphone, se contenta de répondre par SMS qu'il ne pouvait pas lui parler à la minute précise – avait-elle quelque chose de particulier à lui demander ?

Agnes quitta la route pour se garer sur un arrêt de bus.

Quelle relation Marta avait-elle avec Lucy Fagnastøl ? écrivit-elle.

Quelques minutes s'écoulèrent avant l'arrivée de la réponse.

Une relation longue et compliquée, commençait-il, les points de suspension indiquant qu'il continuait à écrire. *Tu n'as qu'à lui demander si elle pense qu'elle en serait là sans Marta.*

– Vous êtes partis en week-end, ou vous pouvez passer au commissariat ? lui demanda Kristina Bachmann.

À entendre sa voix, ce n'était pas vraiment une question.

Agnes gémit intérieurement, elle commençait à avoir l'estomac dans les talons. Et puis, qu'avait-elle à leur dire ? Et d'ailleurs, raconter des choses à la Kripos, était-ce une bonne idée ?

Mais il se trouvait que le poste de police était sur son chemin, elle y serait d'un moment à l'autre. Qu'est-ce que ça pouvait être pénible que tout soit si près dans ce trou, on n'avait jamais l'excuse du manque de temps.

– Je peux passer en coup de vent, répondit-elle.

Un instant plus tard, elle bifurquait pour se garer devant le commissariat.

Cinq minutes, elle ne lui donnerait pas davantage.

Et elle lui parlerait franchement.

Les locaux semblaient vides. Pas l'ombre de Viktor, mais Kristina Bachmann trônait dans un canapé, les lunettes sur le nez et une pile de documents sur les genoux. En voyant Agnes approcher, elle ôta ses lunettes et lui sourit. Un des boutons de son chemisier avait sauté, laissant deviner un soutien-gorge en dentelle noire. Détail qui agaça Agnes. À moins que ce ne soit le fait de l'avoir remarqué qui la contrariait. Ou juste cette hypoglycémie menaçante qui lui tapait sur les nerfs.

– Premièrement, commença-t-elle sans même dire bonjour, je ne peux pas être votre informatrice.

– Asseyez-vous un moment, répondit Bachmann.

– Et deuxièmement, continua Agnes en s'asseyant sur le canapé à côté de la cheffe de la Kripos : comment diable se fait-il que vous ne vous intéressiez pas au lien entre la mort de Lauritz Fadnes et les deux meurtres du festival ?

Peut-être n'aurait-elle pas dû dévoiler que Viktor lui en avait parlé, mais après tout, il avait cafté à son sujet à elle.

– Mais nous nous y intéressons, assura Kristina Bachmann.

– Ah bon ? Viktor...

– Viktor ne sait pas tout, répliqua Bachmann.

Agnes se sentit vexée pour son ami. Mais ce n'était pas si surprenant. Ce cher Viktor, un peu fainéant sur les bords, n'avait jamais pu se flatter d'être le flic de l'année au commissariat de Voss, ni celui du mois, pas même celui de la semaine.

– C'est justement à ce sujet que je voulais vous voir, dit Bachmann. Merci pour l'enregistrement, du reste. Marta vous avait-elle parlé de Fadnes ?

– Pas que je me souvienne, non. Pourquoi ?

La cheffe de la Kripos remit ses lunettes sur son visage peinturluré.

– Pour rien, sans doute, répondit-elle en baissant les yeux sur la montre visiblement coûteuse qu'elle portait au poignet. C'est tout.

C'était tout ? Elle voulait rire ? Elle n'aurait pas pu lui demander ça par téléphone ?

– Je ne voudrais pas vous retenir ici, persistait-elle. Un jeudi saint... Vous avez forcément mieux à faire.

Agnes acquiesça en souriant et se dépêcha de filer avant de craquer, d'avouer qu'elle n'avait nulle part où aller, et avant que Kristina Bachmann ne lui propose de dîner avec elle.

Dîner chez Shell un soir ordinaire, pourquoi pas.

Mais le jeudi avant Pâques, c'était à pleurer, à passer pour une ratée.

Agnes avait d'abord pensé dévorer son cheeseburger sur place, à la table installée contre la vitrine, mais elle changea d'avis et revint voir le jeune homme de la caisse pour lui demander de le lui mettre dans une boîte. Au moment précis où il le lui rendait emballé, la clochette reliée à la porte coulissante électrique tinta. Comme elle était la seule dans le local, Agnes se retourna, curieuse de savoir qui d'autre était comme elle, sans rien dans la vie.

Elle faillit imploser.

Alexander n'était pas habillé pour le ski. Ni sapé pour une fête. Il portait un jean, son manteau de laine, son écharpe, il avait exactement la même allure que l'autre fois. Son visage s'ouvrit en un éclatant sourire quand il la vit.

– Toi aussi ? fit-il.

Elle haussa les épaules et leva le sachet isotherme qu'elle tenait entre les mains.

– Félicitations, tu n'es pas le seul à te taper le week-end de Pâques le plus triste au monde.

Il la regarda quelques secondes de ses yeux bruns, ce qui lui fit l'effet d'une décharge électrique dans l'estomac.

– J'espère que tu as commandé des frites, dit-il. Au moins, c'est… jaune poussin.

Ils éclatèrent de rire.

– Comment ça va ?

– Comme on peut ! répondit-elle. J'essaie de bosser, mais l'affaire est toujours aussi embrouillée.

– Tu as besoin de tant de choses que ça pour terminer ta biographie de Marta ?

Évidemment, il ne savait rien de l'évolution du projet. Elle lui expliqua rapidement que l'éditeur lui avait demandé d'écrire un *true crime*, et qu'elle avait plaisir à rendosser le rôle de journaliste, mais qu'il valait mieux le garder pour lui, encore fallait-il qu'elle réussisse à trouver quelque chose.

– Ça m'a l'air passionnant, jugea-t-il. Un peu plus de défis à la clef, peut-être ?

Agnes sourit.

– Beaucoup plus.

Ils s'aperçurent soudain que le jeune homme en uniforme de Shell attendait toujours derrière sa caisse. Alexander commanda un burger au bacon avec supplément fromage. Puis il se retourna vers Agnes.

– Tu as quelque chose de prévu après ? lui demanda-t-il. Homme esseulé s'inviterait volontiers chez femme solitaire pour partager minables burgers.

– Eh, interdiction de dire du mal de la bouffe de chez Shell. C'est très bon, je t'assure, répondit-elle, follement émoustillée. Mais non, rien de prévu. Viens chez moi.

Elle regretta d'avoir demandé plus de sauce. Difficile d'être sexy avec un burger dégoulinant. Une part d'elle-même regrettait même carrément d'avoir accepté. Elle aurait dû être mieux préparée avant de passer un moment seule avec Alexander.

Elle regarda une fois de plus dans le rétroviseur, constata que c'était bien sa voiture à lui, juste derrière la sienne.

Il la suivait vraiment chez elle.

C'était fou.

Elle inspira profondément, relâcha l'air tout doucement.

Elle avait quinze ans et demi.

Une chance qu'elle ait pris ce bain, tout à l'heure. Heureusement qu'ils allaient chez elle. Elle pourrait se faufiler dans sa chambre pour changer de sous-vêtements. Ceux qu'elle portait étaient usés et irregardables.

Allaient-ils se retrouver nus, tous les deux ?

Allait-il manger, puis se barrer ?

Merde, elle avait des poils plein les jambes.

Son téléphone sonna. Une fraction de seconde, elle eut peur : Alexander venait-il de se rappeler qu'on l'attendait ailleurs ?

C'était Viktor.

– Tu es en voiture ? lui demanda-t-il.

– Ouais. Tu es sur haut-parleur.

– Pourquoi tu me dis ça ? Tu n'es pas seule ?

– Si, répondit-elle.

Ce qu'il pouvait être exaspérant, des fois.

– Je viens de mettre au four un bon petit plat végétarien, annonça-t-il. Ça va faire trop pour moi, ça te dirait de venir le partager ?

– Ah, merci, mais je viens de m'acheter de quoi dîner, et je suis en train de rentrer, là.

Dire que s'il avait appelé une demi-heure plus tôt, elle aurait loupé Alexander. Comme dans le film *Pile et face.*

– OK, alors tu n'as qu'à venir avec ta bouffe de fast-food.

On regardera *Cowspiracy*, et qui sait, peut-être que tu finiras par avoir envie d'un peu de cuisine raffinée ?

C'était sa dernière trouvaille, ça. Comme l'hiver se prolongeait et qu'il ne pouvait pas s'occuper de son jardin, il s'était mis à se documenter sur le végétarisme et dévorait des documentaires conspirationnistes sur le monstrueux empire de la viande.

– C'est très tentant, mais je crois que je préfère rentrer à la maison. Je suis assez claquée.

Ce n'était pas faux. Et pourtant, elle eut le sentiment d'être une sale menteuse. Mentir à Viktor, ce n'était pas chouette, mais là, il valait mieux.

Elle jeta de nouveau un coup d'œil dans le rétro. Alexander lui fit un petit signe de la main.

– Comme tu veux, dit Viktor. Je voulais juste me rattraper un peu, vu que je n'ai pas été très sympa ces derniers temps. Mais à la place, je peux te proposer quelques potins de plus sur l'enquête.

Qu'est-ce qu'il lui prenait, il était d'humeur bien généreuse, tout à coup. Une espèce de jeu de pouvoir avec Kristina Bachmann ou quoi ?

Alexander Kosanovic était en route pour chez elle, Agnes n'avait pas envie de penser à grand-chose d'autre, mais elle était trop curieuse pour refuser une information.

– Quoi donc ? fit-elle avec impatience, tandis qu'elle s'engageait dans la rue Russarvegen et voyait déjà son garage, un peu plus loin.

– Didrik Rogne a été interrogé longuement aujourd'hui, lui apprit Viktor. Tu sais qu'il a été condamné pour violences envers son ex-femme. Mais peut-être pas qu'il a menacé de mort Marta Tverberg il y a quelques mois ?

Impossible d'avouer qu'elle était au courant. Elle se ferait engueuler pour ne pas l'avoir déjà dit à la police.

– Moi aussi, il m'a menacée, l'autre jour, préféra-t-elle répondre. Ou en tout cas, il a eu un comportement dégueulasse avec moi. Sachant comme ce type est hypocrite, ça ne m'étonnerait pas qu'il se cache derrière tout ça.

Elle décida d'en apprendre elle aussi un peu à Viktor, vite fait bien fait.

– J'ai parlé avec Alfred. Il m'a dit qu'il avait peur de son frère. De « ce qu'il pourrait avoir inventé », comme il a dit.

– Je vois, répondit Viktor. Ça pourrait indiquer qu'on tient le bon bout.

– Mais je suis arrivée, là, et mon repas est en train de refroidir. On se reparle demain ?

– OK. Je te laisse aux plaisirs de la viande ! J'espère que tu vas te régaler.

Elle l'espérait aussi, pensa-t-elle, en regardant la voiture d'Alexander s'arrêter juste derrière la sienne.

Il s'était connecté aux enceintes et avait mis du jazz, un morceau qu'elle n'avait jamais entendu. De la musique douce, mais qui ne donnait pas dans l'ambiance ascenseur comme la musique douce a une fâcheuse tendance à le faire. Si Agnes n'avait pas été aussi tendue, elle aurait trouvé dans les contrastes de cette scène de quoi rire à gorge déployée. La lumière du salon était tamisée, la bougie allumée, la musique entretenait l'atmosphère – et les deux adultes attablés mangeaient, penchés au-dessus de leurs boîtes en polystyrène.

C'était absolument parfait.

– Il est bon, ton burger au bacon ? lui demanda-t-il.

– Au bacon ? Je ne prends jamais de bacon dans mes burgers, répondit-elle. Ou alors, il faut qu'il soit bien croustillant, qu'on l'ait fait bien griller dans la poêle. Chez Shell, ils ne sont pas assez fins cuisiniers pour ça. Mais mon classique burger au fromage est excellent, merci.

Elle se sentait étonnamment en forme, malgré sa nervosité. Avec l'aide de la bouteille de vin rouge qu'elle avait immédiatement ouverte, laissant de côté les gobelets de soda.

– Je ne me doutais pas que tu étais aussi gourmet, ironisa Alexander avec un clin d'œil. Il y a même les épices piquantes qui attendent dans le placard, s'il vous plaît. Comment se fait-il que tu t'y connaisses autant en gastronomie ?

Ses yeux bruns brillaient dans la pénombre.

– L'expérience, répondit-elle. J'ai goûté de tout.

Elle mordit de nouveau à belles dents dans son burger, sans plus se soucier que la sauce risque de lui barbouiller les joues. À présent, elle se savait vive et charmante. Le silence qui suivit pendant qu'ils mâchaient l'un et l'autre n'avait plus rien de gênant. Un silence confortable.

– Je me souviens de la première fois où j'ai mangé au McDo, dit Alexander. C'était assez peu de temps après notre arrivée en Norvège. On était logés au centre d'accueil d'Arna, en attendant de trouver quelque chose de fixe. Un jour, on nous a emmenés à Bergen, et tout le monde a eu droit à un Happy Meal. À partir de ce moment, j'ai adoré la Norvège, je pensais que le McDonald's, c'était ce qu'il y avait de mieux dans le pays.

– Ha ha, tu croyais que le McDo, c'était norvégien ?

– Ben oui ! Je n'en avais jamais entendu parler avant. Le concept n'existait pas à Sarajevo, avant la guerre.

Agnes hocha la tête.

– C'est con, mais je me surprends à oublier que tu as fui une guerre. On n'a jamais parlé de ce que tu as vécu là-bas. Tu étais trop petit pour comprendre, peut-être ?

– J'avais onze ans quand la guerre civile a éclaté, j'ai compris pas mal de choses.

Il la regarda d'une façon difficile à interpréter, et elle craignit de l'avoir froissé. Mais son sourire chaleureux revint aussi vite qu'il avait disparu.

– Ce qu'il y a de bien, c'est que j'étais assez grand pour me souvenir aussi de la Yougoslavie, avant la guerre. De toutes les belles choses qui ont fait mon enfance, si tu veux.

Mais les deux années avant qu'on arrive ici avaient été assez infernales, c'est sûr.

Elle avait envie de l'entendre en parler, mais ne voulant pas insister, elle recourut au truc du silence.

– Mes copains et moi, on tournait en rond à vélo sur la place devant notre immeuble, reprit-il. Je me rappelle avoir entendu un jour une voisine dire à ma mère qu'elle avait acheté cent kilos de farine, au cas où. Je me suis demandé pourquoi. Cent kilos, tu vois un peu. Qu'est-ce qu'elle allait bien pouvoir faire de tout ça ?

Alexander soupira.

– Il s'est avéré que ça pouvait être utile. Peu de temps après, on s'est retrouvés sans rien à manger, sans eau ni électricité, et je n'ai plus pu sortir de l'appartement pendant des mois. Depuis le jour où on était dehors en train de faire du vélo quand les tirs ont commencé à pleuvoir autour de nous. C'étaient des snipers qui s'entraînaient, paraît-il. Personne n'a été touché, mais à partir de ce jour-là, l'insouciance de l'enfance, c'était terminé. J'ai dû attendre d'arriver en Norvège pour me sentir à nouveau en sécurité.

– Quelle horreur, glissa Agnes.

– On est de ceux qui ont eu de la chance. Et quand on m'a servi mon premier Happy Meal, j'ai compris que ce pays était vivable, malgré le froid.

Il lui sourit et repoussa la fin de son burger. Elle prit une autre gorgée de vin, appuya le menton dans sa paume.

– Tu te souviens de la première fois où on s'est vus ?

Il secouait la tête, quelle déception.

Mais, se penchant par-dessus la table, il lui secoua le bras.

– Je rigole, Agnes ! Bien sûr que je m'en souviens. Le collège de Voss n'a plus été pareil à partir du jour où je t'ai rencontrée !

Il devait encore plaisanter. Elle ne pouvait donc pas lui dire que pour elle, en effet, la vie n'avait plus été pareille à partir du jour où ils s'étaient parlé à la récréation, en troisième, et où, pour la première fois de son existence, elle avait senti ses genoux mollir au point d'avoir du mal à tenir debout.

Elle n'avait jamais connu personne qui lui ressemble. C'était lui qui était venu la trouver pour lui demander si elle savait combien de temps il restait avant la sonnerie. Même s'il n'y avait pas encore de téléphones portables, le prétexte était gros. Il aurait pu poser la question à n'importe qui. Mais c'était à elle qu'il s'était adressé. Et quelques minutes plus tard, quand elle l'avait vu se dépêcher de rentrer en cours de maths, le monde n'était plus le même qu'au début de la récré. Elle était restée plantée au beau milieu de la cour, au beau milieu d'un mercredi tout ce qu'il y avait de plus ordinaire – mais ordinaire, plus rien ne l'était tant elle était amoureuse.

Ils avaient continué à se sourire tout le reste de l'année scolaire. Ce qui lui suffisait, se souvenait Agnes. Aller à l'école pour ressentir ce délicieux frisson pendant les récréations, c'était motivant, le matin, au moment de se lever. La nuit, elle rêvait de passer les doigts dans ses cheveux bouclés.

Leur premier baiser, pendant le bal du collège organisé dans le gymnase, n'avait jamais vraiment quitté ses lèvres.

Était-il possible qu'Alexander donne une réalité aux fantasmes qui la poursuivaient depuis vingt ans ?

– Depuis, tu as pensé à moi, des fois ? demanda-t-elle, encouragée par le vin rouge.

Elle vida le fond de son verre, puis les resservit tous les deux.

– Ça s'est terminé si brutalement entre nous, à l'époque, reprit-elle. Je… Je ne sais pas, mais il me semble qu'on n'est pas allés jusqu'au bout. C'est peut-être pour ça que tu… tu as toujours été là… pour ainsi dire.

Elle fixait la table devant elle, les joues en feu, elle devait être cramoisie, songea-t-elle, regrettant déjà sa franchise. Puis elle sentit son regard sur elle, et elle leva prudemment les yeux.

Alexander fit le tour de la table.

Ça y est.

Enfin.

Son parfum l'enveloppait entièrement.

– Il y a beaucoup de choses qu'on n'a pas pu faire, à l'époque, dit-il.

Elle attendit qu'il se penche pour l'embrasser.

Mais il mit la main sur le premier bouton de son chemisier. Le défit. Puis il déboutonna le deuxième, et ainsi de suite, tout en soutenant son regard. Leurs nez et leurs lèvres n'étaient qu'à quelques centimètres. Tout le reste du décor avait disparu. Une fois le chemisier ouvert, alors qu'elle se disait « Mon Dieu, je rêve », il fit glisser doucement les manches le long de ses bras. Puis il attrapa le débardeur qu'elle portait dessous, le lui fit passer par-dessus la tête et elle leva docilement les bras.

Pour finir, il s'attaqua aux agrafes de son soutien-gorge, et elle se retrouva torse nu devant lui.

Alors seulement il se pencha et l'embrassa.

Elle avait les lèvres brûlantes, ses seins frissonnants pointaient vers lui. Alexander sentait l'ail et la sauce burger, elle se servit goulûment. Il ne l'avait pas encore effleurée, mais elle se sentait si électrisée qu'elle commençait à se demander si elle n'allait pas toucher au but avant.

Soudain, il se redressa, la scruta de nouveau de son autre regard.

– Tu es sûre de le vouloir, Agnes ?

– Tu aurais dû t'en soucier avant de me désaper.

Il rit en même temps qu'elle, puis elle reprit son sérieux. Pas question de gâcher ça avec des bêtises.

– Détends-toi, lui dit-elle, et elle commença à tirailler impatiemment sur son pull. Je n'ai jamais été plus certaine de vouloir quoi que ce soit.

Il ne se déshabilla pas. Il la saisit à deux mains par la nuque et l'embrassa de nouveau, plus intensément cette fois. Elle s'abandonna, commença à déboutonner elle-même son propre jean et s'adossa dans le canapé pour qu'il puisse le lui retirer. Elle était là devant lui, toute nue, et lui restait droit, puis doucement, tout doucement, il se pencha et approcha les lèvres d'un de ses seins. Elle se tourna un peu, il passa au second, prit son temps avant de poser un léger baiser au-dessus de son nombril, puis il descendit enfin, de plus en plus bas, si lentement qu'elle n'y tenait plus. Elle se sentait si humide, si prête, elle était prête depuis plus de vingt ans, elle ne pouvait plus attendre.

Son corps non plus.

Impossible d'arrêter la vague qui s'emparait d'elle depuis la pointe des orteils jusqu'au bas-ventre. Elle lâcha un petit cri et se tordit de plaisir.

Alexander, de là où il était, leva les yeux vers elle, souriant.

– Waouh, fit-il. Si j'avais su que ça ne demandait pas plus d'efforts que ça avec toi, je l'aurais fait depuis longtemps.

Elle rit comme une gamine, une main devant le visage.

– T'es con, répondit-elle, en empoignant son pull pour l'attirer vers elle. On est très loin d'avoir fini, figure-toi.

VENDREDI SAINT

Il pourrait être aussi long[1] qu'il lui plairait, ce vendredi.

Elle venait de se réveiller, Alexander dormait encore. Tournée vers lui, elle suivait le mouvement de sa respiration en regardant son torse se soulever et s'abaisser. Il se crispa soudain, comme s'il faisait un mauvais rêve. Elle lui caressa doucement le front et il s'apaisa, sembla de nouveau serein. Elle souriait au visage endormi quand son téléphone sonna. Elle se jeta dessus pour qu'Alexander ne se réveille pas, refusa l'appel et coupa le son, s'aperçut alors que l'appel venait de Viktor. Mais comme d'habitude, il récidiva, et elle finit par emporter le téléphone en se précipitant dans la cuisine sur la pointe des pieds.

– Tu dormais ? lui demanda-t-il.

– Oui, mentit-elle. Qu'est-ce qui se passe ?

– Je me demandais si ça te dirait, un petit déj de Pâques ?

– Merci pour cette nouvelle offre généreuse, Viktor, mais tu n'es pas obligé de me materner. Je vais très bien, le week-end festif des autres ne me replonge pas dans la dépression post-rupture, si c'est ce que tu crains, affirma-t-elle en se rappelant

1. En norvégien, le vendredi saint est appelé « long vendredi » (N.d.T.).

à quel point la présence de ses amis lui avait fait du bien, au moment de son petit Noël minable. Et puis, je suis encore un peu fatiguée, je ne crois pas que j'aie le courage de monter jusqu'à Skjerpe maintenant.

– Pas besoin, répondit Viktor. Le lièvre de Pâques est devant ta porte !

Le ding-dong de la sonnette la fit sursauter.

Merde.

Elle repassa en vitesse par la chambre, vérifia qu'Alexander dormait toujours et attrapa au vol une robe de chambre. Puis elle alla ouvrir la porte.

– Bon vendredi saint ! lança son vieil ami qui se tenait sur le perron, avec un grand sourire. J'ai des œufs, du jus d'orange, des petits pains et tout ce qu'il faut.

Eh ben, il devait avoir sacrément mauvaise conscience pour son humeur imbuvable des derniers jours.

D'un signe de tête, il montra la voiture noire garée dans la montée.

– Tu as de la visite ? C'est Ingeborg qui s'est enfin trouvé une caisse ?

Elle secoua la tête sans rien dire.

Viktor haussa les sourcils.

– Oh ! Ce genre de visite-là ? Pourquoi tu ne l'as pas dit tout de suite ?

Il jeta un coup d'œil par-dessus son épaule.

– C'est qui ?

– Je te raconterai plus tard.

– OK.

Il lui tendit le sac en plastique avec un clin d'œil.

– D'ici là, je peux au moins contribuer à ce que ton type ait autre chose pour déjeuner que du fromage fondu.

– Merci. Tu marques beaucoup de points, là. Mais toi, tu as quelque chose à manger ?

– Il y a des biscottes au boulot. Bon appétit.

Quel gentil garçon, pensa Agnes, touchée, en refermant la porte.

Elle alla dans la salle de bains et se sourit longuement dans le miroir. Elle aurait voulu jubiler, mettre de la musique à tout casser, danser dans la maison, ouvrir les fenêtres et crier qu'elle avait couché avec Alexander. Au lieu de quoi, elle restait plantée dans la salle de bains avec un stupide sourire de bonheur.

Elle jeta un coup d'œil à son téléphone, et s'aperçut qu'elle avait reçu un message pendant la nuit. Le numéro n'était pas enregistré, mais elle le reconnut quand même.

C'était Alfred.

Oublie toute cette conversation, écrivait-il. *Et ne fais pas ce que je t'ai demandé. Tout va bien.*

Au moment précis où la cuisson des œufs venait de se terminer, Alexander apparut tranquillement dans la cuisine, torse nu. Il s'assit à la table, se versa une tasse de café. En le regardant, elle eut plutôt envie de l'entraîner de nouveau vers le lit.

– On dirait que tu avais prévu le coup en m'emmenant chez toi. Ou tu as l'habitude de t'offrir des petits déj de roi pour toi toute seule ?

– J'en aurais été capable. Mais en fait, c'est Viktor qui est passé pendant que tu dormais.

– Viktor Vormedal, du lycée ? Vous êtes restés amis tout ce temps ? s'étonna Alexander. Il faut que je sois jaloux ?

– Non, juste que tu manges ton œuf, si tu veux que je te foute la paix.

Il sourit, desserra doucement la ceinture de la robe de chambre, entoura un bout de sein de ses lèvres affamées.

Agnes et Alex.

Alex et Agnes.

Leurs noms allaient si bien ensemble. Une sonorité parfaite, qui roulait si facilement sur la langue.

– Non, mangeons, il faut que j'y aille bientôt, se reprit-il soudain. Je ne veux pas risquer que tu te lasses de moi. Et pour être franc, je dois bosser. J'ai encore un tas de trucs à régler, après le festival.

Elle fut surprise, mais s'assit sur la chaise à côté de lui, et le regarda prendre un petit pain et le garnir de fromage.

– J'ai lu l'article sur la baisse des ventes de billets, dit-elle. Ça te stresse, ce genre de choses ?

Il haussa les épaules.

– Bien sûr, mais là, je suis plus détendu que je ne l'avais été depuis longtemps.

Elle lui sourit, il répondit par un clin d'œil avant de mordre avec gourmandise dans son pain.

– Tu crois que la présence de Marta Tverberg a dissuadé les gens de venir ? Qu'il y a eu une sorte de boycott organisé ?

– Je doute que le public des concerts de jazz soit réactionnaire à ce point. En plus, on ne peut pas dire que les billets soient partis à la pelle avant que Guneriussen n'annule.

– Guneriussen ? C'est celui qui était censé composer le morceau ?

– Exact. Kurt Guneriussen, un excellent pianiste et compositeur. Il vient de Bergen, mais il habite Berlin depuis plusieurs années. Je pense qu'il aurait pu nous faire un truc super.

– Pourquoi il a annulé, en fait ?

– Je n'ai jamais eu de vraie explication, mais je parierais que ses nerfs ont craqué.

– Il est encore plus névrosé que les autres ?

– Ça peut paraître invraisemblable, mais oui. C'est pour ça qu'il n'a pas réussi à se faire connaître davantage, paraît-il. Je ne l'ai jamais rencontré personnellement, mais j'ai entendu dire que les relations sociales l'angoissaient, et tout le monde sait qu'il a beaucoup de mal à collaborer avec d'autres musiciens.

– Ça ne doit pas être l'idéal quand on doit écrire une composition pour un orchestre ?

– Non. Je dois dire que finalement, j'ai été soulagé quand il s'est retiré. On médit pas mal de la façon dont Marta s'y prenait avec ses partenaires, mais au moins elle répondait au téléphone.

– J'ai l'impression que beaucoup de gens avaient des comptes à régler avec elle. Il vous est arrivé de vous disputer ? interrogea Agnes.

Alexander eut d'abord l'air étonné par la question. Puis il se racla la gorge.

– Est-ce que quelqu'un a réussi à ne pas se disputer avec elle ?

– Bien vu.

– On a eu quelques engueulades bien senties. Mais on se réconciliait rapidement, c'est ça qui était bien, avec elle. J'ai souvent pensé qu'elle était une espèce d'animal qui a besoin de montrer sa force pour avoir le dessus. En général, ensuite, elle devenait douce comme un agneau.

Quand Agnes eut refermé la porte derrière Alexander, elle se sentit seule comme jamais. Déjà accro à quelque chose auquel elle n'aurait peut-être pas de nouveau accès.

Ils ne s'étaient pas dit quand ils se reverraient. Ni s'il y aurait de prochaine fois.

Agnes s'assit à son ordinateur, décidée à se concentrer sur son travail, elle aussi.

Elle chercha le numéro norvégien de Kurt Guneriussen, le pianiste qui aurait dû composer et exécuter le morceau du festival. Parler avec ce type pourrait avoir son intérêt. Elle laissa sonner jusqu'au bout, recommença immédiatement après. Pas de réponse non plus. Ce qui corroborait l'hypothèse du gars timide. Ou confirmait simplement qu'il était à Berlin et ne se servait pas de son téléphone norvégien. Elle lui envoya quand même un bref message, disant qu'elle aimerait lui poser quelques questions sur Marta Tverberg, pour la biographie qu'elle était en train d'écrire. Envoyer une demande de ce genre un vendredi saint, ce n'était peut-être pas très chrétien. Pourvu que le type ne soit pas religieux, pensa-t-elle.

Intéressante, cette remarque d'Alexander selon laquelle Marta cherchait toujours à montrer sa force et à avoir le dessus. L'observation recoupait un propos de Ragna Haukursdottir : d'après sa belle-fille, rien n'était pire pour Marta que de faire preuve de faiblesse.

Mais concernant cet éventuel problème de santé, quelqu'un devait bien être au courant, et savoir si c'était grave.

Elle appela l'hôpital de Voss et présenta son affaire, mais reçut la réponse à laquelle elle s'attendait : les données des patients étaient couvertes par le secret médical, ils ne pouvaient donc les divulguer.

Zut, dommage qu'elle n'ait plus Fredrik sous la main pour fouiller les dossiers à sa place.

Elle appela son père.

– Allô, la montagne écoute ! s'exclama-t-il d'une voix enthousiaste. Alors, tu viens aujourd'hui ?

– Je ne sais pas trop encore.

– Agnes…

– Oui, j'arrête bientôt de bosser ! Mais j'ai oublié de te demander un truc : as-tu entendu dire que Marta Tverberg était malade ?

– Non, rien de plus que ce qu'Eli a sorti dimanche, quand on papotait avec toi. La diva « n'était pas immortelle », c'est bien comme ça qu'elle l'a formulé, non ? Ça m'a surpris, cette phrase.

Agnes aussi.

Ce qui ne l'avait pas empêchée de l'oublier entre-temps.

Et le fait que son père ait désigné sa sœur par son surnom venait de lui rappeler une excuse que Marta avait formulée un jour où elle était assez pressée. Elle devait « aller voir Eli ». Agnes, sur le moment, n'avait pas réagi, supposant sans doute que c'était une amie ou une musicienne avec qui elle avait rendez-vous. Mais Eli, finalement, c'était peut-être Eline Tveit.

Tante Eline, médecin traitant de Marta Tverberg, pourquoi pas ?

D'où ce commentaire négligent sur son caractère mortel.

– Elle est là, tante Eline ? demanda Agnes.

– Elle vient de partir faire un tour à skis, et je vois qu'elle a laissé son téléphone. Elle ne sera sûrement pas de retour avant quelques heures, mais tu veux que je lui dise de te rappeler à son retour ?

– Oui, s'il te plaît.

Agnes raccrocha et plissa les yeux pour regarder vers le soleil qui brillait à travers la fenêtre du salon. Elle se décida, chercha rapidement un autre numéro sur Internet.

Cinq minutes plus tard, le taxi-scooter était réservé.

C'était un de ces jours en montagne les plus conformes aux clichés, un de ceux que son père marquerait pour la postérité dans le livre d'or du chalet, en l'entourant d'un rond jaune, à côté de la date. Seuls quelques petits nuages gribouillaient légèrement le ciel bleu, et le contraste avec la blancheur immaculée de la neige évoquait irrésistiblement une publicité pour Visit Norway. Au point qu'elle aurait presque eu envie de monter à skis.

Presque.

Si elle avait choisi la solution sportive, elle n'en serait encore qu'à la moitié de la première grande côte, toute suante et essoufflée. Au lieu de quoi, elle pouvait se caler confortablement dans son siège rembourré, pendant que le paysan, devant elle, conduisait son véhicule debout, la menant en toute sécurité à flanc de montagne. Lorsqu'ils traversèrent la forêt de sapins vert sombre aux branches blanchies juste comme il fallait, ils croisèrent plusieurs familles en randonnée à skis. La règle voulait que les parents marchent en tête et que les enfants suivent, plusieurs dizaines de mètres derrière.

– Allez, courage ! lança Agnes avec un sourire à une petite

de cinq ou six ans qui avait abandonné et restait là, à genoux dans la neige.

La fillette lui montra le majeur au passage du scooter.

Les Tveit s'étaient conformés à la préférence locale pour le chalet à deux pas de la maison. Mais question paysage, avec ce panorama ouvert sur une nature majestueuse, on était quand même à mille lieues du lotissement de Vossestrand. Pâques à la montagne, juste à côté de chez soi, ce n'était peut-être pas si bête, après tout, se dit Agnes. Surtout quand on était pressé.

Au bout d'un petit quart d'heure, elle distingua le chalet rouge et, juste après, elle aperçut ses parents. Ils n'étaient pas de ces Norvégiens qui profitent du soleil pour sillonner les environs à skis. Ce n'était pas le cas même avant la maladie de sa mère. Non, chaque année, son père s'escrimait à terrasser une petite zone dans la neige, juste devant la porte, il y installait les chaises longues en plastique, les mêmes qu'en été, le dossier bien incliné. Sa mère, chargée des snacks et du divertissement, préparait du café et plaçait le grand thermos à côté des fauteuils, avec le poste de radio rose et une coupelle de carrés de chocolat. Puis ils s'asseyaient, et ne bougeaient plus jusqu'à ce que le thermos ou la coupelle soit vide.

Agnes adorait le concept de paresse pascale.

Si ses parents n'avaient pas cultivé cette vision de la vie dans la nature, elle n'aurait jamais mis les pieds au chalet.

Tante Eline, elle, était différente. Quand elle était de la partie, les autres se mettaient à avoir mauvaise conscience, parce qu'elle partait se promener tous les jours. Peut-être par souci de se maintenir en forme pour le cas où elle rencontrerait un homme. Même si elle n'en rencontrait jamais.

Apparemment, la sportive n'était pas encore revenue de son

tour à skis. En tout cas, Agnes ne voyait que ses parents, à leur place habituelle.

– Oh mais regarde ! Le lièvre de Pâques en personne ! s'écria son père au moment de s'asseoir dans son fauteuil, en voyant sa fille monter à pied la dernière côte, trop raide pour le scooter, avec son sac à dos et ses skis sur l'épaule. C'est drôlement chouette que tu sois venue, mon Agnes !

Il tapota affectueusement le siège vide à côté de lui. Sa femme vint à la rencontre d'Agnes. Elle la serra dans ses bras, avant d'aller chercher une autre tasse dans le chalet.

– C'est cool d'être ici ! dit Agnes, et elle était sincère.

Elle apprécierait de reprendre son souffle devant une tasse de café, voire deux ou trois.

À son retour, tante Eline avait le visage écarlate, alors qu'elle n'avait eu qu'à glisser dans les descentes sur la fin du parcours. Elle s'était sûrement abstenue de mettre de la crème solaire, comme le faisaient aussi ses parents, sous prétexte qu'ils s'étaient déjà « endurci la peau », et s'estimaient donc quasiment immunisés contre les UV. Agnes avait vu des photos d'eux avec du papier d'aluminium autour du cou dans les années 1970, au mont Vikafjellet : dire qu'ils s'étaient fait cuire la peau aurait été proche de la vérité. Agnes aurait trouvé logique que l'un d'eux ait chopé un mélanome. Elle restait amère à l'idée que le cancer du poumon ait pu s'attaquer au corps de sa mère, non fumeuse. Ce n'était rien d'autre que de la « malchance », avait décrété sa tante, du haut de son savoir médical.

– Toi non plus, tu n'avais personne d'autre avec qui fêter Pâques, hein ? dit celle-ci en appuyant ses skis contre le mur. C'est bien qu'on soit ensemble. Au milieu de cette nature !

Au fond, la montagne, c'est le seul partenaire dont on ait besoin, tu ne trouves pas ?

Agnes eut envie de lui raconter ce qu'elle avait fait la nuit précédente, et avec quel genre de partenaire, mais ç'aurait été assez malvenu devant ses parents. Aussi se contenta-t-elle d'un sourire faux, avant de changer de sujet.

– J'ai pris mon ordi, s'excusa-t-elle. Il va quand même falloir que je travaille un peu, au milieu de tout ça.

– Tu travailles de nouveau ? C'est bien, ça !

– Je n'ai jamais arrêté de travailler, tante Eline.

– Oh, tu veux dire sur ton bouquin ?

Une fois de plus, Agnes s'étonna du peu de crédit dont bénéficiait sa nouvelle voie professionnelle auprès de ses proches. Écrivain, c'était pourtant un métier qui inspirait le respect, un métier que la plupart des gens admiraient, un artisanat haut de gamme, un art !

– Sur mon bouquin, oui. Il est possible que ça donne un *true crime*, finalement. Et donc, je suis obligée d'écrire le plus possible en ce moment, tant que…

– … que le cadavre est encore chaud ?

Elle décocha un regard sévère à son père.

– Tant que les informations sont encore récentes et accessibles. D'ailleurs, à ce sujet, j'aimerais bien discuter un peu avec toi, tante Eline.

– Avec moi ? s'étonna cette dernière, à la fois fière et sceptique.

– Oui, parce que tu étais bien le médecin traitant de Marta Tverberg, si je ne me trompe ?

– C'est juste.

Yes !

– J'aurais quelques questions à te poser sur son état de santé avant sa mort. On m'a fait vaguement comprendre qu'elle aurait eu une maladie ou un truc pénible qu'elle aurait caché. Tu pourrais m'éclairer là-dessus ? Hors micros, évidemment, si c'est plus simple.

– Je ne demande qu'à t'aider sur tout ce que tu voudras, répondit sa tante, réveillant chez Agnes un élan immédiat de tendresse. Mais quand il s'agit de mes patients, tu sais que je suis tenue au secret médical, même s'ils ont passé l'arme à gauche.

– OK, tu n'as pas besoin de me dire quoi que ce soit, mais tu pourrais juste me confirmer d'un signe de tête s'il est exact qu'elle ait été malade ?

Tante Eline sourit. Sans que sa tête bouge d'un millimètre.

En un clin d'œil, elle était redevenue la bonne femme la plus horripilante au monde.

Il était clair qu'Agnes n'arriverait à rien tirer d'elle. L'expédition était totalement loupée, et elle se doublait d'un énorme gâchis. Elle aurait pu retrouver Alexander ce soir, qui sait, et elle allait rester coincée dans ce minuscule salon, devant des jeux de société des années 1980 ?

Au cours des heures qui suivirent, Agnes s'autorisa à savourer l'ambiance festive et le vin rouge. Le traditionnel rôti d'agneau parut bientôt sur la table, emplissant tout le chalet de son fumet. Une fois l'estomac plein, elle recula sur sa chaise, sortit son téléphone et feignit de lire un SMS important. Effectivement, elle avait reçu un message, mais il venait de Viktor, qui voulait savoir si elle avait envie de dîner chez lui.

– Il y a eu un nouveau développement dans l'affaire, dit-elle à ses parents. Je dois redescendre en ville tout de suite.

– Qu'est-ce qui pourrait bien se passer un vendredi saint, aussi tard ? douta sa mère.

Agnes en eut mal au ventre, elle la décevait et lui mentait.

– La police veut me parler.

Ça, en tout cas, c'était vrai. Elle allait voir Viktor.

– Mais, Agnes, il fait noir comme dans un four, tu ne peux pas redescendre à skis à une heure pareille, c'est trop dangereux ! protesta son père. Tu pourrais au moins attendre jusqu'à demain matin ?

Tante Eline s'en mêla, comme d'habitude.

– Il faut que tu redescendes, tu dis ? Tu pourrais passer arroser mes rosiers ? Comme ça, je pourrai rester ici une nuit de plus.

Agnes soupira. Foutus rosiers.

– Pas de problème. Tu n'as qu'à me donner tes clefs. Papa, tu aurais une de ces lampes qu'on met sur le front ? Je promets de faire bien attention.

En chaussant ses skis, Agnes entendit un bruit dans la forêt.

Elle éclaira la masse des arbres, ne vit rien, mais n'en frissonna pas moins. Il y avait forcément quelque chose par là. Un animal, sûrement.

La montagne à Pâques, une fois la nuit tombée, c'était nettement moins poétique.

Elle aurait peut-être dû écouter son père. Mais rester lui aurait été insupportable.

Pas le moment de faire sa poule mouillée.

Elle avança le long du chemin jusqu'à la première pente. Commença à descendre en chasse-neige, en freinant si fort que ses cuisses en tremblaient. Mais même à cette vitesse, ne rien voir à deux ou trois mètres devant soi, ce n'était pas rassurant, c'était le moins qu'on puisse dire. Si son père n'avait pas sorti cette vieille lampe frontale du fouillis d'un tiroir, elle aurait suivi à l'aveuglette la piste de ski de fond, brouillée par endroits par les traces des scooters.

Elle eut l'impression d'être complètement seule dans la montagne.

Puis que quelque chose – ou quelqu'un – la suivait.

Elle s'arrêta.

La chose qui la talonnait s'arrêta aussi.

Ou alors c'était son imagination. En tout cas, un silence absolu s'était fait autour d'elle.

Elle accéléra petit à petit, de plus en plus inquiète.

– Du calme, Agnes, dit-elle tout fort, comme une débile.

Personne ne pouvait se douter qu'elle était à skis dans la montagne, le soir, un vendredi saint.

Seulement, dans la montagne, il y avait des élans. Des chevreuils. Des renards. Voire des loups ? Sûrement des tas d'autres bêtes, et puis allez savoir quel genre de cinglés erraient dans le noir, justement ce jour-là.

Elle était déjà en nage sous son tricot de laine, quand la lumière qui la précédait se mit à clignoter.

Au bout de quelques secondes, ce qu'elle redoutait arriva.

Le monde bascula dans l'obscurité.

Elle s'arrêta brutalement, raide des pieds à la tête, avec la sensation d'être tombée dans un trou, ou que la forêt s'était refermée sur elle.

Elle ne serait plus qu'un titre du week-end : DISPARITION EN MONTAGNE.

Subitement, elle crut sentir le parfum d'Alexander. Comme s'il venait de surgir dans sa tête pour lui souffler que tout irait bien. Elle se sentit un peu plus en confiance.

Mais elle sursauta en entendant son téléphone sonner.

Elle le chercha longuement à tâtons dans la poche de son anorak, fut soulagée de lire le nom de Viktor, et au moins autant de redécouvrir l'écran lumineux.

Son portable. La fonction lampe.

– Qu'est-ce que le réseau est mauvais, je n'ai même pas entendu que tu répondais, lui dit Viktor. Tu es où ?

– Je suis à skis.

Il se marrait.

– Pardon, j'ai cru une seconde que tu avais dit « Je suis à skis ».

– Mais oui, quoi, je suis à skis ! brailla-t-elle, excédée. Je suis en train de redescendre du chalet, et la batterie de ma lampe frontale vient de s'éteindre, alors dépêche-toi de me dire ce que tu veux, merde, parce qu'il fait tout noir ici, c'est trop flippant.

Viktor mit du temps à répondre.

– Je ne comprends plus rien. La dernière fois que je t'ai vue, tu avais les cheveux en pétard, tu venais de tomber du lit, et là, tu rentres du chalet ?

– Bon, Viktor, je suis en pleine forêt, je risque de me faire bouffer toute crue par une grosse bête à tout moment, alors accouche, qu'est-ce que tu veux ?

– Je veux que tu te magnes. Sors de cette forêt en vitesse. Et puis, je pensais que ça t'intéresserait de savoir que les frères Rogne ont commencé le week-end de Pâques encore plus mal que toi. Il y en a un à l'hôpital, et l'autre en garde à vue.

Jamais elle n'avait été aussi heureuse de voir sa vieille bagnole déglinguée.

Elle avait descendu les dernières pentes en tenant les deux bâtons d'une main et son téléphone allumé de l'autre. Quand elle avait fini par arriver entière sur le parking, le cœur lui pulsait dans la gorge.

Non seulement à cause de cette descente infernale, et de la sensation d'être suivie qui l'avait harcelée tout du long, mais des quelques mots de Viktor.

Qu'est-ce que Didrik Rogne avait encore fait ?

Quand elle eut atteint la grande route en direction de Voss, elle dépassa largement la limitation de vitesse, comme si la joie d'être en vie avait fait d'elle un monstre téméraire et ivre d'adrénaline.

À la vérité, elle se sentait pressée sans trop savoir où aller.

Viktor ne lui avait rien dit ni du mobile, ni de ce qui s'était passé concrètement. L'auteur des violences, manifestement, n'avait pas encore été interrogé par la police. Mais celui qui les avait subies devait être réveillé.

Et tant pis pour le message qu'il avait envoyé à Agnes, retirant tout ce qu'il lui avait confié pendant leur tête-à-tête.

Elle décida d'aller le voir.

Ces deux frères suscitaient plus que jamais sa curiosité. Quel était leur problème, au juste ? Celui de Didrik, mais aussi celui d'Alfred. Comment le cadet pouvait-il avoir une attitude aussi protectrice vis-à-vis de l'aîné, tout en ayant peur de lui, à raison, sans nul doute ? Comment pouvait-il supporter d'avoir des liens aussi étroits avec lui dans le travail ?

Un peu comme une femme resterait prisonnière d'un ménage où elle se ferait battre.

Peut-être était-il plus difficile encore de sortir de ce genre de relations entre deux frères.

En traversant Saue, elle vit par les fenêtres les gens qui passaient en famille une paisible soirée, loin des expéditions hasardeuses dans les pistes et des affaires de coups et blessures. La chaude lumière des salles de séjour où ils se prélassaient lui donna envie de retrouver son chez-elle. Une envie de canapé, de vin rouge, de chips, d'Alexander. Dans l'ordre de priorité inverse. Elle continua vers Skulestadmoen, dépassa la station-service Hydro Texaco et les gigantesques boîtes carrées renfermant les hypermarchés alimentaires, prit le tunnel, tourna à droite devant le siège du *Hordaland* et poursuivit sa route vers la rive du lac, où seules étaient de sortie quelques grosses voitures américaines. Bifurquant à gauche, elle passa devant les Trois Frères. Le bar avait l'air fermé. Normal, c'était demain soir qu'aurait lieu le gros de la fête, et elle monta la pente vers l'hôpital.

Sitôt devant l'entrée principale, elle eut du mal à éviter de penser à Fredrik. L'odeur de l'hôpital était à bien des égards celle de son ex. Mais maintenant, c'était sûr, elle ne le regrettait plus.

– Je viens voir Alfred Rogne, dit-elle à la dame de l'accueil, une femme usée, proche de la retraite, qui avait dû travailler beaucoup de jours fériés tout au long de sa carrière. Dans quel service est-il ? s'enquit Agnes.

La dame ne répondait pas, continuait à appuyer d'un seul doigt sur son clavier. Puis elle regarda son écran les yeux plissés.

– Il n'y a pas d'Alfred Rogne hospitalisé ici, dit-elle.

– Ah bon ? Je crois pourtant que si. Vous pourriez vérifier ?

L'employée prit un air aussi pincé que si Agnes avait exigé qu'elle fasse une heure supplémentaire, mais s'exécuta tout de même.

– Rogne, oui, murmura-t-elle au bout d'un moment, déclenchant le sourire satisfait d'Agnes. Mais pas Alfred, reprit-elle en opinant vers son écran. Celui qui est hospitalisé chez nous s'appelle Didrik.

Il n'était pas seul, mais partageait la chambre avec un vieux monsieur qui avait dû se casser le col du fémur ou un truc du genre. Pour ce qui était de faire la conversation, le pauvre était mal tombé. Didrik était sur son lit, la moitié de la figure couverte par un bandage, et il n'eut pas l'air ravi de voir entrer Agnes.

Dans l'escalier, elle avait hésité plusieurs fois à faire demi-tour. Leur pénible rencontre devant le café Skrot était encore bien fraîche dans sa mémoire. Elle avait même un peu peur de ce type.

Mais qu'est-ce qu'il pouvait bien foutre dans un lit d'hôpital ?

La curiosité avait triomphé de la crainte.

La présence d'Agnes ne sembla pas radoucir Didrik. Un lourd remugle d'alcool flottait dans la pièce, elle s'apitoya sur le pauvre vieux bonhomme qui gisait là, les yeux fermés, victime d'une double malchance. De l'alcool, il n'y en avait sûrement pas eu qu'un peu, pour que les deux frères en arrivent là.

Restait à savoir si l'agresseur aussi était soûl.

– Nom de Dieu, tu ne pourrais pas me foutre la paix ? lança Didrik.

Agnes en fut soulagée. Au moins, il n'était pas sournois comme la dernière fois. Gérer un homme en colère, c'était tellement plus facile que d'avoir affaire à un gros dégoûtant aux mains baladeuses. Elle ignora cette entrée en matière.

– Qu'est-ce qui s'est passé ?

Elle se rapprocha du lit. Didrik lâcha quelques soupirs bruyants, immédiatement suivis de plusieurs gémissements. Son frère avait vraiment dû le rouer de coups, se dit-elle, le moindre mouvement semblait le faire souffrir.

– Rien.

– Ça ne m'en a pas l'air. Mais d'accord, je ne vais pas t'embêter, tu n'auras qu'à raconter ça plutôt à la police. Bon rétablissement – et joyeuses Pâques.

Elle tourna les talons et se dirigea lentement vers la porte, en fermant les yeux très fort, tant elle mettait d'espoir dans sa tactique.

La tactique fonctionna.

– Alfred n'est pas aussi innocent qu'il en a l'air, tu sais, murmura-t-il dans son dos.

Elle se retourna.

– Il te ressemble, répondit-elle. Donc je ne lui ai jamais trouvé un air spécialement innocent.

– Dans notre famille, il a toujours été le gentil. C'était lui qui avait les meilleures notes, le plus grand nombre de copains, qui se comportait de manière exemplaire. Heureusement qu'il était homo, il y avait au moins ça qui clochait.

– Ça n'a pas dû te plaire, hein ?

– Quelqu'un t'a dit ça ? Alfred ? protesta-t-il.

Il secoua la tête.

– Putain, j'ai soutenu mon frère en toutes circonstances. Il n'a vraiment pas le droit de se plaindre.

– OK, donc Alfred n'est pas innocent, résuma-t-elle.

Elle s'était immobilisée tout près de la porte, le vieil homme avait un œil ouvert.

– Et qu'est-ce qu'il a fait alors, à part te casser la gueule ?

Didrik ouvrit la bouche, puis la referma. Se tortilla un peu dans son lit, geignit comme un malade de la grippe.

– Ça n'a pas d'importance, finit-il par répondre. C'est moi qui devrais faire le ménage, de toute façon.

Quelqu'un frappa à la porte et, comme par enchantement, Didrik parut à la fois en meilleure forme et de meilleure humeur.

Agnes se retourna. Ragna Haukursdottir se tenait sur le seuil de la chambre, avec un bouquet de tulipes et un sourire circonspect.

Voilà donc l'effet que les femmes peuvent exercer sur les hommes, se dit Agnes. Le berger allemand s'était mué en caniche, et remuait la queue devant Ragna, ou presque.

Bien sûr, ils avaient joué ensemble dans l'orchestre de Marta, il n'y avait peut-être pas de quoi s'étonner qu'elle lui rende visite à l'hôpital. Mais dès qu'elle eut mis un pied dans la pièce, Agnes se sentit de trop.

Didrik lui adressa un regard interrogateur, comme s'il attendait qu'elle s'en aille.

Elle avait envie de rester.

Mais au bout de quelques secondes d'œillades échangées en silence, elle dut capituler.

– Bon, il va falloir que je parte, dit-elle.

Le vieux monsieur ouvrit les yeux, lui seul lui adressa un sourire au moment où elle franchissait le seuil de la chambre.

– Tu sais quelque chose sur la relation entre Didrik Rogne et Ragna Haukursdottir ? s'enquit Agnes, appuyée des coudes sur le plan de travail de la cuisine.

Elle portait toujours son pantalon de ski. Viktor cuisinait, elle ne l'avait encore jamais vu ficelé dans un tablier à petits carreaux rouges. Ça lui faisait visiblement du bien, à cet homme, d'être seul à la maison. Il s'était bien trop habitué à voir Gro s'activer autour de lui, au point qu'il ne levait plus le petit doigt, sauf quand il y était obligé.

– Je sais juste qu'ils étaient collègues. Pourquoi ?

Agnes fixait le gigot d'agneau à travers la vitre du four. Apparemment, Viktor avait mis son projet végétarien en veilleuse. Elle aurait préféré oublier les traditions et pouvoir opter pour une recette au fromage fondu. Un repas de plus, ça irait, mais il y avait quand même des limites à la quantité de mouton qu'elle pouvait ingurgiter dans une même journée.

– Elle est venue le voir à l'hôpital pendant que j'y étais, expliqua-t-elle. Et il l'a appelée au téléphone, l'autre jour, quand je parlais avec Ragna.

– Tu trouves ça si bizarre ?

– Non, peut-être pas. Mais à propos de bizarre : qu'est-ce qui s'est passé, en fait ? J'ai failli avoir une attaque quand j'ai su que c'était Didrik qui était à l'hôpital, et pas Alfred.

– Je te l'ai dit au téléphone, non ?

– Hmm… non.

– Hmm… si. Mais peut-être que tu n'as pas tout compris, tu avais l'air d'avoir la trouille.

– Bon, on s'en fiche. Est-ce que vous savez ce qui s'est passé ?

– Alfred a expliqué…

Il lui montrait une bouteille de vin rouge.

– Volontiers, dit-elle, avant de se rappeler qu'elle était venue en voiture. Ah non, zut, rectifia-t-elle. Tu aurais un Pepsi Max ? Aujourd'hui, j'ai déjà conduit et skié avec quelques verres dans le nez : une goutte d'alcool de plus et je craque.

– Du Pepsi avec de l'agneau. Je comprends mieux pourquoi Fredrik s'est barré, commenta-t-il, avant de sortir d'un placard une bouteille d'un demi-litre.

– Super, même pas frais, observa Agnes. Bon, qu'est-ce qu'Alfred a expliqué ?

– Il a dit que Didrik avait balancé des saloperies sur Tobias et qu'il ne l'avait pas supporté. Qu'il avait réagi à la provocation à coups de poing, et que Didrik était tombé à la renverse en se cognant la tête contre le piano de son appartement. C'est plutôt une chance que son frère n'ait qu'un trauma crânien, ç'aurait pu être bien pire.

– Et c'est quoi la version de Didrik ?

– Il a confirmé, je crois.

Agnes avala une bonne gorgée de Pepsi, aussi tiède que prévu. C'était forcément Gro qui avait interdit de mettre le Coca au réfrigérateur.

– Il y a un secret que toute la famille s'arrange pour ne pas ébruiter, j'en suis sûre, dit-elle. La question, c'est de savoir si ce secret a quelque chose à voir avec l'affaire.

– Qu'est-ce que ça peut être ? répondit Viktor, les yeux rivés sur son gigot.

– Je ne sais pas, mais j'ai bien l'intention de le savoir.

On sonnait à la porte.

– Bonsoir ! entendit-on deux secondes plus tard dans l'entrée. Joyeuses Pâques, mes poussins ! clama Ingeborg en pénétrant dans la cuisine.

– Tu as oublié ta fille ? s'étonna Agnes.

Ingeborg soupira.

– J'ai pu la faire garder. Le voyage de ma mère a été annulé, son mec s'est cassé le pied à skis, ce débile. D'ailleurs, est-ce que je vous ai raconté qu'il était voisin de Lauritz Fadnes ? D'après lui, Fadnes aurait été assassiné, lui aussi ?

Agnes regarda son hôte, qui semblait surtout occupé à surveiller son rôti. Il n'y avait rien d'étonnant à ce que les rumeurs commencent à courir en ville, mais elle ne s'était pas attendue à celle-là.

– Tu en penses quoi, Viktor ?

Il se pencha au-dessus de l'évier avec un grand soupir.

– Ce que j'en pense ? J'en pense que le fait que les gens passent leur temps à lancer des rumeurs, c'est la maladie du monde d'aujourd'hui, trancha-t-il. En tout cas de cette ville. Conséquence : nous les flics, on ne peut pas faire notre boulot en paix, ça donne tout un tas de complications, et s'il devait s'avérer que Lauritz Fadnes a été assassiné, dans le pire des cas, le meurtrier pourrait nous échapper à cause de ces foutus commérages. Et j'en pense aussi que j'ai faim. Et ça tombe bien, parce que c'est prêt.

Agnes résolut de ne rien ajouter pour le moment. Viktor réagissait encore plus mal qu'elle à l'hypoglycémie.

Il leur servit la viande, les pommes de terre et les choux de Bruxelles, et ils dégustèrent en silence. Quand il ne resta plus de mouton dans son assiette, après s'être promis de manger végétarien au moins jusqu'à la fin de l'année, Agnes reprit le fil de la conversation.

– Fadnes, je suis presque certaine qu'on l'a tué, commença-t-elle. Et presque autant qu'il y a un rapport avec le meurtre de Marta.

Viktor posa ses couverts.

– On regarde enfin l'hypothèse de près, si j'ai bien compris.

– Il y a eu une autopsie quand il est mort ?

Viktor regarda subitement Ingeborg, qui semblait complètement absorbée par ce qu'elle venait d'entendre.

– Non, justement. C'est l'un des problèmes qui se posent, dit Viktor. À ce moment-là, tout le monde est parti du principe que c'était une mort naturelle. Il n'avait pas de proches qui auraient pu demander l'autopsie. Il vivait tout seul depuis des mois dans sa grande baraque et, comme tu le sais, il avait déjà fait deux infarctus.

Agnes se redressa sur sa chaise.

– Mais il ne serait pas possible de… le déterrer ? Ou comment on s'y prend quand on a un soupçon si longtemps après ?

– La police peut décider d'une exhumation pour procéder à l'autopsie, oui, mais c'est extrêmement rare.

– Il faut le faire. Tout de suite.

– C'est ce que j'ai dit, mais je ne sais pas trop quel poids a mon opinion dans ce genre de décisions. En tout cas, Kristina Bachmann n'a pas trouvé renversante ton histoire d'éléphants.

– Et la photo de classe ? lança Ingeborg, et Agnes s'aperçut qu'elle avait les yeux rivés sur elle.

– Quelle photo ? intervint Viktor, les sourcils froncés, puis il eut l'air d'avoir une lumière subite. Tu veux dire celle qui était dans un livre, dans la chambre d'hôtel ?

Son regard passait alternativement de l'une à l'autre. Ingeborg semblait avoir envie de disparaître dans un trou.

– Vous avez une sacrée chance qu'on soit copains, toutes les deux, grommela-t-il.

Pendant que Viktor débarrassait, Agnes et Ingeborg s'étendirent de tout leur long sur le canapé. Agnes avait la panse si remplie que c'en était désagréable.

– Qu'est-ce qu'on sait de Lucy Fagnastøl ? demanda-t-elle, quand Viktor revint avec un paquet de brownies et une cafetière. À part le fait qu'elle soit présidente du comité d'organisation de Jazz à Voss, je veux dire.

Viktor ne répondit rien.

– Je sais qu'elle est juge à Bergen depuis une éternité,

intervint Ingeborg. Et il paraît que sous sa robe noire, elle est toute fofolle.

Ce n'était vraiment pas le genre de réponse auquel s'attendait Agnes.

– Quoi ? Qui t'a dit ça ?

– Un tas de gens, dont ma mère. Elles ont fait leurs études de droit ensemble. Maman l'a sûrement un peu mauvaise que l'autre soit devenue une star du tribunal de Bergen, alors qu'elle-même est chargée de dossier à la Sécu de Voss, mais enfin, c'est ce qu'elle m'a dit.

– Qu'est-ce qu'elle voulait dire par « toute fofolle » ?

– Aucune idée. Telle que je la connais, elle devait penser à une vieille histoire. Tu veux que je l'appelle pour lui demander ?

Ingeborg prit un brownie. Agnes la regardait, les sourcils froncés.

– Oh, tu voulais dire tout de suite ? comprit-elle soudain, en sautant du canapé. OK, Batman !

Ingeborg était partie s'isoler dans le couloir, et Viktor dévisageait Agnes d'un œil méfiant.

– Si tu tombes sur quelque chose qui pourrait être important, tu me le diras, hein ?

– Comme toujours, mentit-elle.

– Et tu as le droit de me dire aussi des choses sans importance.

– Quel genre de choses sans importance ? s'immisça Ingeborg, qui venait de réapparaître.

Agnes secouait frénétiquement la tête à l'intention de Viktor, mais il était trop tard. Il lui attrapa les pieds, les reposa sur ses genoux, et feignit de s'apprêter à les lui masser.

– Agnes a eu de la visite hier soir, annonça-t-il d'un ton moqueur.

– Hein ?

Ingeborg s'assit près de la tête d'Agnes. Elle était coincée entre eux. Aucune issue.

– OK, OK, répondit-elle avec un sourire malin. J'ai eu la visite… d'Alexander.

Ingeborg bondit en jubilant tout haut. Viktor avait l'air étonnamment déçu.

– Mon Dieu, je veux tous les détails, cria Ingeborg. Mais avant qu'on s'égare : ma mère m'a répondu que Lucy Fagnastøl aimait faire la fête et que, pendant ses études, elle avait « le gosier bien en pente », comme elle dit. Conséquence : elle a failli rater son diplôme. Parce que, d'après elle, Lucy aurait aussi touché à la drogue. Ce qui n'est pas très malin quand on a l'intention de devenir avocate, et encore moins pour une future magistrate.

– Ah ça, c'est sûr. Mais on n'a pas dû en trouver sur elle, sinon elle n'aurait jamais eu ce poste, observa Agnes.

– Je ne crois pas, mais ça, ma mère ne m'en a pas parlé. Il fallait qu'elle raccroche, son mec arrivait.

Le téléphone d'Agnes signalait un message. Tante Eline. *Merci pour ta compagnie ! Short but sweet, c'est bien ça l'expression ? J'espère que mes petits chéris se portent bien*, écrivait-elle.

– Il faut que je m'en aille, déclara Agnes en sautant sur ses pieds. J'ai promis d'arroser les rosiers de ma tante.

Ingeborg aussi devait rentrer. Elles remercièrent Viktor et sortirent ensemble.

Au moment où elles s'apprêtaient à monter chacune dans sa voiture, Ingeborg lui adressa un clin d'œil.

– Amuse-toi bien avec tes « rosiers » ! dit-elle. Bien trouvé, pour se sauver.

Il était presque onze heures, il ne fallait peut-être pas s'étonner qu'Ingeborg ait cru qu'elle avait reçu un message de son dernier amant. Mais Alexander ne lui avait pas donné signe de vie de la journée.

– Je vais vraiment arroser des fleurs, protesta Agnes.

– C'est lui qui va t'arroser, rétorqua-t-elle. Allez, bonne nuit !

Le domicile de tante Eline était situé dans le même immeuble que le magasin d'alcool et le supermarché Coop Extra, ce qui lui valait de déclarer qu'elle avait tout ce qu'il lui fallait sous son toit. Agnes s'engouffra dans le hall d'entrée, monta l'escalier quatre à quatre et ouvrit la porte. On aurait pu qualifier l'appartement de spartiate, si ce n'était cette impression de se trouver dans une serre. Sans doute toutes ces fleurs avaient-elles pour vertu de purifier l'air, mais pour ce qui était d'Agnes, la présence d'autant d'êtres vivants sur soixante mètres carrés l'étouffait. Si Viktor avait eu vingt ans de plus, tante Eline et lui auraient formé le couple parfait, lui tripotant la terre dans le jardin, elle entre ses quatre murs.

Agnes dénicha l'arrosoir et fit un tour rapide du salon et de la cuisine, avant de passer au but essentiel de sa visite.

S'emparer d'une chouette avec la clope au bec.

Elle se souvenait très bien à quoi ressemblait le trousseau de clefs du cabinet médical, d'abord à cause du porte-clefs, au motif si incongru pour un médecin, mais aussi parce que, dans son adolescence, elle avait gagné un argent de poche bienvenu en venant faire le ménage tous les samedis. Elle savait aussi que ce trousseau se trouvait au même endroit depuis toujours : dans une petite corbeille, sur la commode du couloir.

Agnes eut une seconde d'hésitation. Ce qu'elle s'apprêtait à faire allait-il être qualifié par le droit pénal de vol avec effraction, ou l'emprunt de clefs était-il un délit moins grave ? Sa tante, si elle s'en apercevait, irait-elle la dénoncer à la police ?

Elle ne pouvait exclure cette hypothèse.

Mais tante Eline ne s'en apercevrait pas. La chouette à la clope retrouverait sa corbeille avant son retour du chalet.

Agnes s'en saisit et la fourra au fond de la poche de son manteau.

Il était près de minuit quand elle remonta sur quelques centaines de mètres la rue Vangsgata totalement déserte et se gara devant le cabinet de sa tante. Elle s'apprêtait à descendre de voiture, lorsqu'elle prit tout à coup conscience que c'était une très mauvaise idée. Non pas de pénétrer dans le cabinet, mais de le faire aussi tard le soir, un jour férié. Il serait sans doute moins risqué de revenir le lendemain. Si quelqu'un la voyait maintenant, ce serait bien trop suspect.

Elle resta figée dans sa voiture, moteur éteint. Maintenant qu'elle ne bougeait plus et n'était plus en route pour nulle part, elle se sentait épuisée. Pour long, il l'avait été, ce vendredi de Pâques. Elle avait l'impression d'avoir vécu plusieurs journées depuis qu'elle s'était réveillée entre les bras d'Alexander. Et pourtant, c'était bien ce matin, de bonne heure. Maintenant qu'elle prenait le temps de s'écouter, elle pouvait encore faire ressurgir la sensation de sa présence, son odeur. Elle ferma les yeux.

En les rouvrant, elle distingua une silhouette sur le trottoir, à quelque distance. L'homme passa sous un réverbère.

Hauki Thorsson, cette stature, on ne pouvait s'y méprendre.

Il referma derrière lui la porte d'entrée de l'immeuble dans lequel elle s'était introduite la veille. Celui où habitait Alfred. Agnes leva les yeux vers les grandes baies vitrées de l'appartement. Elles étaient noires. Elle attendit un peu.

La lumière s'alluma.

Elle observa, immobile, comme s'il était probable qu'elle voie soudain apparaître Hauki à la fenêtre. Ce qu'il ne fit pas, naturellement. Mais qu'est-ce qu'il foutait là ?

Est-ce qu'il discutait avec Alfred ? Alfred serait-il déjà sorti de sa garde à vue ?

Elle songea à s'approcher de l'immeuble à son tour, et à sonner.

Puis elle se souvint, perplexe : Hauki avait ouvert la porte avec une clef.

Qu'est-ce que cela voulait dire ?

Qu'il avait l'habitude de venir ici ? Parce qu'Alfred et lui… avaient une liaison ?

Ou alors, ils étaient amis. Peut-être qu'ils se consolaient mutuellement de leur triste destin commun.

Elle décida de rester dans la voiture.

Regarda de nouveau son téléphone. Toujours rien d'Alexander. *Merci pour hier. Qu'est-ce que tu fais maintenant ?* écrivit-elle, et elle se dépêcha d'envoyer le message avant d'avoir le temps de réfléchir. Elle croisa les doigts pour qu'il ne la trouve pas trop collante. C'était une crainte qui lui venait facilement, en dehors du boulot. Un boulot qui avait souvent exigé d'elle – et exigeait encore – qu'elle se montre offensive, qu'elle emmerde le monde. En général, elle s'en tirait fort bien. Appeler des gens à n'importe quelle heure du jour ou de la nuit, aller frapper à leur porte, ça ne la dérangeait pas, tant qu'il y avait de l'excitation à la clef, à titre personnel ou professionnel. Dans ce cadre, elle ne se souciait pas non plus que son comportement puisse agacer. Alors que, sur le plan privé, elle avait toujours peur de « faire son intéressante » comme on disait à Voss, de rester trop longtemps, d'être un boulet au pied de ses interlocuteurs. Mon Dieu, faites qu'Alexander ne me voie pas comme un boulet.

Je t'attends, répondit-il.

Un flux de sang lui inonda aussitôt la poitrine, et elle ne laissa pas passer les cinq minutes qu'elle s'imposait d'habitude avant de réagir.

Je viens ?

Les pointillés apparurent immédiatement, il ne traînait pas non plus !

Plutôt deux fois qu'une, écrivit-il.

Rester dans cette voiture lui sembla subitement absurde.

Elle décida d'aller à Evanger tout de suite, assez de temps perdu.

Elle démarra, sortit du parking et jeta un dernier coup d'œil aux fenêtres d'Alfred.

La lumière s'était éteinte entre-temps.

Elle fit marche arrière en vitesse, sortit de la voiture, rejoignit la porte de l'immeuble et s'appuya au mur, sans l'avoir prémédité. Elle se sentit comme un criminel, un *stalker*, un tueur rusé qui traque sa prochaine proie innocente. Mais c'était plutôt Hauki Thorsson qui pourrait la trucider, s'il s'avérait dangereux. La rue déserte lui parut soudain sinistre, et elle laissa échapper un petit cri quand la porte s'ouvrit brusquement.

Ce qui fit crier Hauki à son tour.

Ils se faisaient face tous les deux, la main sur la poitrine.

– Agnes, bon sang, tu m'as foutu une de ces trouilles.

– Pardon ! Pardon ! Je ne voulais pas. Qu'est-ce que tu fais là ?

Elle ne lui dit pas qu'elle l'avait vu entrer, ni qu'elle était restée dans sa voiture à lorgner vers cette fenêtre pendant une demi-heure, comme un détective privé dans un film en noir et blanc.

– Oui, bon, j'ai l'air d'être allé voir clandestinement une maîtresse, reconnut-il.

Plutôt un amant, pensa Agnes, mais elle continua à le regarder sans rien dire.

– Mais ce n'est pas ça, hein, poursuivit Hauki. Je suis monté dans l'appartement d'Alfred Rogne. L'appartement de Marta, en fait.

– Ah bon ?

– Oui.

Il se gratta la tête à travers sa tignasse blanche ébouriffée.

– Marta a acheté cet appart il y a des années.

– Pourquoi ?

– Elle… avait envisagé de me quitter. Ou pour tout dire, elle l'avait fait. Mais au bout de quelques semaines, je l'ai convaincue de revenir. Elle a revendu l'appartement, ou du moins, c'est ce que je croyais. Je ne me mêlais pas de ses finances, elle a gagné beaucoup d'argent, pendant un temps. Mais maintenant qu'elle n'est plus là, son comptable m'a donné la liste de tous ses biens. Et du coup… eh bien, j'ai découvert que cet appart, contrairement à ce qu'elle m'avait dit, elle ne s'en était jamais débarrassée, conclut-il en montrant la porte d'un signe de tête.

– Alfred Rogne le lui a loué toutes ces années ?

– Oui, sans doute. Ou alors…

Hauki parut hésiter à formuler la solution B, ou à en rester là.

– Il semblerait que Tobias et lui aient habité ici… sans payer.

Ça alors. Si Agnes avait une certitude à propos de Marta, c'était bien qu'elle ne donnait jamais rien gratuitement.

– Et ce soir, tu es venu voir Alfred ?

– Oui… J'ai essayé de le joindre par téléphone, je pensais parler avec lui de la façon dont on pourrait s'arranger maintenant que… que Marta n'est plus là. Elle avait peut-être ses raisons de le laisser s'installer ici sans qu'il paie de loyer, mais moi, je ne suis peut-être pas aussi généreux. Il est adulte, quoi. Et cet appart, ce n'est pas vraiment un HLM. Alfred n'était pas à la maison. J'ai failli repartir, mais j'ai changé d'avis, et je suis entré avec le double de clef que j'ai trouvé à la maison.

À présent, le vieil homme avait l'air honteux.

– Et là-haut, je suis tombé sur…

Agnes frissonna.

– Tu es tombé sur quoi ?

Hauki se tut, mit un doigt sur sa bouche.

– En fait, je devrais avertir la police immédiatement, mais… Viens voir.

Il ouvrit l'appartement du troisième étage. Agnes vit d'abord ce qui l'avait déjà frappée la première fois, cette vaste entrée aux murs clairs. Le long couloir qui s'ouvrait sur un grand salon blanc, avec une rosace en stuc au plafond, lui évoqua de nouveau les quartiers chics d'Oslo. Elle entra dans la pièce et revit le piano. Les tableaux. La table en teck foncé.

Mais cette fois, il n'y avait pas que des biographies de musiciens et autres livres à visée décorative.

À présent, elle disparaissait sous une marée de petits sacs en plastique transparents. La plupart contenaient des comprimés, certains de la poudre. Agnes avait beau avoir une expérience des plus limitées en matière de drogue, elle comprit immédiatement ce qu'elle avait sous les yeux.

Des substances à consommer ? Impossible.

Tout ça était forcément destiné à la vente.

– Putain, fit Agnes.

– Eh oui, dit Hauki. Un vrai nid de dealer.

Agnes fixait l'étalage sans mot dire.

Quelques années auparavant, elle avait lu un article intitulé LES NOUVEAUX TRAFIQUANTS DÉBARQUENT. Des individus aux métiers des plus ordinaires, parmi lesquels un expert informatique et un coiffeur pour hommes, avaient été condamnés au titre du paragraphe dit « antimafia », pour avoir vendu de la drogue sur le darknet. Ce mode de vente, qui transitait simplement par voie postale, était en train de devenir un problème de société, commentait un représentant de la police, et ceux qui étaient à l'origine du phénomène se distinguaient des dealers habituels. Certains des revendeurs sur Internet pratiquaient leur trafic de substances illégales par l'intermédiaire d'une boutique en ligne baptisée « Quali », disait l'article.

Voilà donc de quoi vivait le pianiste de jazz Alfred Rogne, adulé par la critique ?

Lui qui n'avait même pas à payer un loyer pour l'appartement le plus cher de tout Voss ?

– Bon, il vaut sans doute mieux qu'on ne laisse pas nos empreintes par ici, observa Hauki. Ça pourrait vite devenir des pièces à conviction.

Agnes le regarda.

Pensait-il la même chose qu'elle ?

L'un de ces sachets renfermait peut-être le poison qui avait tué sa femme.

Agnes s'arrêta devant la petite maison de la rue Knute-Nelson, du nom de ce personnage qui avait émigré en Amérique et fini sénateur. Même dans l'obscurité du soir, la curieuse maisonnette charmait le regard. L'éclairage de la rue donnait à ses murs de bois différents reflets colorés. On aurait dit que les Allemands, lorsqu'ils avaient bombardé les rives du lac pendant la guerre, avaient oublié Evanger.

Agnes avait encore le pouls rapide. Elle se sentait inquiète et tremblait. La réaction à tout ce qui s'était passé aujourd'hui, sans nul doute.

Son expédition de tous les dangers dans la neige.

Didrik à l'hôpital.

De la drogue chez Alfred.

Cette double vie obscure qu'il semblait mener la choquait profondément. Marta savait-elle ce qui se déroulait dans l'appartement dont elle était propriétaire ? Ce n'était pas possible. Il y avait tout lieu de penser qu'une femme qui avait envoyé Didrik Rogne en prison pour violences conjugales aurait réagi tout aussi vivement à de la consommation ou de la vente de drogue.

Une nouvelle pensée la frappa.

Était-ce précisément la raison pour laquelle on l'avait tuée ?

Alfred était déjà en garde à vue : au moins, les flics l'auraient sous contrôle quand Hauki les informerait de sa découverte.

À travers son pare-brise, Agnes vit la porte de la maison s'ouvrir. Alexander sortit sur le perron, en jean et marcel blanc. Elle se sentit tout de suite plus calme.

– Tout va bien ? demanda-t-il quand elle sortit de la voiture.

Manifestement, il avait lu sur son visage qu'il y avait quelque chose. Elle acquiesça.

– C'est juste que j'ai eu une journée interminable, dit-elle. Et qu'il y a bien trop longtemps que je n'ai pas fait ça, ajouta-t-elle en appuyant la tête contre son cou et en respirant son parfum.

Il ne répondit rien.

Lui prit la main et l'entraîna chez lui.

SAMEDI, VEILLE DE PÂQUES

Le soleil matinal se faufilait dans l'interstice entre les rideaux, et Agnes venait de toucher au septième ciel pour la deuxième fois… Elle bâilla, tendit le bras vers son téléphone… À peine cinq heures de sommeil. Trop de grands frissons et pas assez de sommeil, voilà un problème qu'elle n'aurait jamais pensé avoir un jour. D'habitude, il fallait un temps fou pour qu'il se passe quelque chose, et encore, si quelque chose se passait. Cette nuit, elle avait eu l'impression de traverser une armoire et de découvrir de l'autre côté un monde parallèle, un monde de conte de fées.

Le sexe de cette façon-là, c'était presque meilleur que la bouffe !

C'était seulement maintenant, allongée sur le dos après avoir repoussé Alexander sur le côté, qu'elle voyait à quoi ressemblait son intérieur.

La chambre était peinte en gris foncé, deux grandes plantes vertes se dressaient dans les angles. De longs rideaux blancs pendaient devant la fenêtre, touchant presque le plancher, une nécessité sans doute, pour échapper aux regards de la rue. La pièce tout entière était pimpante et fraîche, et Agnes se demanda si la décoration était l'œuvre de son ex. Il y avait en tout cas des traces d'elle, ici. Le placard ouvert qui couvrait le mur opposé au lit ne contenait pas de vêtements de femme, Agnes n'y voyait que du gris et du bleu, les deux couleurs qu'Alexander portait d'ordinaire. Quantité de gravures ornaient les murs, toutes joliment encadrées.

– Ah, Agnes, Agnes, soupira Alexander, et il s'alluma une cigarette alors qu'il était encore couché.

Très cliché ce geste, mais elle adorait, c'était comme dans les films.

– Qui aurait pu croire qu'on se retrouverait là tous les deux, à se faire plaisir l'un l'autre ?

Elle rampa jusqu'à lui, lui chipa une bouffée de cigarette. Fumer à l'intérieur, comme Bonnie et Clyde, pensa-t-elle.

– L'univers, peut-être ? suggéra-t-elle.

Elle regretta aussitôt, elle allait avoir l'air de croire à ces bêtises.

– Pas de doute, l'univers, répéta-t-il, et il rit. Tu te souviens quand tu m'as demandé si j'avais pensé à toi pendant toutes ces années ?

Elle opina.

– Quand mon mariage allait mal, ce qui a duré longtemps, je pensais souvent à ce que ça aurait donné avec toi. Tu as bien pris racine dans ma tête, Agnes Tveit.

Ils s'embrassèrent, avec leur double haleine tabagique, et il plongea vers elle sous la couette. Il était prêt à recommencer, déjà, constata-t-elle. Un peu tôt, elle se sentait encore douillette, mais tant pis, elle en voulait encore. C'était peut-être à l'âge adulte qu'il était devenu l'amant qu'il était, mais elle se sentait presque triste à l'idée de tout ce qu'elle avait manqué en restant à distance quand ils étaient lycéens. Dire qu'il aurait pu être le premier ! Celui avec qui elle avait fait ses débuts à la place avait beaucoup de confiance en lui, mais de piètres capacités, et elle ne lui avait plus jamais reparlé.

Dix minutes plus tard, Agnes était en route pour un troisième orgasme, quand elle vit passer devant ses yeux le sourire niais de Ken-Åkervold.

Merde et merde. Pourquoi refaisait-il surface, celui-là ?

Était-elle d'une nature aussi destructrice ? Fallait-il vraiment qu'elle abîme cette merveilleuse aventure qui commençait tout juste ? Allait-elle réussir à tout foutre en l'air, une fois de plus ?

Un verre d'eau. Du café. Un endroit où réfléchir. Agnes alla dans la cuisine, trouva les filtres et le café, mit en marche la cafetière avant de regarder autour d'elle, dans cette pièce claire, sans rideaux. Il y avait un cadre rouge accroché dans l'encadrement de la fenêtre, avec un selfie et cinq sourires tout près les uns des autres. Deux grands et trois petits. Alexander, Olivia et leurs enfants. Ils semblaient si heureux.

Agnes en eut un coup au cœur. Ce devait être terrible pour Alexander que ses enfants vivent à l'étranger.

Cette pensée infiniment mélancolique avait à peine eu le temps de la traverser qu'elle sentit ses deux bras si forts l'encercler.

Elle se retourna et se serra contre son torse chaud et moelleux, contre ce corps qu'elle avait l'impression d'avoir exploré en quelques heures de stage intensif.

– Ils doivent beaucoup te manquer, murmura-t-elle pendant qu'ils se tenaient ainsi.

Il acquiesça dans ses cheveux.

– J'ai peur qu'ils m'oublient. Ils sont retournés dans un environnement qu'ils connaissent, avec des grands-parents dans la maison d'à côté, et une école qu'ils n'avaient pas envie de quitter il y a deux ans. Maintenant, je suis celui qui n'a pas sa place dans ce décor, je ne cadre plus avec leur vie. On va bientôt leur dire de se comporter poliment envers moi.

Il soupira.

– Pour être honnête, c'était ce que je craignais le plus, que ça prenne cette tournure-là.

– Tu penses retourner à Bruxelles, toi aussi ?

Elle espérait ardemment qu'il dise non.

– Oui, forcément, répondit-il en s'écartant d'elle.

Il sortit deux tasses et les remplit de café.

– Qui n'y penserait pas ? Mais Olivia prétend qu'elle se débrouille très bien sans moi, et à part les enfants, rien ne m'attire plus là-bas. Je n'ai jamais fait mon trou à Bruxelles. Pour les musiciens free-lance, c'est dur, la Belgique. Et il s'est passé certaines choses…

Il secoua la tête comme pour chasser ce qui devait être de mauvais souvenirs.

– J'avais le mal du pays. J'ai été si heureux le jour où Olivia a accepté qu'on déménage en Norvège. Ça n'a pas été facile ici non plus, au début. Je regrette un peu qu'on ne se soit pas plutôt installés à Oslo, j'aurais été plus proche des milieux de la musique et Olivia aurait eu plus de possibilités de travail. Mais elle a réussi à monter cette boulangerie, et quand on m'a proposé le poste à Jazz à Voss, je me suis rendu compte que c'était ce dont j'avais toujours rêvé. En plus, les petits se plaisaient à l'école et à la crèche. C'est comme si tout s'était bien arrangé.

Agnes le regarda.

– Jusqu'à ce que ça s'effondre à nouveau, ajouta-t-il.

– Je peux te demander ce qui s'est passé ? Entre Olivia et toi, je veux dire ?

Il l'examina d'un regard interrogateur, comme s'il se demandait si ce n'était pas déplacé de le lui raconter.

– Je ne dois pas être facile à vivre tous les jours, finit-il par lâcher. Je suis tellement à fond dans ce qui me plaît, comme la musique. C'était comme ça aussi avec mon nouveau taf. Je suis peut-être trop ambitieux, mais si c'est le cas, c'est à cause de ce que j'ai traversé. On m'a beaucoup reproché d'avoir misé sur le saxo, plusieurs dans la famille pensent que j'aurais dû faire médecine, ou devenir avocat, ou quelque chose de sérieux. Mais pour moi, c'était important de réaliser mon rêve. Plutôt prendre des risques que d'être médiocre. En plus, je me suis toujours promis de ne jamais vivre aux crochets du pays qui m'a accueilli.

Que leurs parcours à tous deux étaient différents. Il l'impressionnait.

– Quand on m'a fait assez confiance pour m'attribuer le poste de directeur d'un festival aussi important… J'ai eu l'impression d'avoir enfin obtenu le tampon qui faisait de moi un vrai Norvégien, si tu vois ce que je veux dire.

Alexander eut l'air d'être ailleurs pendant quelques secondes, puis il hocha la tête.

– Le problème, c'est que je me suis sûrement montré très égoïste. Et en plus, Olivia est de nature jalouse. Depuis le premier jour à Voss, elle m'a soupçonné d'avoir une autre femme dans ma vie. Devoir argumenter pour se défendre quand on n'a rien fait, c'est assez désespérant.

Agnes se demanda ce qu'il aurait dit de son passé à elle. Peut-être serait-il bienvenu qu'elle lui fasse quelques confidences, elle aussi.

– Elle n'arrivait pas à me faire confiance, et quand on commence à avoir ce genre d'idées, ça ne doit pas être facile de s'en débarrasser. Que je rentre trop tard le soir ou que je parte tôt le matin, pour elle, c'étaient des signes qui confirmaient que j'avais une liaison.

Il haussa les épaules.

– Finalement, quand elle a décidé de partir, c'était encore à cause d'un malentendu. Je soupçonne qu'en fait, elle cherchait une issue, une raison de rentrer chez elle. Elle ne se plaisait pas tant que ça en Norvège. Et on n'avait sans doute jamais été faits l'un pour l'autre. Mais les enfants…

Il souffla bruyamment, l'air un peu résigné.

– Eh oui, qu'est-ce que tu veux. C'est la merde.

Quand Agnes remonta dans sa voiture, elle était partagée entre calme et inquiétude. Alexander semblait en avoir définitivement fini avec son ex. Autrement dit, la configuration Alex + Agnes pouvait avoir un avenir. Ce qui résoudrait tout pour elle. Par exemple, la pénible question des enfants. Être la belle-mère de trois petits domiciliés à Bruxelles, ce serait parfait. Ils pourraient aller là-bas de temps en temps, et auraient tout le reste du temps pour eux deux.

Mais Alexander réussirait-il à être vraiment heureux en voyant ses gosses sur FaceTime et en leur rendant visite un week-end de temps à autre ?

Serait-il heureux seul avec elle ?

Pour le moment, elle laissait Evanger derrière elle. Elle rejoignit l'autoroute en direction de l'est. Elle devait se concentrer de nouveau sur son travail. Elle appela Hauki et mit le téléphone sur haut-parleur.

– Qu'a dit la police ? lui demanda-t-elle sans détour.

– Je n'ai pas encore appelé, répondit-il.

Mon Dieu, mais quel mollasson. Ou alors, les Islandais se méfiaient des autorités. Après tout, ils avaient renversé trois gouvernements en moins de dix ans après la crise financière.

– Il faut que tu le fasses tout de suite !

– Bien sûr, dit-il. Mais il est encore tôt, et je pensais commencer par prendre un café.

Agnes soupira. Visiblement, Hauki ne comprenait pas l'urgence de l'affaire. Si la police, en plus de tous ces stupéfiants, trouvait dans l'appartement une poudre identifiée comme du carfentanyl, Alfred Rogne aurait de gros ennuis. Par contre, s'il rentrait chez lui avant que les flics ne soient passés, ce qui risquait fort de se produire puisque Hauki ne les avait pas encore prévenus, il aurait vite fait de se débarrasser de toutes ces pièces à conviction. Elle regretta qu'ils n'aient pas pris une photo, au moins.

– OK. Mais dis-moi, quand tu leur parleras, tu pourras peut-être t'abstenir de mentionner que j'étais avec toi dans l'appartement, hier soir ?

Autant que Viktor et Kristina Bachmann ne sachent pas qu'elle avait encore joué les espionnes.

– Parce que tu y étais ? rétorqua Hauki.

– Merci.

Agnes raccrocha et tapa le numéro de Viktor. Elle voulait lui demander si Alfred Rogne était encore en garde à vue, mais il ne répondait pas.

De retour à Voss, elle se gara derrière la banque et commença à remonter la rue Vangsgata, en tâtant le fond de sa poche de manteau.

La chouette fumeuse y était toujours.

Elle mit son téléphone sur silencieux. Si jamais il y avait quelqu'un dans le bâtiment, mieux valait éviter qu'on entende du bruit dans le cabinet de sa tante, une veille de Pâques. Puis, comme elle l'avait fait tous les samedis pendant tant d'années, elle ouvrit la porte dont la sonnette était étiquetée Dr Eline Tveit, monta les marches en cinq longues enjambées, exactement comme à l'époque, et ouvrit la seconde porte. Tel un cambrioleur de dessin animé, Agnes gagna sur la pointe des pieds le bureau de sa tante, sous la grande photo en noir et blanc de New York. Le gros ordinateur n'était pas éteint, il était juste en veille, mais à peine eut-elle touché la souris que surgit à l'écran le champ d'entrée du mot de passe.

Elle avait espéré que sa tante soit suffisamment naïve en matière d'informatique pour ne pas donner là-dedans. Mais sans doute la loi l'imposait-elle quand on était détenteur d'informations confidentielles concernant des patients.

Voyons, ma chère tante, pensa Agnes en s'asseyant sur l'inconfortable petit tabouret, quel code évident et piratable as-tu inventé pour protéger tes malades ?

Elle essaya *Tveit.*

Mot de passe incorrect.

Calcula l'année de naissance de l'intéressée et tapa *Tveit65*.

Le champ disparut, et Agnes se sentit dans la peau d'un détective de haut vol. Ou peut-être d'un cambrioleur de légende.

Il était tentant de chercher toutes les personnes de sa connaissance dans le fichier, mais le temps pressait. Elle saisit *Marta Tverberg* dans la zone de recherche, impatiente de voir si elle obtiendrait autre chose que des rhumatismes aux hanches et une hypertension artérielle.

Au moment d'appuyer sur « Entrer », elle fut prise d'un bouillonnement d'angoisse.

Sa tante risquait-elle de voir ce qu'elle avait cherché ? Le fichier des patients gardait-il en mémoire qui y avait fait une incursion et quand ?

Elle perçut soudain un mouvement près de la porte.

Elle leva les yeux. Ne vit rien. Mais crut deviner un bruit dans la pièce attenante.

S'il y avait quelqu'un, ce serait un terrible flagrant délit.

Agnes ne bougea plus, mais n'entendit rien d'autre que le discret ronronnement de l'ordinateur. Elle s'approcha de la porte, glissa un œil dans la kitchenette où sa tante se préparait son déjeuner et son café. Elle était vide.

Elle ressortit et, pour plus de sécurité, ferma à clef de l'intérieur la porte principale.

En se rasseyant sur le tabouret du bureau, elle parcourut les alentours d'un regard appuyé.

Puis elle ouvrit enfin le dossier de Marta Tverberg.

Il contenait beaucoup de texte, mais trois initiales crevèrent l'écran et vinrent la frapper au ventre.

Un S, un L et un A.

Agnes fixait l'écran, le regard rivé sur ces trois lettres.

Comme s'il était incapable d'aller plus loin.

SLA ?

Impossible.

On aurait posé sur la dynamique, l'insolente Marta Tverberg le diagnostic le plus lourd et le plus cauchemardesque ?

Agnes se souvenait d'avoir vu, il y avait quelques années, un documentaire télévisé où était évoqué le cas d'un homme qui avait couru des marathons dans le monde entier, avant que la maladie ne soit décelée chez lui. Il avait d'abord vu fondre tous ses muscles, puis perdu une à une ses fonctions corporelles. Regarder ce reportage avait été une épreuve pour elle, mais elle ne se rappelait pas le détail des explications. Elle ouvrit l'explorateur Internet et tapa SLA.

Sclérose latérale amyotrophique, ou maladie de Charcot.

Maladie rare et insidieuse se traduisant par une dégénérescence des muscles, liée à la perte des cellules nerveuses qui les commandent.

La définition qu'en donnait le site de la Sécurité sociale était illustrée par un fauteuil roulant vide.

Les premiers symptômes de la maladie consistaient en un affaiblissement d'un bras ou d'une jambe, ou des difficultés d'élocution, lut-elle. Et aussi cette remarque : le tout premier signe décelable peut être un manque de force dans une jambe, induisant une tendance à trébucher.

Agnes sentit un poids lui tomber sur le cœur.

Elle venait de se souvenir de ce jour, l'hiver dernier, où Marta était venue lui ouvrir la porte de sa maison entre deux béquilles.

– Qu'est-ce qui t'est arrivé ?

– Tu veux dire d'une manière générale, ou tu parles des béquilles ?

– Des béquilles ! Il t'est arrivé quelque chose ?

– Oui. Je suis devenue vieille.

– En l'espace d'une nuit ?

– À peu près. Avec la vieillesse, il se passe des choses mystérieuses.

– Comme ?

– Comme quand on se tord le pied en dansant dans le salon après un petit verre de rouge.

– C'est ce qui t'est arrivé ?

– Ce qui va se passer dans les temps qui viennent, en tout cas, c'est que je vais devoir danser avec des béquilles à la place de mon mari. Mais ça donnera sans doute le même résultat, j'imagine.

Quand elles s'étaient revues la fois suivante, les béquilles n'y étaient plus, et Agnes n'avait plus pensé à la cuisiner à ce sujet.

Les premiers symptômes de la maladie consistent en un affaiblissement d'un bras ou d'une jambe, ou des difficultés d'élocution.

Agnes parcourut rapidement le dossier et nota qu'on avait soumis la patiente à un examen sanguin, une radio des poumons, une IRM et ce qu'ils appelaient une « ponction lombaire ». Le diagnostic remontait au 22 avril. Il y avait près d'un an. Quatre mois à peine avant qu'on ne sollicite Agnes pour sa biographie.

Voilà peut-être pourquoi Marta avait voulu que ce livre soit écrit dès maintenant.

L'espérance de vie moyenne des patients atteints de SLA était d'environ cinq ans à compter du diagnostic, disait le site.

Quelle horreur.

Bizarrement, après tout ce qui s'était produit, Agnes puisait une sorte de consolation en comprenant que Marta serait morte de toute façon d'ici quelques années. Qu'elle avait échappé à l'enchaînement de stades de plus en plus pénibles de cette maladie.

Ce qui n'empêcherait pas Agnes de chercher à savoir qui l'avait tuée. Au contraire.

L'auteur du geste ne savait sûrement pas qu'elle était atteinte de SLA. Sinon, il n'aurait pas eu à se donner tant de peine.

Elle imprima le dossier, effaça le journal de l'explorateur et referma la session.

À cet instant précis, un son lui arrêta l'oreille.

Agnes jeta un œil à son téléphone, mais non, il était sur silencieux.

Le bruit venait-il de la cuisine ?

Le cœur affolé, elle se glissa de nouveau jusqu'à la cuisine, ouvrit prudemment la porte.

Il y avait une tasse par terre. Mais elle n'était pas cassée.

La fenêtre laissait passer un filet d'air. Agnes ne l'avait pas remarqué plus tôt.

Ce devait être le vent. Une bourrasque passagère : les rideaux ne bougeaient pas.

Elle parcourut des yeux la petite pièce. Il n'y avait rien, ici. À part cette sensation oppressante.

Agnes reposa la tasse sur le plan de travail. Il était temps de déguerpir.

Elle dévala sans bruit les marches, ouvrit la porte donnant sur la rue et happa l'air vif. Le soleil lui agressa les yeux, tant le contraste avec l'obscurité du cabinet médical était violent. Elle mit une main en visière. Il faisait un temps printanier aussi splendide que la veille, et la rue était de nouveau animée. En croisant des familles en tenues de ski bariolées aux visages luisants de crème solaire toute fraîche, elle sentit la lueur trouble du crime irradier de sa personne.

Elle sortit son téléphone pour répondre à sa tante que ses

rosiers se portaient bien, et constata qu'elle avait manqué un appel.

Le numéro lui disait quelque chose, mais elle ne l'avait pas enregistré.

Elle consulta l'annuaire. Kurt D. Guneriussen.

Il venait de la rappeler, apparemment : un message arriva, envoyé par le même numéro.

Bonjour, je suis désolé de répondre si tard. J'échangerais volontiers avec vous. Rappelez-moi, ou si par hasard vous vous trouvez du côté de Myrkdalen, passez donc prendre un café. Kurt G.

Kurt Guneriussen n'était donc pas à Berlin. Le pianiste qu'on disait si farouche passait ses vacances de Pâques, comme tant d'autres Bergenois, à une petite demi-heure de Voss.

Quand elle approcha de la station de Myrkdalen, la neige recouvrait la terre d'un épais tapis scintillant. Un tracteur était garé près d'une grange rouge, quelques chevaux tournaient paresseusement en rond dans leur enclos. La vie des fermes semblait à l'arrêt, comme si toute l'attention s'était reportée pour un temps sur les installations de ski, quelques centaines de mètres plus haut.

Des jours comme celui-ci, Agnes réussissait à comprendre ceux qui avaient le courage de rester des heures à se geler dans les remontées mécaniques, pour ne rien dire des queues interminables qu'il fallait endurer avant d'atteindre les tire-fesses, pour redescendre en quelques minutes et recommencer.

Elle se sentit atteinte par la fièvre des vacances de Pâques. Comme si l'affreuse et troublante information qu'elle venait de découvrir lui donnait plus envie de profiter de la vie. D'être avec Alexander. De se montrer plus gentille envers sa famille.

Il lui semblait que c'était hier, cette période où l'on commençait à entendre parler du projet de transformer la zone agricole de ce bled en un nouvel endroit où les Bergenois pourraient venir faire du ski alpin. Si elle avait bien compris, c'était devenu entre-temps la plus grosse station de sports d'hiver du

Vestland. Elle-même n'avait jamais descendu ces pistes-là, mais c'était dans ses intentions : certes, le ski de descente n'était pas trop son truc, mais elle en appréciait d'autant plus l'après-ski et les refuges de montagne fleurant bon la cuisine épicée.

De toute évidence, elle n'était pas la seule. Le parking était plein à craquer, les immeubles plus nombreux et plus imposants que la dernière fois où elle était passée par là. On aurait pu s'attendre à ce qu'un solitaire comme Kurt Guneriussen achète un chalet isolé, plus loin dans la vallée, plutôt qu'un appartement au pied des pistes, au beau milieu de la frénésie touristique. Agnes trouva l'immeuble, monta les deux étages et chercha l'appartement 3B. Un méli-mélo de skis, de bâtons et de snowboards s'empilait devant la porte. Elle sonna. Deux secondes plus tard, un petit garçon de cinq ou six ans tout au plus vint lui ouvrir. Il portait un tricot de laine bleu et vert, et avait les joues rouges comme s'il revenait tout juste des pistes. Derrière lui flottait une délicieuse odeur de pâtisserie qui inspira au ventre d'Agnes une salutation particulière.

– Vous aimez les crêpes, j'espère ? lui demanda l'homme qu'elle vit surgir main tendue dans l'entrée, avant de se présenter : Kurt. Il nous fallait quelque chose de chaud à nous mettre sous la dent, s'excusa-t-il, on revient de la première sortie de la journée.

– Agnes, dit-elle, souriante. J'adore les crêpes.

Elle suivit les deux apparitions jusque dans la cuisine, où trois autres personnes étaient assises. Sa femme et deux autres enfants un peu plus grands, un garçon et une fille. Une pile de crêpes occupait le centre de la table.

– Mes beaux-parents m'ont offert une poêle spéciale pour Noël. Il faut la rentabiliser, n'est-ce pas ? déclara Guneriussen joyeusement. Servez-vous !

Cinq œufs de Pâques pendaient dans l'encadrement de la fenêtre, entre les rideaux jaunes. Sur le plan de travail étaient disposées deux ou trois poules au corps fait d'un rouleau de papier toilette et aux plumes multicolores. Il faisait bon, ici, l'ambiance était chaleureuse, et Agnes s'étonna que Guneriussen ait l'air si... joyeux. Elle ne l'avait pas imaginé en père de famille. Elle appréhenda de devoir présenter sa sinistre affaire en si agréable compagnie. Mais quand elle eut avalé deux crêpes bien épaisses tartinées de crème et de confiture, elle fut soulagée de voir les trois enfants se lever de table, et leur mère disparaître avec son téléphone.

– Vous vouliez me poser quelques questions pour votre livre ? l'encouragea Guneriussen, en remplissant leurs tasses de café.

Il n'était pas spécialement bel homme, avec ses cheveux rares et son teint pâle, mais ses yeux verts semblaient francs. Agnes s'essuya la bouche dans sa serviette en papier.

– Oui, comme je vous l'ai expliqué, je travaille sur la biographie de Marta, et c'est une tâche un peu particulière depuis... ce qui s'est passé. Ça m'intéresse beaucoup de discuter avec d'autres personnes qui connaissent le milieu local du jazz.

– C'est un plaisir d'avoir votre visite, répondit Guneriussen, et elle commença vraiment à se demander si Alexander n'avait pas été mal informé s'agissant de la prétendue timidité du pianiste.

Ou alors, cet homme cachait bien ses angoisses.

– Je cherche à échanger avec le plus de monde possible parmi ceux qui l'ont approchée, et en même temps, je voudrais décrire le monde du jazz de manière exacte. Vous les connaissiez bien, elle et le festival ?

Le visage de Guneriussen se fit soudain plus sérieux.

– Oui, enfin, depuis plusieurs années, je passe plus de temps à Berlin qu'en Norvège, mais c'est là-bas que j'ai fait la connaissance de Marta. Elle y séjournait souvent pour des concerts. J'étais de ceux qui estimaient qu'il était grand temps que son tour vienne, pour la composition, elle qui était du coin, mais…

Il se racla la gorge.

– Mais je dois dire qu'après ce qui s'est passé, ça fait plutôt un drôle d'effet.

– Parce que… vous avez le sentiment que vous auriez pu être tué à sa place ?

Elle avait parlé tout bas, pour éviter que les enfants n'entendent.

– Oui, ça aussi. Mais j'en déduis surtout qu'on voulait que ce soit elle qui monte sur scène, pour que quelqu'un puisse la supprimer de cette manière-là et pas d'une autre.

– Là, je ne vous suis plus vraiment. Vous avez bien cédé la place vous-même, pour la composition ?

– Oui…

Il baissait les yeux. Manifestement, il ne disait pas tout.

– Vous ne l'avez pas fait volontairement ?

Guneriussen toussota. Hésita encore un peu. La regarda, l'air de se demander s'il pouvait se fier à elle.

– Si, c'était une décision volontaire, finit-il par lâcher. Mais on m'a versé deux cent mille couronnes pour que je la prenne.

Agnes se sentit soudain glacée sous son gros pull.

Les pensées rebondirent dans sa tête comme des balles de ping-pong.

Maintenant qu'elle se taisait, elle découvrait l'angoisse dans les yeux de Guneriussen.

– Je n'aurais pas dû le dire, ce n'était pas ce que vous me demandiez. Pardon. Mais je traîne ça comme un poids depuis samedi, et je n'ai pas osé appeler la police. Alors maintenant que vous êtes là…

Il jeta un coup d'œil autour de lui, vérifiant que les autres n'entendaient pas.

– Il fallait absolument que je le dise à quelqu'un, conclut-il.

– Cet argent, c'est... Alexander Kosanovic qui vous l'a versé ? demanda-t-elle d'une voix nerveuse.

– Non ! Non ! s'indigna-t-il en secouant énergiquement la tête. Pas Alex. Lui n'a rien à voir là-dedans. Je ne crois même pas qu'il ait été au courant. C'est venu de la présidente du comité d'organisation.

– Hein ? Lucy Fagnastøl ?

– Oui.

– Mais sous quel prétexte ?

– Aucun. Elle m'a simplement promis cette belle somme si je m'engageais à ne pas en parler, tout en repoussant à l'année prochaine la composition que j'avais commencée pour le festival.

– Donc vous êtes doublement gagnant ?

– Eh oui. Ça me laissait plus de temps – et Dieu sait que j'en ai besoin, parce que je suis un peu névrosé et très perfectionniste – et en plus, j'ai eu un gros chèque.

– Mais ça ne vous a pas paru... bizarre ?

– Si, bien sûr. Mais je me suis rassuré en me disant que c'était la preuve que j'avais fait mon trou dans le milieu du jazz, que les gens organisaient les choses comme ils voulaient – en tout cas ceux qui ont de l'argent.

Guneriussen fixait sur elle son regard vert.

– Mais je ne pouvais pas garder ça pour moi plus longtemps.

À peine retournée à sa voiture, Agnes appela Lucy Fagnastøl.

Pas de réponse.

Elle tenta sa chance une seconde fois avant de finir par lui envoyer un SMS, dans lequel elle disait avoir à lui parler de nouveau, de préférence au plus vite.

Kurt Guneriussen lui avait promis d'aller voir la police, Agnes lui ayant assuré qu'il n'en résulterait pas de problèmes pour lui.

Si Viktor, Kristina Bachmann et compagnie ne s'en étaient pas encore occupés, il était grand temps qu'ils fouillent un peu plus du côté de Lucy Fagnastøl et de Svein Rogne.

Toute la famille avait l'air de tremper dans l'affaire.

Il y avait ce que Svein Rogne avait dit à son interlocuteur, quand il parlait au téléphone chez Hydro Texaco : ils ne savaient rien. Ce qu'Agnes avait lu dans le mail de Lucy adressé à Didrik : ils ne devaient rien dire à la police pour l'instant. Et ce propos de Didrik, se plaignant d'être toujours celui qui devait « faire le ménage ».

Et puis le dictaphone qu'on avait glissé dans sa boîte aux lettres.

Elle avait toujours pensé que la femme qu'on entendait sur

l'enregistrement était Marta elle-même. Mais était-il imaginable que ce soit plutôt Lucy Fagnastøl ? En y réfléchissant, toutes deux ayant le même âge, elles avaient aussi des voix assez ressemblantes – et la même façon de contenir leur dialecte.

Mais si les deux personnes qu'on entendait parler étaient Lucy et Svein, qui avait pu les enregistrer ?

Agnes ouvrit la fenêtre, inspira une bouffée d'air frais, regarda avec regret la blancheur immaculée de la piste de ski, tranchant sur le ciel bleu. « Tu n'as qu'à demander à Lucy Fagnastøl si elle pense qu'elle en serait là sans Marta », avait écrit Hauki, se souvint-elle.

Un coup d'œil au téléphone. Toujours pas de réponse.

Puis elle chercha le nom de Fagnastøl dans les journaux en ligne et sur Google, mais ne trouva rien d'intéressant. Elle voulut appeler Viktor pour lui demander ce qu'il en était de son casier judiciaire. Il ne répondait pas non plus.

Putain !

Elle tapa sur son volant, déclenchant involontairement le klaxon.

Bon, il était grand temps qu'elle décolle d'ici, ou Kurt Guneriussen et sa famille commenceraient à se poser des questions.

Puis elle eut une inspiration soudaine.

Elle appela le Retraité, qui répondit sur-le-champ. Quand elle eut raccroché, elle démarra enfin et repartit en direction de Voss.

Une image vaut mille mots, dit-on. Le moment était venu de vérifier l'adage.

Quand elle retrouva sa place sur le parking du *Hordaland*, le Retraité l'attendait dehors, devant l'entrée.

– S'il y a quelqu'un qui devrait être en vacances dans son chalet un samedi de Pâques, c'est bien toi, dit Agnes en embrassant son vieux collègue qui sentait l'après-rasage Old Spice et le café filtre. Ça me choque que tu n'y sois pas.

– Je n'ai jamais aimé me balader avec des planches aux pieds, confia le vétéran du journal local, Gudmund Rio de son vrai nom, en lui ouvrant la porte. Et ce n'est pas maintenant que je vais m'y mettre. Ça fait plaisir de te voir, Tveit. On te manque un petit peu quand même ?

Quand ils pénétrèrent dans les locaux où l'odeur des bureaux côtoyait celle de l'imprimerie, elle se rendit compte qu'il n'avait pas tort. Que cet endroit lui manquait. Qu'elle était peut-être journaliste, finalement, plutôt qu'écrivain.

– La liberté, c'est la vie, déclara-t-elle, en espérant que le ton était convaincant.

– Il paraît. Mais si jamais tu changes d'avis, tu nous sonnes, OK ? Parce que je ne rajeunis pas. Un de ces jours, le poste de rédacteur en chef sera de nouveau à prendre.

Il cligna de l'œil, ce n'était donc qu'une plaisanterie, mais elle s'efforça quand même de dissimuler à quel point elle était flattée, avant de le suivre dans l'escalier en colimaçon de la rédaction.

– Tu voulais voir de vieilles photos ? lui demanda-t-il. Les archives n'ont pas bougé. Vas-y. Je suis dans mon bureau si tu as besoin de moi.

Il s'éloigna en sifflant pour rejoindre son antre, tout au fond du bâtiment. L'ambiance avait l'air tellement meilleure, maintenant qu'Eskildsen était parti, se dit Agnes tout en se dirigeant d'un pas décidé vers le grand placard. Il y avait de quoi s'étonner que les énormes archives photographiques n'aient pas encore été numérisées, maintenant que le journal s'était tant modernisé par ailleurs, avec les retransmissions en direct de l'illumination du sapin de Noël et du défilé du 17 mai, et les enregistrements de podcasts. Paradoxalement, toutes ces nouveautés étaient intervenues sous le règne du Retraité.

Elle ouvrit le tiroir marqué d'un F, avança du bout des doigts jusqu'à *Fagnastøl, Lucy*. La vigilante Lucy n'avait laissé filtrer dans la presse locale qu'un petit nombre de photos, essentiellement en rapport avec sa nomination à la présidence du comité d'organisation du festival, sans doute. Et celles illustrant les éventuelles interviews réalisées à ce sujet se trouvaient dans les archives numériques, pas ici.

Agnes regarda la photo d'un groupe d'enfants entre les stands d'une vente, quelques-unes de la fanfare et d'autres où elle posait avec Marta Tverberg, avant d'en tirer une sur laquelle on voyait un couple jeune et beau qu'elle eut du mal à reconnaître. Il la tenait par la taille, elle avait la tête posée sur son épaule.

Lucy Fagnastøl et Lauritz Fadnes. Les deux amoureux, étudiants à Bergen, sont revenus soutenir leur amie Marta Tverberg en concert à Voss, lut-elle au verso.

Pile dans le mille.

Cette liaison, personne ne lui en avait rien dit.

Une raison de plus pour penser que tonton Lauritz ne devait pas mettre souvent les pieds chez son frère et sa belle-sœur.

Agnes jeta un nouveau coup d'œil à son téléphone. Lucy Fagnastøl n'avait toujours pas réagi à son message. Agnes en envoya donc un deuxième :

Désolée, j'ai oublié de mentionner à quel sujet je souhaitais vous parler. J'aurais plusieurs questions à vous poser, mais j'aimerais surtout savoir pour quelle raison vous avez versé 200 000 couronnes à Kurt Guneriussen pour qu'il renonce à composer un morceau pour le festival.

Cette fois, la réponse mit moins de cinq minutes à arriver.

Lucy Fagnastøl, en pantalon de ski et en anorak de montagne, avait l'air de n'avoir quitté les pistes de fond que pour faire un petit détour. En réalité, comme Agnes avait récemment eu l'occasion de le constater, il y avait un bon bout de chemin entre Mjølfjell et Voss. Mais peut-être, comme beaucoup d'autres, était-elle revenue en ville pour passer au magasin d'alcool, le vin risquant de manquer au fil du long week-end. À moins qu'elle n'ait fait le trajet spécialement pour ce tête-à-tête au café Vangen. En tout cas, elle semblait bien moins à son aise que lorsqu'elle avait reçu Agnes dans son chalet. Assise au plus près de la fenêtre, elle étreignait sa tasse à deux mains.

– Je suis contente qu'on ait pu se voir dès aujourd'hui, dit-elle. Ça sera bien de dissiper tout de suite ce malentendu.

– Quel malentendu ?

– Cette histoire qui voudrait que j'aie payé Guneriussen pour qu'il se désiste. Ce sont des idioties, de pures inventions. Il est exact que je lui ai versé deux cent mille couronnes l'année dernière, mais c'était sa rétribution pour un concert. Il a joué à notre garden-party.

– La garden-party du tribunal de Bergen ?

– Non, la nôtre, à Sven et moi. Une fête privée que nous organisons tous les mois d'août chez nous, depuis cinq ans.

– Vous engagez tous les ans un artiste pour deux cent mille couronnes… ?

– C'est précisément ce que je comptais vous expliquer. Il va de soi que, d'ordinaire, nous ne fonctionnons pas avec des honoraires aussi élevés. Mais l'année dernière, c'était un peu spécial, sachant que Guneriussen avait dû renoncer à son cachet pour la composition, j'avais un peu mauvaise conscience vis-à-vis de lui : son retard lui a coûté très cher en termes de revenus. Et comme il a plusieurs enfants, et… Enfin bon. Je me suis dit, autant faire d'une pierre deux coups, lui demander d'assurer la musique à notre fête et le rémunérer généreusement. Après tout, on en a les moyens.

– D'accord. Mais dans ce cas, pourquoi Guneriussen aurait-il menti à ce sujet ? Qu'avait-il à y gagner ?

Lucy Fagnastøl secoua la tête avec une mine résignée.

– Je me le demande autant que vous. Mais j'espère que vous lui avez réclamé la preuve que je lui avais versé cette somme pour la raison qu'il prétend.

Elle sortit son téléphone et montra à Agnes qu'elle ouvrait une application de comptabilité quelconque. Elle brandit bientôt l'écran sous le nez d'Agnes. *Honoraires garden-party*, lut-elle au bas d'une facture de 200 000 couronnes émise par Kurt D. Generiussen.

Agnes opina. Une raison très simple expliquait peut-être que Lucy Fagnastøl ait quitté la robe d'avocate pour celle de juge, se dit-elle en son for intérieur : elle était plus douée pour déceler les mensonges d'autrui que pour mentir elle-même.

Agnes, en tout cas, ne croyait pas un traître mot de ce qu'elle venait de lui raconter.

Elle aurait parié que Guneriussen, si elle lui passait un petit coup de fil, confirmerait qu'il avait écrit au bas de la facture ce que la présidente lui avait demandé d'écrire, arguant probablement que ce serait « plus simple pour tout le monde ». Mais comme le pianiste avait été assez bête pour lui obéir, il était impossible de prouver que les choses s'étaient déroulées de cette manière.

Lucy Fagnastøl, de l'autre côté de la table, paraissait satisfaite. Agnes décida de changer de sujet.

– Vous avez parlé avec Alfred depuis son arrestation, hier ?

Le visage de son interlocutrice s'assombrit.

– Alfred… arrêté ?

– Pour avoir cogné sur Didrik, oui. Pas vraiment idylliques, les relations de famille, on dirait ?

Elle s'était mise dans la peau de celle qui mène l'interrogatoire, et sentit soudain qu'elle prenait plaisir à ce style agressif. Confronter cette femme avec des faits pour susciter sa réaction, c'était ce qu'elle voulait.

– Je dois partir, dit la magistrate en se levant brusquement.

– Vous saviez que Marta était atteinte de SLA ? lança Agnes dans son dos.

Lucy Fagnastøl s'arrêta. Se retourna.

Pour la première fois, Agnes lui vit une expression qui n'avait rien de faux. Elle semblait effrayée.

– Qu'est-ce que vous dites ? SLA, la maladie SLA ? Marta avait une santé de fer !

– En apparence, oui. Le diagnostic remontait à un an.

Lucy se couvrit la bouche d'une main, devint songeuse. Puis elle hocha la tête.

– Mon Dieu. C'est terrifiant. Pauvre Marta.

Mais oui, elle paraissait sincère.

– Et comme si ça ne suffisait pas, quelqu'un l'a assassinée, répondit Agnes. Alors si vous avez choisi de passer sous silence quelque chose que vous savez sur elle, ou concernant l'affaire, je pense que vous feriez bien d'y réfléchir à nouveau.

Le visage de Lucy Fagnastøl passa du trouble au défi.

– Sinon… ?

– Sinon rien. J'essaie seulement de trouver qui a tué Marta et Tobias.

– Alors nous sommes deux.

Lucy debout, Agnes assise, chacune soutenait le regard de l'autre, comme dans un jeu consistant à ne pas détourner les yeux la première.

– Depuis quand êtes-vous présidente de Jazz à Voss, déjà ?

– Depuis 2017.

– Vous avez collaboré étroitement avec Lauritz Fadnes, durant ces années-là ?

– Juste le nécessaire, sur un plan strictement formel. Mais vous n'ignorez certainement pas qu'il était mon beau-frère. Pourquoi cette question ?

– Oh, je pensais simplement au fait que vous aviez été si bons amis, autrefois.

À présent, c'était la méfiance qui se lisait sur ses traits.

– Qu'est-ce que notre vieille amitié vient faire là-dedans ?

– Je m'étonne simplement que vous… perdiez aussi facilement vos amis. Marta et Lauritz. Deux mousquetaires sur trois, si je puis dire.

Quelque chose s'était produit chez Mme Fagnastøl en entendant cette expression, observa Agnes.

– Y a-t-il une raison particulière qui explique que cette amitié ait pris fin ?

La magistrate examina Agnes comme pour tenter de deviner ce qu'elle savait, puis secoua la tête.

– Comme je vous l'ai dit, Marta et moi avons pris des chemins différents.

– Est-ce à ce moment-là que Lauritz et vous êtes tombés amoureux ?

Elle soupira. Sans doute s'attendait-elle à ce que le sujet vienne sur le tapis.

– Nous avons vécu ensemble quelques années, effectivement. Jusqu'à ce que je… choisisse son frère. Alors il est compréhensible que nos relations se soient refroidies pour de bon. Lauritz est devenu obèse et solitaire. Et moi, je n'ai probablement jamais cessé d'avoir mauvaise conscience.

– C'est pour ça que vous avez toujours soutenu ses propositions de budget et que vous l'avez laissé à la tête du festival, alors qu'en principe, il aurait dû être remplacé depuis plusieurs années ?

Cette fois, c'était un coup de poker, Agnes ignorait si ce qu'elle venait d'avancer était vrai, mais sans doute avait-elle mis le doigt sur quelque chose, car cette femme qui maîtrisait si bien ses émotions eut soudain le regard flou et la parole hésitante.

– On peut dire beaucoup de choses de Lauritz, finit-elle par répondre, mais en tout cas, il s'y connaissait en jazz.

Agnes vit passer devant elle une voiture du commissariat de Voss au moment où elle s'apprêtait à s'asseoir dans la sienne. Elle avait cru reconnaître Viktor au volant. Soit il ne l'avait pas vue, soit il était pressé. En tout cas, il ne s'était pas arrêté. Mais puisqu'il roulait sans gyrophare, ça ne devait pas non plus être si grave ni si urgent.

Prise d'un accès de curiosité, elle démarra et le prit en filature.

Elle dépassa l'église, tourna après la banque, longea la boutique de souvenirs et l'ancienne maison médicale de Voss, s'engouffra dans le tunnel et suivit pendant un certain temps la route dénommée Gullfjordungsvegen, avant de constater que la voiture de police s'engageait sur la droite dans l'entrée d'une propriété. Numéro 15, nota-t-elle mentalement, mais elle poursuivit son chemin, sans quoi Viktor se serait dit qu'elle était devenue complètement folle. Il y avait déjà un risque qu'il l'ait repérée, mais elle pourrait toujours invoquer le hasard. Elle continua à monter la pente, jusqu'à l'immeuble qu'on avait construit à l'emplacement du vénérable Hangursbanen. Elle ne s'était pas encore vraiment habituée à la disparition du vieux téléphérique qui l'avait transportée avec des skis sur l'épaule pendant toute son enfance. Mais les appartements avaient l'air beaux. C'était dans un endroit comme celui-ci que ses parents auraient dû s'installer, s'ils avaient envisagé sérieusement de se débarrasser de la maison.

Elle s'arrêta sur le parking et sortit son téléphone, pressée de voir qui habitait la maison gris foncé devant laquelle Viktor s'était garé.

15, Gullfjordungsvegen, saisit-elle dans l'annuaire numérique, section « Particuliers ».

Les services téléphoniques n'étaient pas très à jour.

D'après eux, deux personnes étaient domiciliées dans cette maison.

Lauritz Fadnes et une femme du nom de Lisa Dagestad. C'était forcément une locataire : Fadnes n'avait pas eu de conquête féminine après le départ de Lucy Fagnastøl.

Agnes n'y tenait plus. Elle n'attendit que quelques minutes avant de redémarrer, redescendit doucement la pente et tourna à gauche, au numéro 15. La voiture de police était stationnée juste devant la porte d'entrée. Il y avait la place qu'il fallait pour la sienne par-derrière.

Elle sortit et leva les yeux vers les fenêtres qui donnaient sur le lac, en cherchant à voir Viktor. Ou à savoir si lui la voyait. D'ici, on avait un panorama magnifique, mais les fenêtres étaient trop petites, c'était ainsi qu'on construisait dans les années 1980, à l'époque où tout le monde considérait qu'avoir de l'air et une belle vue relevait d'un luxe. Si elle avait repris cette maison – ah, si Alexander et elle avaient pu habiter ici ! –, elle aurait fait percer ce mur pour le remplacer par une immense baie vitrée.

Il y avait à peine huit mois que Lauritz Fadnes était sorti d'ici les pieds devant. Si le jardin ne portait guère de marques de négligence, c'est que le sol était encore recouvert de neige.

Quand le printemps viendrait enfin, on verrait sans doute apparaître une pelouse souffreteuse de ne pas avoir été tondue depuis longtemps. Rester dans cette maison devait faire un drôle d'effet à la locataire.

Agnes saisit prudemment la poignée de la porte, qui glissa docilement sur ses gonds. Dès qu'elle eut mis un pied dans l'entrée, elle fut accueillie par une odeur mêlée de vieil homme et de vieilles choses. Sur les étagères, un peu partout, étaient disposés divers objets qui auraient pu sortir d'un magasin d'antiquités, du type bougeoirs et coupelles, tous à peu près aussi laids les uns que les autres. Une pile de journaux traînait par terre. Agnes jeta un coup d'œil au numéro posé par-dessus. Il datait du 29 août de l'année dernière.

La maison de Lauritz Fadnes était-elle vraiment restée en l'état depuis sa mort ? Ni son demi-frère Svein Rogne, ni son ex Lucy Fagnastøl, ni ses neveux Alfred et Didrik, personne ne s'était chargé de la corvée. De toute évidence, la mauvaise conscience de Lucy s'était envolée à la seconde où Lauritz avait disparu.

Mourir sans que quiconque se soucie assez de votre personne pour penser à ranger un peu derrière vous.

L'idée était presque aussi déplaisante que celle de retrouver, des mois après, une tartine à demi mangée sur une assiette.

Agnes jeta un œil par la porte de ce qui ressemblait à un appartement en rez-de-jardin. Il était totalement vide, sans un meuble ni le moindre objet. Cette Lisa Dagestad ne devait plus habiter ici, elle non plus.

– Qui est là ? lança la voix méfiante de Viktor depuis le premier étage. Il y a quelqu'un ?

Visiblement, il n'avait pas encore regardé par la fenêtre.

– Bonjour ! fit-elle d'une petite voix ridicule, pour le faire marcher.

Mais quand elle se montra dans l'escalier, Viktor ne semblait pas d'humeur à rire.

– Qu'est-ce que tu fous ici, nom de Dieu ?

– Ça va, merci, et toi ? Je passais par hasard, et j'ai vu ta voiture.

Viktor lui décocha un regard hostile.

– S'il y a une chose que j'ai apprise au cours des vingt dernières années, c'est que rien avec toi n'est le fruit du hasard.

– OK. Tu es passé en voiture, et je t'ai suivi. Quand j'ai compris à qui était la maison où tu allais, j'ai eu envie de voir où Fadnes vivait.

– Moi, j'aurais surtout envie d'être en week-end. Mais on n'a pas tout ce qu'on veut. C'est un lieu de crime, ici, Agnes, alors va-t'en, s'il te plaît.

– Oh. Dois-je comprendre que la police est maintenant certaine que Lauritz Fadnes a été assassiné ?

Viktor soupira. Et acquiesça.

– Beaucoup d'indices tendent à le montrer, oui.

– Et quand est-ce que tu avais l'intention de me le dire ?

– Tu sais quoi, si j'étais toi, je prendrais mes jambes à mon cou, avant que débarquent les techniciens, et d'avoir à expliquer à Kristina Bachmann pourquoi on a retrouvé tes empreintes digitales. Ne compte pas sur moi pour lever le petit doigt, si je puis dire.

Elle leva les bras, comme un criminel qui se rend.

– D'accord. Je m'en vais. Mais je me demandais : quand la locataire de Fadnes est-elle partie ?

– Il y a longtemps, il paraît, plusieurs mois avant sa mort.

– Donc ce n'est pas elle qui l'a retrouvé ?

– Non, répondit-il en regardant plus loin, vers la porte. Mais je t'ai déjà raconté que la police avait récemment eu une info : apparemment, quelqu'un serait sorti de la maison la nuit de... oui, la nuit du meurtre.

– Et pourquoi le témoin a-t-il trouvé ça suspect ?

– Sûrement parce que Fadnes n'avait jamais de visites nocturnes. Je ne sais pas.

– Mais quel...

– Si je te dis un mot de plus sur l'affaire, je perds mon boulot pour de bon. On se reparlera plus tard, Agnes. Il se passe des tas de choses, en ce moment. Ne fais pas de conneries.

Elle opina et lui fit au revoir de la main pendant qu'il entrait dans une autre pièce, la cuisine, semblait-il. Cette fois non plus, elle n'avait pas posé de questions concernant Alfred.

Agnes jeta un rapide coup d'œil à l'étroit couloir de l'étage. Quelqu'un avait dû fouiller cette maison une fois que personne n'y vivait plus, ou alors Lauritz Fadnes négligeait autant son logis que son apparence. Il y avait des vêtements, des journaux et des papiers dispersés partout, sur le plancher, sur la rampe de l'escalier et sur la petite table qui devait servir à l'époque où les gens avaient un téléphone fixe. Un journal moins épais que les autres, sans doute un titre étranger, émergeait d'une pantoufle immense. Elle la fit glisser et lut les mots *Club norvégien de Bruxelles.*

Son cœur bondit quand elle vit la photo qui illustrait l'article, en première page.

– Agnes ? appela Viktor d'une voix sévère depuis la cuisine.

– J'y vais.

Elle attrapa furtivement le journal et redescendit l'escalier en vitesse.

Les rues du quartier bordant le lac avaient recommencé à se vider, et l'obscurité ne tarderait pas à tomber.

Dans la tête d'Agnes, c'était déjà le crépuscule.

À peine avait-elle éteint son moteur, garée devant sa propre maison, qu'elle s'était emparée de sa trouvaille. Ne connaissant pas un mot de français, elle ne comprenait pas le gros titre du journal, mais parmi la bande de gens que l'on voyait sur la photo se trouvaient deux personnes qu'elle connaissait bien.

Marta Tverberg et Alexander Kosanovic.

Lui la tenant par l'épaule, elle agitant un drapeau norvégien, tous deux souriants.

Lui qui avait affirmé n'avoir jamais rencontré Marta avant de faire sa connaissance à Voss.

Le papier du journal était tout raide et jauni sur les bords. 23 mai 2017, lut-elle. L'article devait certainement faire un compte-rendu de la célébration de la fête nationale au club norvégien de Bruxelles, qui avait dû inviter Marta Tverberg à jouer.

Alexander et elle avaient incontestablement l'air de se connaître. À moins qu'ils ne se soient retrouvés par hasard sur la même photo ?

Agnes se dirigea à pas lourds vers la porte d'entrée, s'enferma dans la maison et entra dans la cuisine sans s'être déchaussée. Elle s'assit à la table, sortit son ordinateur, ouvrit Google Traduction et recopia dans l'application des bouts de texte grappillés par-ci par-là dans l'article. Les profs de français comme de norvégien auraient eu de quoi s'arracher les cheveux devant la traduction bricolée par l'application, mais Agnes réussit tout de même à cerner le sens de l'article.

LA DIVA DE JAZZ DE VISITE POUR LA FÊTE NATIONALE, clamait le titre.

Petits et grands s'étaient réunis le 17 mai à l'ambassade de Norvège à Bruxelles, où l'on avait notamment servi de la bouillie à la crème sure, des crêpes de pommes de terre et du saumon fumé.

La musique avait été confiée à *Marta Tverberg en personne*, qui avait fait halte dans la capitale belge à l'occasion de sa tournée européenne. Le journaliste avait interviewé beaucoup de monde, s'enquérant de ce que les invités préféraient dans la fête nationale, et de ce qui les intéressait le plus dans la manifestation du jour. Parmi eux, Alexander Kosanovic (trente-sept ans), musicien free-lance.

Les enfants se réjouissent de manger autant de glaces qu'ils le souhaitent, comme le veut la tradition, mais je me fais une joie pour le concert, répondait-il. *C'était merveilleux de rencontrer Marta Tverberg et de découvrir qu'elle est aussi plaisante que brillante.*

Alexander avait-il mauvaise mémoire, ou faisait-il partie de ces gens qui vous menaient en bateau ?

Elle retourna à la deuxième page du journal, et chercha le petit encadré mentionnant les noms et les numéros de téléphone de tous les membres de la rédaction. La rédactrice, la journaliste, la photographe et la responsable des réseaux sociaux se révélèrent être une seule et même personne, une certaine Marie Maes.

Agnes se demanda une seconde s'il était impoli d'appeler quelqu'un en plein week-end de Pâques. Le pire qui pouvait lui arriver, se dit-elle, c'était qu'une femme, quelque part en Belgique, soit furieuse contre elle.

Elle tapa le numéro.

– Allô oui ? C'est Marie, répondit la voix à l'autre bout du fil.

Agnes ne fut pas loin de sursauter. Elle s'était attendue à un « bonjour » ou un « bonsoir ». Certainement pas à cette entrée en matière aussi directe.

– Euh… Je parle bien à Marie Maes, à Bruxelles ?

– C'est bien ça ! répondit la voix. Sauf que je suis en vacances en Norvège, en ce moment. Je reviens tout juste d'une virée en montagne à Ørsta. Mais vous êtes… ?

Elle n'avait pas prévu comment expliquer son appel.

Au moment où elle ouvrait la bouche et déclinait son nom, elle décida de mentir.

– Je suis journaliste au journal local de Voss, le *Hordaland*. Je dois faire un portrait du responsable du festival de jazz, Alexander Kosanovic, et j'ai cru comprendre que vous aviez fait sa connaissance dans le milieu des Norvégiens de Bruxelles ?

La réponse se fit un peu attendre, un silence de quelques secondes qui inquiéta Agnes. Peut-être Marie Maes trouvait-elle cette demande curieuse. Ou peut-être qu'elle ne connaissait pas du tout Alexander, en dehors de cet article écrit un an auparavant.

– Alexander, oui ! finit-elle par dire. C'est quelqu'un. Très actif dans le milieu des expats, quand il habitait en Belgique, pour ne rien dire de la scène musicale internationale.

Agnes respira, le cœur tout réchauffé d'avoir entendu la façon dont cette femme parlait de lui. Tout ça découlait d'un malentendu, il y avait une explication.

Alexander lui manqua soudain terriblement.

– C'est juste tragique qu'il ait fichu en l'air sa famille pour des histoires de jeu, ajouta Marie Maes.

Où es-tu ? écrivit-elle. *Il faut qu'on parle.*

Alexander ne mit que quelques secondes à la rappeler.

– J'allais juste entrer chez Daniel, qui organise une petite fête avec l'équipe de foot. Il y a un problème ?

Impossible d'évoquer le sujet au téléphone.

Il faudrait qu'elle puisse le regarder dans les yeux, quand il lui expliquerait son mensonge. À la fois à propos de sa rencontre avec Marta, et de la raison pour laquelle sa famille et lui avaient quitté Bruxelles.

– Non non, assura-t-elle, en espérant que sa voix paraissait normale. Rien qui presse, on pourra en parler plus tard. Amuse-toi bien !

– On peut se retrouver plus tard, si tu veux ? Tu ne devais pas aller chez Ingeborg ?

– Si, je vais bientôt passer chez elle.

À cet instant précis, elle avait besoin de son amie, sentit-elle.

Et d'une bonne dose d'alcool pour recouvrir l'agitation de ses pensées.

– À la tienne ! lança Ingeborg en levant son verre de vin.

– Du calme, lâcha sèchement Agnes. Tu te souviens de ce

qui s'est passé la dernière fois qu'on a commencé de cette manière.

Mais elle prit tout de même une généreuse gorgée de vin blanc.

– Tu veux dire le soir où tu t'es réveillée dans un hôtel sans avoir la moindre idée de l'endroit où tu te trouvais, ni avec qui ? rétorqua Ingeborg. Difficile d'oublier ça, c'est sûr. Mais maintenant, tu sais. Et après tout, c'est Pâques. J'ai envie d'aller danser !

– Alors tu n'es pas au bon endroit, répondit Agnes d'un ton plat. Et je ne suis pas la compagnie qu'il te faut.

Elle se sentait à la fois si lourde et vigilante. Comme si tout était sur le point de s'écrouler de nouveau. Comme si rien n'était conforme à ce qu'elle avait cru.

Ingeborg ramena ses pieds sous elle, sur les coussins du canapé, et inclina la tête.

– Tu sais, je comprends parfaitement que tu sois triste. Découvrir que le mec de ses rêves est accro au jeu, ça doit faire mal. Mais enfin, réfléchis, personne n'est parfait. Ni Alexander Kosanovic, ni même Agnes Tveit. Ça aussi, on le sait, non ?

Agnes fit oui de la tête, en silence, trempa une chips dans la sauce à la crème et recula dans le confortable canapé de son amie. Ingeborg avait raison.

– Je te propose qu'on passe un bon moment ce soir, avec du vin, pas d'eau-de-vie, reprit Ingeborg en levant son verre. Voyons ça comme une mini-fête de Pâques. Et demain, tu discutes avec Alexander, quand tu auras pris un peu de recul. Ne sois pas vexée, mais tu es souvent plus maligne quand tu regardes les choses avec un minimum de distance.

– D'accord, répondit Agnes en faisant tinter son verre

contre le sien. Mais pour danser, il faudra que tu t'adresses à quelqu'un d'autre.

– Entendu. Comment avance l'enquête, dis-moi ? Ils pensent toujours que Lauritz Fadnes s'est fait buter, lui aussi ?

Merci, Ingeborg. Toujours intéressée, toujours curieuse. Penser à autre chose qu'aux mensonges d'Alexander faisait du bien.

– Le meurtre a dû être facile à déguiser en infarctus, répondit-elle. Il paraît que cette fameuse drogue des éléphants peut avoir pour effet un arrêt cardiaque.

– Incroyable. Donc la question, c'est de savoir qui avait intérêt à supprimer Lauritz Fadnes, Marta Tverberg et Tobias Løken ?

– Tobias Løken s'est peut-être seulement trouvé au pire endroit au pire moment. Mais à ce que je vois, il y a trois points communs très clairs entre Fadnes et Tverberg. Tous les deux faisaient partie du monde du jazz, tous les deux étaient des amis proches de Lucy Fagnastøl autrefois, et ils étaient aussi imbuvables l'un que l'autre. Donc, pas mal de gens devaient avoir des raisons de les tuer. À mon sens, ceux qui auraient pu vouloir se venger de Marta sont presque aussi nombreux que ceux qui dépendaient d'elle d'une manière ou d'une autre.

Ingeborg réfléchit un peu.

– Et d'ailleurs, c'est peut-être valable aussi pour Fadnes, vu la position qu'il a gardée si longtemps dans l'organisation du festival.

Elle remplit de nouveau leurs deux verres au cubi.

Elles trinquèrent et burent, tandis qu'Agnes se tâtait pour parler à son amie d'Alfred et du repaire de trafic de drogue découvert rue Vangsgata.

– Tu as gardé quel souvenir des frères Rogne, au lycée ? s'enquit-elle.

– Je me souviens surtout qu'une fois, j'ai dragué ouvertement Alfred, avoua Ingeborg. Et que je me suis pris un râteau tout aussi direct. Je n'ai appris que des années plus tard qu'il était de l'autre bord, j'espère que ça explique tout, même si cette nouvelle est venue un peu tard. Mon assurance en avait pris un coup.

– Tu te rappelles s'il touchait à la drogue, à l'époque ?

– Ben, ils fumaient du shit à longueur de temps, Didrik et lui.

La mine interloquée d'Agnes la fit rire à gorge déployée.

– Comme tu es mignonne ! Tu n'as rien vu ?

– Rien. Je n'aurais pas reconnu l'odeur du shit même si on m'en avait fourré un gramme dans les narines.

– Je crois que je devrais t'offrir une pipe à cannabis en matériau durable pour tes quarante ans, ironisa Ingeborg.

Et elles gloussèrent de nouveau à cette idée.

– J'ai toujours eu l'impression que Didrik surveillait Alfred, déclara Ingeborg. Même si c'est lui qui a fini par avoir des ennuis.

– Intéressant, ce que tu dis, répondit Agnes. Parce que je crois qu'il continue à protéger son frangin. J'ai espionné un peu son appart, un soir…

– Quoi ?

– Enfin, je suis passée chez lui avec Hauki Thorsson, le mari de Marta. C'est une longue histoire. En tout cas, il y avait des pilules et de la poudre et je ne sais trop quoi plein la table du salon. Si la police avait vu ça, elle l'aurait arrêté sur-le-champ, j'en suis sûre.

Et selon toute probabilité, c'était chose faite, maintenant ?

– Tu es sûre que ce n'était pas des bonbons ? se moqua

Ingeborg, décidée à ne pas laisser Agnes oublier l'épisode, devant le Rockefeller Center, où elle avait pris pour de la drogue les boules Quies qu'on lui proposait. Désolée, j'arrête, s'excusa-t-elle. Tu crois que ça peut être lié à l'affaire ?

Didrik avait déclaré qu'Alfred n'était pas aussi innocent qu'il en avait l'air.

– Peut-être. Mais tu as sans doute raison avec ton histoire de prendre du recul. Il se peut que j'en aie besoin, non seulement vis-à-vis d'Alexander, mais de toute cette affaire. Après tout, je ne suis plus journaliste. Allez, un verre de plus, et on sort.

– *Yes !* jubila Ingeborg en tendant le sien. Mais dis donc, à propos de drogue : j'ai demandé à ma mère de m'en dire plus au sujet de Lucy Fagnastøl, et elle m'a raconté que la police avait surgi pendant une fête d'étudiants, et qu'on avait trouvé du cannabis sur elle. Ma mère y était, elle a assisté à la scène.

– Aïe. Mais visiblement, Lucy Fagnastøl s'est tirée d'affaire, non ?

– Il paraît, oui, répondit Ingeborg. Parce que Marta Tverberg était là, elle aussi. Et elle a raconté à la police que c'était à elle.

À l'entrée des Trois Frères, la queue regorgeait de sportifs en tenues festives, les joues encore toutes roses d'avoir passé la journée sur les pistes. Tous étaient plus jeunes qu'elle. Et pas qu'un peu. Elle aurait sans doute pu être la mère d'un certain nombre d'entre eux. Pas une seule vieille connaissance ne se jeta à son cou. Ici, elle ne connaissait personne. Elle eut l'impression que l'ivresse bienfaisante, les bonnes endorphines qui s'étaient emparées de son corps une fois vidé le cubi d'Ingeborg se dissipaient d'un coup.

Elle aurait préféré se défiler et rentrer chez elle, mais Ingeborg avait déjà acheté les entrées pour elles deux et l'entraînait à l'intérieur du local. Au bar aussi, il y avait la queue, de quoi la contrarier encore un peu plus.

– Attends-moi là, lui dit Ingeborg, j'y vais.

Elle se faufila entre de jeunes filles très légèrement vêtues. Agnes soupira et repensa au récit de la mère d'Ingeborg. S'il était exact, Ragna Haukursdottir s'était trompée, ou bien avait menti quand elle avait visé Marta avec la citation « Il y a une place spéciale en enfer pour les femmes qui ne s'entraident pas ». Ce devait être pour de la détention de cannabis que Marta avait fait de la prison avant de rencontrer Hauki. Si cette histoire était vraie et que Marta avait agi de la sorte pour sauver la carrière de Lucy, c'était l'un des témoignages d'amitié les plus impressionnants dont Agnes ait jamais entendu parler. Mais restait à savoir si ce secret avait servi de munition à la diva.

Quelqu'un se planta soudain juste devant elle.

Elle leva les yeux et vit deux verres de bière surmontés d'un large sourire.

– Qu'est-ce qu'une femme comme toi fait dans un endroit pareil ? s'étonna Tor Erik Åkervold.

Lui-même avait pris son week-end, manifestement. Il portait d'ailleurs une chemise et une cravate. Son ancien collègue de chez *VG*, un brin éméché, semblait aussi ravi de cette rencontre qu'elle-même en était mécontente. Ce visage, elle ne voulait vraiment plus le voir, n'aspirait qu'à oublier à quoi il ressemblait, qu'il ne fasse plus jamais irruption dans sa tête pour venir tout y chambouler.

– Je peux te dire que ne suis pas venue ici dans l'espoir de te voir. J'espérais m'être déjà montrée claire là-dessus la dernière fois qu'on s'est croisés. Tu ferais mieux de chasser parmi les ados. Ça ne manque pas, ici.

– D'accord, répondit-il en s'approchant. Mais enfin, Tveit, tu ne peux quand même pas nier qu'on a passé du bon temps, tous les deux, l'été dernier ? Bon, je reconnais que j'ai un peu fantasmé sur nos retrouvailles. Mais je ne dirai rien à Fredrik, c'est promis.

Évidemment, il ne savait pas que Fredrik et elle avaient rompu. Il n'avait même pas mauvaise conscience envers sa propre femme, apparemment.

– Ah, Agnes, te voilà !

Elle eut à peine le temps de se retourner qu'Alexander arriva, la prit dans ses bras et la souleva pour l'embrasser droit sur la bouche devant Åkervold. Après l'avoir reposée sur son siège, il tendit la main au journaliste.

– Alexander Kosanovic, se présenta-t-il. Comment connaissez-vous ma copine ?

L'étonnement se peignit sur le visage de Ken.

– On… s'est déjà rencontrés, dit-il, vexé. Je vous ai interviewé plusieurs fois, la semaine dernière.

– Ah oui, c'est vrai ! Bonjour quand même.

Alexander ne bougeait pas, continuait à leur sourire à tous les deux. Åkervold finit par regarder Agnes et lui murmurer qu'il devait aller retrouver un collègue pour lui apporter sa bière.

– Je l'avais reconnu, bien sûr, chuchota Alexander à l'oreille d'Agnes dès qu'il eut tourné les talons. Mais il fallait que je me foute un peu de la gueule de ce sale type. Surtout quand j'ai vu qu'il essayait de draguer la plus jolie femme de la soirée.

Le premier réflexe d'Agnes aurait été de lui jeter les bras autour du cou.

Mais elle était blessée et en colère, se rappela-t-elle. Alexander avait dû flairer cet état d'âme ambivalent : il lui fit signe de le suivre jusqu'à l'une des rares tables encore libres, posa les verres de bière qu'il tenait dans les mains et la regarda gravement.

– Qu'est-ce qu'il y a, j'ai fait une bêtise ?

Son ton de voix soucieux fit fondre quelque chose en elle. Elle avait quand même dû boire un peu trop de vin chez Ingeborg, fallait-il croire, parce que les larmes n'étaient pas loin.

– Va te faire foutre, murmura-t-elle.

– Pardon ?

Il avait l'air sincèrement déconcerté.

Et voilà, elle chialait, elle avait beau se voir de l'extérieur, putain, des larmes d'ivrogne en plein week-end de Pâques, elle avait encore franchi un seuil, même pour elle, c'était trop, mais elle n'arrivait pas à se retenir.

– Juste quand je commençais à être amoureuse de toi, bredouilla-t-elle, il faut que je découvre que tu es un sale menteur !

Elle se sentit soudain la bouche desséchée, se saisit d'un des deux verres, en siffla la moitié et, juste après l'avoir reposé, le leva de nouveau pour s'envoyer le reste.

Alexander eut l'air aussi impressionné qu'effrayé. Il arrêta une de ses larmes en appuyant une paume sur sa joue, et l'y laissa.

– Je ne comprends pas grand-chose de ce que tu racontes, Agnes. Mais pour le moment, je vais me concentrer sur la partie où tu disais que tu étais amoureuse. Parce que comme tu t'en es sûrement aperçue, moi aussi, je suis amoureux de toi. Alors je pense qu'on ferait mieux de prendre un taxi pour aller chez moi, et on pourra s'expliquer sur tout ça. OK ?

Elle hésita quelques secondes avant d'approuver de la tête. La douleur dans sa poitrine était en voie de disparaître.

Avouer à Alexander qu'elle était amoureuse, ce n'était pas du tout au programme. Elle ne se l'était même pas avoué à elle-même, n'avait même pas mis de mot sur son état. Mais au fond d'elle, elle sentait bien que c'était vrai.

Et lui aussi était amoureux.

Agnes lui sourit à travers ses larmes.

Le décor bruyant et toute cette bande de morveux étaient déjà bien loin.

Elle avait dû piquer du nez dans le taxi. En tout cas, elle était complètement dans les vapes quand la voix d'Alexander lui susurra qu'ils étaient arrivés.

Une fois dans la maison, elle s'assit sur le canapé pendant qu'il se dirigeait vers la cuisine. Elle l'entrevit en train de sortir du pain, puis d'autres choses du frigo, et fut sur le point de se remettre à pleurnicher. Il lui préparait de quoi se restaurer en pleine nuit.

Au bout de quelques minutes, une délicieuse odeur de fromage fondu filtra dans le salon. Juste après, Alexander apparut avec deux grands Coca. Elle engloutit cette boisson aussi vite que la précédente. Et il lui remplit de nouveau son verre.

– Si tu veux, on mange et on se couche tout de suite ? proposa-t-il. On n'aura qu'à parler demain matin, quand on aura de nouveau les idées claires ?

Elle secoua vigoureusement la tête. Il ne s'en tirerait pas si facilement. Le fromage fondu ne lui ferait pas oublier ses mensonges.

– Pourquoi tu as prétendu que tu ne connaissais pas Marta Tverberg ? lui demanda-t-elle en emprisonnant son regard pour qu'il ne risque pas de se défiler. Je sais que tu l'avais rencontrée à Bruxelles. Et je sais aussi que tu as perdu beaucoup d'argent en jouant, quand tu vivais là-bas.

Alexander garda les yeux baissés pendant d'interminables secondes avant de les lever vers elle. Il les avait humides, les larmes le menaçaient à son tour.

– J'avais l'intention de t'en parler, dit-il. Si je ne l'ai pas fait, c'est par manque de courage. Est-ce que tu te rends compte de la honte que c'est d'être… accro au jeu ?

Sa silhouette se tassa un peu.

– J'ai encore beaucoup de mal à prononcer ces mots-là. Il n'y a que les pires losers qui réussissent à se mettre dans une merde pareille.

– Tu n'es pas…

– Et le plus grave, l'interrompit-il, c'est que c'est aussi pour ça que je t'ai menti à propos de Tverberg.

Marta Tverberg et sa dette de jeu ?

Cette fois, c'était elle qui n'y comprenait rien.

Une sonnerie retentit dans la cuisine, et Alexander répondit à l'appel. Il réapparut avec deux assiettes et, sur chacune, deux sandwichs composés de grandes tranches de pain de campagne blanc séparées par une épaisse couche de fromage. Agnes dut mobiliser toute la volonté dont elle était capable pour laisser sa part de côté sans y toucher, feignant de l'effleurer d'un regard indifférent. Heureusement, il se remit à parler tout de suite.

– On s'était installés à Bruxelles peu auparavant quand tout a commencé. Je ne connaissais personne, là-bas, et notre mariage commençait déjà à battre de l'aile. Je cherchais désespérément à me faire d'autres amis que les pères de famille que je rencontrais devant les bacs à sable des jardins publics. Un collègue musicien m'a invité un jour à une soirée poker, et j'ai adoré. On s'est mis à jouer une fois par semaine, et petit à petit, j'y suis allé tout seul, et ça s'est emballé.

Il s'adossa dans le canapé.

– On aurait pu perdre l'appartement. Et j'aurais perdu ma famille avec, à coup sûr. Mais quand Marta est passée à Bruxelles... Un soir, on bavardait, je lui ai parlé de mes problèmes, et elle... m'a proposé de me prêter de l'argent.

Agnes fronça les sourcils.

– Elle voulait aider quelqu'un qu'elle ne connaissait pas ?

Cette générosité n'était pas ce qui lui venait à l'esprit quand elle pensait à Marta Tverberg.

Mais peut-être se trompait-elle.

Marta avait sauvé la carrière de Lucy Fagnastøl quand elles étaient étudiantes.

Elle avait permis à un couple d'habiter gratuitement son appartement de luxe pendant plusieurs années.

Marta Tverberg était-elle une femme de cœur qui se gardait bien qu'on le sache ?

– J'en étais à un stade assez grave quand on s'est rencontrés, reprit Alexander. J'avais du mal à voir la lumière au bout du tunnel. Un soir, elle m'a trouvé tout bonnement au fond d'un verre de whisky, et je me souviens qu'elle m'a dit avoir déjà vu des hommes jeunes et fiers comme moi s'écrouler par peur de ne pas être à la hauteur de leurs espoirs.

Il se passa la main dans les cheveux.

– Et qu'elle, ça l'inquiétait de me voir comme ça. Elle était très... maternelle. Au point que ça m'a étonné qu'elle n'ait pas eu d'enfants. Mais c'était peut-être justement ce qui expliquait qu'elle soit prête à m'aider. Je n'ai pas eu l'impression d'être le premier à qui elle tendait la main.

Agnes sentit son cœur se réchauffer.

Que Marta n'ait pas voulu se vanter, c'était plus impressionnant encore.

– Et donc, tu ne l'as jamais remboursée ?

Elle vit passer sur son visage un curieux tiraillement qu'elle ne sut pas interpréter.

– Bien sûr que si. J'ai remboursé tout ce que je devais, avec des intérêts.

Ils continuèrent à parler en mangeant. Agnes sirotait son Coca, l'écoutait, dessoûlait lentement mais sûrement, sentant naître un début de compréhension pour ce qu'Alexander avait dû traverser au cours de ces années. Son ex-femme sortait d'une famille provinciale à la stricte moralité catholique. S'ils avaient entendu parler de sa folie du jeu, ils auraient pris leurs distances vis-à-vis de lui, et l'auraient empêché de voir ses enfants. Il racontait sa honte, le combat qu'il avait mené toute sa vie d'adulte, pour ne pas répondre au cliché de l'immigré, celui qui ne réussit pas à trouver sa place dans la société, celui qui ne sait pas se comporter en matière d'argent, et qui, dans le pire des cas, finit en prison. Il avait tant à prouver, expliquait-il, c'était peut-être cette pression qu'il se mettait tout seul qui l'avait amené à chercher un exutoire dans le poker.

Ou alors, il était tout simplement nul, et ne méritait pas mieux.

Agnes posa sa main sur son bras, le força à la regarder.

– Tu n'es pas nul, Alexander. Même les meilleurs peuvent déconner. Mais comment…

– Mais où j'en suis, maintenant, de mon addiction ?

Elle retint sa respiration, en l'encourageant de la tête.

– Je n'ai pas touché à un jeu de cartes depuis trois ans, ni à un vrai, ni sur Internet.

– Dieu merci, fit-elle, réellement soulagée. Si l'abstinence te pèse un peu trop, je peux te proposer une partie de huit américain.

Il s'approcha d'elle.

– Et si on jouait dès maintenant ? Je passerais bien au cœur.

– Félicitations pour la réplique la plus mielleuse de tous les temps, répondit-elle.

Mais l'instant suivant, elle accueillait la douceur de ses lèvres sur les siennes.

DIMANCHE DE PÂQUES

Une alarme incendie !

Une alarme incendie ?

Non, c'était son téléphone. Mais le son résonnait entre les murs.

Ou alors, c'était dans sa tête ?

Elle ouvrit à moitié un œil, constata qu'Alexander dormait à côté d'elle. Enfin, à côté, façon de parler, ils étaient plutôt imbriqués l'un dans l'autre, sur ce canapé trop étroit. Elle avait sur elle une couverture de laine. Il avait dû aller la chercher une fois qu'elle s'était assoupie.

Elle portait encore sa blouse en soie, mais c'était tout, et elle sentit sa tête malmenée par une intense migraine que cette sonnerie hurlante aggravait encore. Elle essaya de rouler prudemment par-dessus bord, tomba par terre avec un gros « boum », pouffa et se releva, ankylosée par l'inconfort de la nuit.

Elle se précipita vers la table sur laquelle était posé son téléphone et, découvrant que l'appel venait de Viktor, répondit par un grognement.

– Tu dormais ?

– Oui, répondit-elle d'une voix éraillée, tout en se glissant dans la cuisine.

– Tu es chez toi ?

Elle jeta un coup d'œil vers le salon. C'était peut-être à cause de la réaction qu'avait eue Viktor quand il avait appris qu'Alexander avait passé la nuit chez elle, mais elle se sentait soudain obligée de mentir.

– Oui, dit-elle. Je suis sortie avec Ingeborg hier soir.

– OK, j'ai déjà appelé trois fois, et je commençais à m'inquiéter. Je pensais que tu voudrais peut-être savoir qu'Alfred Rogne était mis en examen.

– Pour l'agression de Didrik ? lança-t-elle.

Surtout, que Viktor ne comprenne pas qu'elle était au courant pour la drogue, alors qu'il ne lui avait rien dit.

Le téléphone coincé entre le menton et l'épaule, elle se remplit au robinet un verre d'eau glacée et commença à boire.

– Pour meurtre.

Agnes avala de travers et se mit à tousser.

– Quoi ? finit-elle par articuler.

C'était donc arrivé.

La police avait dû trouver du carfentanyl dans le stock de l'appartement.

– Il est mis en examen pour meurtre ou complicité de meurtre. Je ne peux pas t'en dire plus pour le moment, mais je voulais juste savoir si tu avais été en contact avec Alexander depuis hier ?

– Non, dit-elle.

Pourquoi mentait-elle à nouveau ? Elle ne le comprenait pas elle-même, une sorte de réaction instinctive lui soufflait de protéger Alexander. Le protéger de quoi ? La police voulait-elle lui mettre la main dessus ?

– OK. Il faut que j'y aille, mais on se reparle très bientôt.

Il raccrocha aussitôt, la laissant la tête pleine de questions et la conscience en berne.

Pourquoi n'avait-elle pas dit les choses telles qu'elles étaient et reconnu qu'elle se trouvait à Evanger ?

– C'était qui ?

Le corps tout chaud d'Alexander venait subitement de réapparaître.

– Viktor, répondit-elle. Ils ont mis en examen Alfred Rogne pour meurtre.

La réponse lui avait échappé. Elle avait besoin de le confier à quelqu'un.

Alexander desserra son étreinte et la regarda avec une expression de franche surprise. Voilà qui avait l'air de l'avoir réveillé aussi vite qu'elle.

– Hein ? La police pense que c'est lui qui a tué Marta ?

– Oui.

Elle décida de s'en tenir là pour l'instant, puisque ni lui ni personne, à Voss, ne savait encore que Fadnes aussi s'était fait supprimer. D'ailleurs, Viktor ne lui avait pas dit si cette mise en examen concernait également le meurtre de l'ancien directeur du festival, et elle-même avait été trop prise au dépourvu pour lui poser la question.

– Et puis, Viktor m'a demandé si j'avais parlé avec toi depuis hier, préféra-t-elle ajouter, en caressant la poitrine d'Alexander. Pourquoi, tu crois ?

– Peut-être que Didrik a raconté à la police qu'on avait eu une conversation tous les deux, répondit-il, avant de tendre la main vers la boîte de paracétamol posée sur le plan de travail de la cuisine.

– Qu'est-ce que Didrik t'a raconté ?

Maintenant, c'était lui qui semblait se demander s'il ne risquait pas d'en dire trop.

– Il m'a appelé hier, en m'annonçant qu'il était à l'hôpital, sans vouloir m'expliquer pourquoi. Mais apparemment, il avait mauvaise conscience. Il m'a avoué qu'il avait menti pendant l'interrogatoire.

– À propos d'Alfred ?

– Non, quand il a affirmé qu'il ne savait pas qui surveillait le sax de Marta juste avant le début du concert.

– Ragna jouait par moments le rôle d'assistante personnelle de sa belle-mère, ou de bonne à tout faire, si tu préfères, expliqua Alexander. Le festival offre systématiquement aux artistes les services d'une personne responsable de tous les aspects pratiques, mais Marta ne voulait pas qu'on fasse intervenir quelqu'un de l'extérieur. C'est donc Ragna qui a été chargée de veiller à tous les détails en aval du concert. Donner les heures des répétitions, faire en sorte que les gens arrivent à l'heure dans la salle et que tout soit en place côté son… Parce que Marta oubliait des trucs, mais pas à cause de l'âge, elle avait toujours été distraite.

Et pour tout arranger, il y avait sa maladie, songea Agnes.

– Mais les instruments, c'étaient les techniciens qui s'en occupaient, non ? demanda-t-elle.

– D'habitude, les techniciens les transportent et les placent sur la scène, oui, mais pas toujours. Samedi, Ragna a dit à Didrik qu'elle surveillerait les saxos jusqu'au début du concert. Enfin, d'après lui. Moi, je n'ai rien su de tout ça.

– Et il aurait menti à l'interrogatoire pour… la protéger ?

– Il est fou amoureux d'elle, je parierais que ça a joué dans l'affaire, glissa Alexander. En tout cas, c'est évident pour tous ceux qui ont assisté aux répétitions : il l'adore. Ragna est arrivée dans ce groupe comme un souffle d'air frais, avec ses baguettes, c'est le moins qu'on puisse dire. Il a eu le coup de foudre. Je n'avais jamais vu Didrik comme ça.

– Et la fascination est réciproque ?

– Pas trop. Ragna est une fille intelligente et qui sait se tenir, elle fait bien d'éviter un alcoolique violent comme lui. Mais je dois reconnaître que c'est étonnant de voir l'effet que l'amour peut produire sur les gens. Jamais Didrik Rogne ne s'était montré aussi propre sur lui que dans les semaines qui ont précédé le festival.

– Mais si on tient compte de ce qu'il t'a raconté, il doit la soupçonner d'être mêlée au meurtre ?

Agnes pensa à Ragna Haukursdottir, à la manière peu flatteuse dont elle avait évoqué sa belle-mère, à ce qu'elle lui avait dit aussi de sa mère, dont la diva norvégienne avait plus ou moins détruit la vie en lui volant son mari.

Si cette info était exacte, Ragna n'était plus séparée de la prison que par un bassiste mariné dans l'alcool.

Et maintenant qu'Alfred était mis en examen, Didrik devait surtout se préoccuper de blanchir son cadet, pas vrai ?

– Oui, mais l'idée qu'elle puisse être impliquée a peut-être été aussi difficile à gérer pour lui que s'agissant de son frère. Mais Alfred, quand même ? s'exclama-t-il. Quelle raison pourrait-il avoir eue, *lui*, de tuer Marta ?

– Je ne sais pas.

Ne rien dire de la drogue, ni de l'appartement où Alfred avait logé pendant des années, ni des histoires de fric, ni de la mère d'Alfred.

Il fallait qu'elle reparle avec Victor.

Dès qu'elle se serait reposée un peu.

Quand avaient-ils fermé l'œil, cette nuit ? D'ailleurs, avaient-ils seulement dormi ?

Alexander sembla avoir lu dans ses pensées.

– Qu'est-ce que tu dirais de piquer un petit somme pour digérer toutes ces nouvelles ?

– Ce n'est pas de refus, dit-elle. Et donne-moi donc aussi une de tes pilules magiques.

On frappait à la porte.

Pour la deuxième fois de la matinée, Agnes se redressa d'un coup sur le canapé, le cœur affolé. Elle avait dû rêver. Ou bien était-ce encore son téléphone ?

Non, cette fois, son cerveau somnolent réussit à saisir la situation.

Il y avait quelqu'un à la porte, en train de frapper.

Alexandre se réveillait à son tour. Il sauta du lit, jeta un regard perdu autour de lui, en quête de quelque chose à se mettre. Drapée dans le plaid en laine, Agnes bondit de l'autre côté de la table, où gisait le pantalon de costume d'Alexander. Elle le lui tendit, il l'enfila à toute allure et, pendant qu'elle se rasseyait sur le canapé, il se dirigea vers la porte et ouvrit.

Agnes vit qui attendait dehors, et son ventre lui fit mal.

Le regard de Viktor, dépassant Alexander, pénétra tout droit à l'endroit du salon où elle était assise, et croisa celui d'Agnes.

Elle ne se souvenait pas d'avoir jamais vu son vieux copain aussi déçu.

L'autre agent en uniforme dont il était flanqué attendait

visiblement que Viktor prenne la parole. Comme celui-ci ne disait rien, il se racla la gorge.

– Monsieur Kosanovic, commença-t-il sur un ton ferme, mais néanmoins aimable. Nous avons essayé de vous joindre toute la journée. Pourquoi ne répondez-vous pas au téléphone ?

Alexander se mit à regarder autour de lui, à la recherche de son téléphone. Il fouilla un peu dans la veste qu'il avait portée la veille, et le sortit enfin d'une poche.

– Merde. Désolé, fit-il en tournant vers eux l'écran éteint. Plus de batteries. On a dormi un peu tard.

– Je vois ça, dit le policier. En tout cas, nous souhaiterions nous entretenir un peu avec vous, si ça ne vous dérange pas. Peut-être plutôt au commissariat, puisque vous avez de la visite. Vous vous habillez et vous venez avec nous ?

– Bien sûr. Mais je pourrais savoir de quoi il s'agit ?

– On verra ça dans la voiture, répondit Viktor sèchement.

Qu'est-ce qu'ils lui voulaient donc ? C'était lié à cette conversation qu'il avait eue avec Didrik ?

Agnes prit soudain conscience qu'elle était nue sous la couverture, pensée pénible, même si personne ne le voyait. Tout le monde l'avait compris quand même, elle le sentait. Évidemment qu'ils le savaient, se dit-elle : sa jupe, son collant et sa culotte traînaient, bien visibles, sur le parquet du salon. Et elle ne pouvait pas bouger, pendant qu'Alexander allait et venait, en quête d'autres vêtements que sa chemise de la veille et sa veste de costume, elle n'avait pas d'autre choix que de rester figée sur le canapé comme une idiote.

Comme si elle était condamnée à une marche de la honte.

Mais assise.

Heureusement, Alexander n'eut pas l'idée de venir l'embrasser ni quoi que ce soit avant de s'en aller. Il se contenta de sourire dans sa direction, lui demanda si elle pourrait fermer à clef derrière elle et posa la main sur son oreille, mimant le téléphone. Pas une seule fois il ne l'avait regardée dans les yeux avant de rejoindre les policiers qui l'attendaient.

Agitée, perplexe, honteuse et contrariée, irritée et inquiète, Agnes était tout ça en même temps et plus encore en arrivant enfin chez elle, plus d'une heure après avoir refermé la porte de la maison d'Alexander. À la gare d'Evanger, elle était tombée sur des affiches annonçant le remplacement des trains par des cars, et son énervement avait enflé jusqu'à ce qu'apparaisse enfin le maudit car.

La durée absurde du trajet lui avait au moins donné le temps de réfléchir. À Alfred, à Didrik, à Ragna.

À la question de savoir si Alexander était plus renseigné sur l'affaire qu'il ne le lui disait.

À Marta.

Elle s'assit devant son ordinateur, ouvrit au hasard quelques vieux enregistrements. Elle avait le sentiment que quelque chose lui avait échappé, quelque chose que Marta lui aurait dit, et dont elle n'aurait pas compris l'importance.

Entendre sa voix maintenant, après tout ce qu'elle avait appris, ce n'était plus pareil. Maintenant qu'elle avait échangé avec bon nombre de ses proches, tous ses propos lui apparaissaient sous un autre jour.

Quand Marta racontait qu'elle avait décidé très tôt de ne

pas avoir d'enfant, Agnes pensait que Ragna était un cadeau qu'elle n'avait pas désiré.

Quand elle déclarait qu'Alfred et Tobias n'en étaient pas moins comme deux fils pour elles, Agnes savait pourquoi Didrik ne faisait pas partie du lot.

Quand Marta disait de Lucy qu'elle avait le don du culot, Agnes approuvait.

Et le jour où elles avaient parlé de la vieillesse, Marta savait déjà qu'elle n'avait peut-être plus tant d'années devant elle.

– Tu as peur de vieillir ?

– Non. Quand je vois des centenaires, je les envie.

– Pourquoi ?

– Parce qu'ils ont vécu pleinement leur vie. Ils ont tout fait, tout. Ils n'ont plus qu'à se détendre et laisser couler.

– Un calme auquel il t'arrive d'aspirer ?

– Absolument pas. Je ne suis pas faite pour le tricot ni le crochet. Et j'aime bien l'expression « le troisième âge », qui commence à me concerner.

– Comment ça ?

– La vie active des vieux d'aujourd'hui, avec toutes les possibilités que ça implique. Avant, prendre sa retraite, c'était comme s'asseoir dans la salle d'attente du Bon Dieu. Ce n'est plus ça, heureusement. Regarde, le président des États-Unis a presque quatre-vingts ans ! Sans parler de Nancy Pelosi, qui les a dépassés, elle, les quatre-vingts balais.

– C'est une bonne chose que le monde change.

– Si seulement le milieu du jazz avait évolué au même rythme ! Je serais la Nancy Pelosi du jazz.

– Tout à fait. Mais pourquoi ne le serais-tu pas ?

– Comme je te le disais : le monde du jazz est en léger décalage par rapport à l'époque. D'ailleurs, je viens de lire un livre sur le vieillissement, dans lequel on interrogeait une Américaine de quatre-vingts et quelques. Elle raconte qu'un jour où elle était devant son miroir, elle y a vu sa mère, mais que ça ne l'a pas effrayée, au contraire. Ça lui a donné un sentiment étrange de connivence et de continuité. L'âge, on n'y échappait pas, pas plus elle que les autres. Et c'était très bien comme ça. *Memento mamie*.

– Tu constates toi-même que tu ressembles davantage à ta mère ?

– Oui, malheureusement.

– Vous n'aviez pas de bonnes relations ?

– Si, les meilleures qui soient.

Agnes n'avait pas eu l'occasion de reparler avec Marta de sa mère. Elle savait simplement qu'elle était morte trop tôt. Était-ce ce qui expliquait que sa fille ait pu réussir à se réjouir d'être encore dans le « troisième âge », malgré l'affreux diagnostic qu'on lui avait annoncé ?

Agnes tapa « troisième âge » sur Internet.

On commence à entendre évoquer le troisième âge comme une sorte de seconde puberté, expliquait une psychologue dans un article extrait d'une revue médicale. *Les personnes concernées veulent rompre avec les habitudes trop enracinées et une existence faite de devoirs, elles se mettent à espérer un avenir qui ait du sens.*

La psychologue en question, elle-même d'âge mûr, connaissait beaucoup de gens sur le seuil de cette nouvelle tranche de vie qui rêvaient de larguer les amarres, et mettaient leur rêve à exécution.

Ces personnes font des choix audacieux qui déclenchent des hochements de tête dans leur entourage. Elles divorcent, abandonnent des emplois bien payés, vendent leur maison, partent faire le tour du monde à la voile, investissent dans un projet de restauration d'un mas provençal où elles iront cultiver des oliviers. Le mot d'ordre n'est plus « le temps libre », mais « la liberté ».

La liberté.

Marta, dans la situation difficile qui était la sienne après la découverte de sa maladie, avait-elle fait des choix audacieux qui lui donneraient plus de liberté dans la dernière phase de sa vie ? Mais des choix qui avaient abouti à son meurtre ?

Quelle était la liberté ultime, pour Marta Tverberg ?

Memento mamie.

Seuls dix pour cent des cas de SLA sont génétiques, avait lu Agnes. Mais elle n'avait jamais su de quoi était morte la mère de Marta.

Peut-être y avait-il une bonne raison pour qu'elle ne le lui ait pas dit.

Peut-être était-elle atteinte de SLA, elle aussi.

De sorte que Marta, quand on lui avait annoncé son diagnostic, avait vu sa fin approcher.

Comment vivre avec ça.

Agnes, les yeux rivés sur l'écran, sentit une nouvelle pensée inquiétante se former dans sa tête.

La maison de Marta se détachait, sombre et vide, sur fond de paroi rocheuse.

Agnes poussa un gros soupir. Hauki et Ragna devaient eux aussi être dans leur chalet, et Dieu savait où il se trouvait. Elle prit son téléphone pour appeler Hauki. Au même instant, elle vit arriver une voiture, venant de la grande route. Elle la suivit des yeux et distingua la silhouette massive d'un homme au volant, et celle d'une femme à côté de lui.

– Agnes ? On vient de passer par Gjernes pour te parler, lui dit Hauki, une fois garé.

– Ah ? Je pensais que vous étiez peut-être en montagne.

Hauki eut soudain l'air triste.

– Pâques, ce n'est pas pour nous, cette année. On a un enterrement à préparer. Et tu imagines bien que Marta avait des idées précises sur la façon dont ça devrait se dérouler.

Quoi ? se dit Agnes.

– Elle avait programmé son propre enterrement ?

Un instant, Hauki la regarda comme s'il en avait trop dit, avant de hausser les épaules.

– Marta programmait tout, pour toutes les situations possibles et imaginables, ou presque. Surtout les occasions où il y aurait de la musique : là, c'était elle qui devait tirer les ficelles.

Ragna sortait enfin de la voiture.

– Bonjour, dit-elle avec un signe de tête appuyé, sans regarder Agnes en face.

– Bon, commence : de quoi tu voulais me parler ? demanda Hauki. C'est à propos de Lucy Fagnastøl ? Excuse-moi de ne pas t'avoir rappelée quand tu m'as posé la question, mais je comptais te répondre oralement. Marta a gardé ces secrets pendant si longtemps, tu vois.

– Elle a pris la faute sur elle, quand Lucy s'est fait pincer avec du cannabis pendant ses études, c'est ça ?

Hauki semblait surpris.

– Oui, il y a eu ça aussi. Mais l'autre affaire était pire. Celle qui pourrait envoyer Fagnastøl en prison aujourd'hui.

Agnes se sentit subitement en nage, sans trop savoir si cette annonce lui faisait froid dans le dos, ou si elle avait chaud.

– C'est-à-dire ?

– Je crois qu'on t'a déjà raconté que Lucy Fagnastøl, dans les années 1970, menait une vie de bâton de chaise. Conséquence : elle négligeait ses études. Elle est sortie de la fac de Bergen avec des notes assez désastreuses. Mais ça ne l'a pas empêchée de grimper dans la hiérarchie judiciaire.

Il marqua une petite pause, comme pour laisser à Agnes le temps de comprendre ce qui s'était passé.

– Parce qu'elle avait falsifié son diplôme.

– Merde. C'est vrai ?

– Ouais. Lauritz était au courant, ils étaient ensemble, à l'époque. Et quand Lucy l'a plaqué pour son frère, il était tellement hors de lui qu'il l'a menacée de révéler l'affaire.

– Comment le sais-tu ?

– Marta me l'a raconté, évidemment. Elle-même le tenait

de Lauritz. Il savait qu'elle avait une dent contre Lucy, après avoir fait trois mois de taule à sa place, et parce que la condamnation pour détention de drogue l'empêchait de faire des tournées aux États-Unis.

– Mais c'était un acte délibéré de la part de Marta, non ?

– Délibéré, délibéré… Elle n'a pas protesté quand Lucy a dit à la police que la drogue appartenait à sa copine.

– C'est comme ça que ça s'est passé ? Non mais je rêve !

Hauki haussa de nouveau les épaules. Ragna, plantée là, se taisait, se contentant d'écouter.

– Si je peux me permettre, ce n'est pas pour rien qu'on la surnomme « Lucifer ». Ce jour-là, Marta a pensé que Lucy avait plus à perdre qu'elle-même dans l'histoire, mais elle a quand même décidé d'en finir définitivement avec leur amitié. À un moment donné, Lauritz a voulu que Marta et lui se liguent pour la faire chanter. Marta avait une carrière internationale devant elle, elle a été assez raisonnable pour dire non. Ce qui a eu pour conséquence que cette amitié parte aussi en fumée, et puis Lauritz a eu le poste de direction du festival de jazz qui venait d'être fondé. Et on sait tous ce qu'il a fait de son pouvoir et de son amertume, ce raté.

– Eh ben, fit Agnes, en se demandant pourquoi Hauki ne lui avait pas raconté tout ça la première fois qu'elle lui avait rendu visite. Je suppose qu'on vous a informés qu'Alfred Rogne était mis en examen pour meurtre ?

Hauki et Ragna opinèrent gravement.

– Je ne sais pas s'il était déjà dans le radar de la police avant mon appel, précisa Hauki, mais il a bien fallu que je finisse par leur signaler le stock de stups…

– Évidemment. Mais tu as une idée de son mobile ? Tu

crois que Marta pouvait savoir, pour la drogue ? Ou tu penses que ça aurait quelque chose à voir avec Lucy ?

Le père et la fille échangèrent un regard rapide.

– Tu rentres une minute ? proposa Ragna. Il y a une chose dont on voudrait te parler, nous aussi.

Cette fois encore, Agnes sursauta à la vue de Marta, placardée sur un mur. Mais, contrairement à ses précédentes visites, elle s'arrêta devant le tableau pour l'examiner en détail, au lieu de le fuir. Et elle observa, ce qui lui avait échappé jusqu'alors, l'ombre d'un sourire sur les lèvres de la diva.

– Je t'avouerai que je compte l'enlever de là un de ces jours, déclara Hauki, qui venait de surgir à ses côtés. Je suis content de l'avoir, ce portrait, mais il me donne aussi l'impression d'être sous surveillance. On dirait qu'elle peut encore me sonner quand ça lui plaît. Comme avant.

Ce ton inédit surprit Agnes.

– Je sais que Marta souffrait de SLA, dit-elle. Et je suppose que tu étais au courant.

Ragna s'était immobilisée sur le seuil. Un long moment, personne ne dit plus un mot.

Puis Hauki s'approcha du tableau et caressa la joue de sa femme.

– Je lui ai promis de n'en parler à personne, murmura-t-il. C'était sa dernière volonté.

Agnes s'entendit déglutir.

– Qu'est-ce que… Comment ça ? De toute manière, elle

n'aurait pas réussi à cacher les symptômes quand la maladie aurait empiré, hein ?

Ragna regardait le plancher. Puis elle s'éclipsa dans la cuisine. Agnes, à dire vrai, avait très bien compris, mais elle avait du mal à accepter le sous-entendu que ses oreilles venaient d'attraper au vol.

– Elle avait décidé de ne plus être là quand ça se produirait, expliqua-t-il.

– Tu es en train de me dire que…

– Que Marta s'est suicidée. Oui.

Agnes, pétrifiée devant le portrait de la diva, tentait de saisir toute l'ampleur de ce que Hauki Thorsson venait de lui apprendre.

Puis, curieusement, elle sentit germer le doute.

La mère de Marta, elle aussi, avait eu cette maladie. Elle aussi avait préféré nier la chose, dissimulant ses symptômes aussi longtemps qu'elle l'avait pu. Marta l'avait vécu comme elle aurait regardé une plante se faner. Elle avait clairement exprimé son refus de subir le même sort, d'imposer à son mari la pénible charge de soigner la plante.

– Dans son cas, le diagnostic a été posé très tôt, alors qu'elle n'avait encore que de petits signes, poursuivit Hauki. Mais à cause de ce qui était arrivé à sa mère, elle savait que ça pourrait aller très vite. Elle refusait de laisser la maladie évoluer, pas question d'en arriver au stade où elle ne pourrait plus jouer du saxo. Elle détestait la faiblesse. Il fallait qu'elle soit forte, jusqu'au bout.

– Mais…, finit par articuler Agnes. Pourquoi n'as-tu rien dit de tout ça avant ? À la police, je veux dire.

– Parce qu'on le lui avait promis aussi, répondit Hauki à voix basse.

On.

Eux.

Lui et sa fille.

Ragna était au courant. On avait dû lui donner pour consigne stricte de veiller sur l'instrument avant le concert. Ce qui aurait pu la tuer aussi, sachant à quel point la substance était toxique.

Hauki secoua la tête.

– Je sais, je sais, ça paraît dingue que j'aie tranquillement regardé la police convoquer la Kripos pour enquêter sur le meurtre de ma femme, alors que je savais que c'était elle-même qui l'avait programmé. On n'avait pas conscience des dimensions que ça prendrait. Je pensais que la police finirait par comprendre, à un moment ou un autre. Mais maintenant qu'ils ont arrêté quelqu'un…

– Bon Dieu, Hauki, il faut que tu leur dises la vérité ! s'écria Agnes, estomaquée. Ta femme a entraîné un innocent dans la mort ! Le compagnon d'Alfred ! Qui se retrouve soupçonné de les avoir tués tous les deux !

À présent, le géant islandais avait l'air tourmenté, et même au bord des larmes.

– Je sais. Toute cette putain d'histoire vire au chaos. Même dans mes pires cauchemars, je n'aurais pas cru que ça prendrait une tournure pareille. Le mieux, ce serait que j'aille voir la police immédiatement. Crois-moi, je n'en ai pas fermé l'œil de la nuit. Mais c'est justement de ça qu'on voulait te parler. Parce qu'il se trouve que Marta…, marmonna-t-il, avant de lancer un nouveau coup d'œil au portrait, Marta voulait que ce soit toi, Agnes, qui révèles toute l'affaire. Dans ton livre.

Marta avait laissé derrière elle un autre dictaphone, encore un.

Dans la trousse de rasage de son mari, maligne comme elle était. Là où elle savait qu'il irait le dénicher au moment de soigner sa longue barbe pour le week-end, comme tous les vendredis. Il avait négligé cette habitude le vendredi saint, précisa-t-il, la journée avait été si dure. Mais le samedi matin, il s'était quand même décidé à vérifier l'état de sa barbe, comme Marta l'aurait exigé. Et en découvrant que son rasoir était posé sur un petit enregistreur Olympus, il avait compris que c'était un clin d'œil qu'elle lui adressait.

– Elle disait qu'au moment où je l'écouterais, elle ne serait plus là, confia Hauki. Mais qu'elle espérait avoir encore une place dans mon cœur. Qu'elle me remerciait pour tout, qu'elle m'aimait, et qu'elle avait enfin trouvé la solution.

Agnes leva les yeux vers lui.

– Donc tu ne savais pas qu'elle allait se suicider sur scène ?

Hauki secoua la tête.

– Non. Mais j'ai compris dès que c'est arrivé. Elle m'avait tellement répété qu'elle avait envie de « secouer le public », comme elle le formulait.

Dans cet enregistrement, Marta lui décrivait son plan, affirmant qu'il n'y aurait pas de retombées sur ceux qui n'étaient pas concernés, et exprimait l'espoir que son choix, même s'il ne le comprenait pas, lui inspirerait du respect.

Plus elle en entendait, plus Agnes se sentait indignée.

Le suicide, comme n'importe quel meurtre, avait toujours des retombées sur ceux qui n'y étaient pour rien.

Celui de Marta avait en outre entraîné la mort d'un homme innocent qui avait tenté de la sauver.

– Il y avait autre chose, sur l'enregistrement, reprit Hauki. Elle me dictait ce que je devais te dire. La manière dont elle voulait qu'on raconte tout ça dans le livre. Elle avait une proposition pour le dernier chapitre.

Agnes s'en alla sans dire au revoir. Ni rien d'autre. Elle retourna dans sa voiture, et resta là, à fixer cette maison, celle où Marta Tverberg avait échafaudé son plan.

Sa première pensée fut de mettre directement le cap sur le commissariat, pour tout déballer devant Viktor et Kristina Bachmann. En finir une fois pour toutes avec cette histoire dingue.

Puis elle se mit à réfléchir au potentiel succès de librairie.

À la mine de son éditeur, quand il recevrait la première ébauche. À l'attention que susciterait une telle publication.

À l'argent que lui rapporterait le livre.

À la carrière à laquelle il pourrait ouvrir la voie.

Ce serait le lancement le plus commenté de l'année.

Il fallait au moins y réfléchir un peu.

Marta était morte de toute façon. Tobias aussi.

Mais un type innocent s'était fait coffrer pour un double meurtre, et il fallait arranger ça avant que les poursuites n'aillent trop loin.

Agnes démarra, gagna la route principale et commença à rouler en direction du centre-ville.

Elle se sentait troublée. Car il manquait encore une pièce dans le puzzle.

Lauritz Fadnes.

– Encore toi, fit Didrik Rogne.

Il était assis au bar du Fleischer, couvrant son verre de bière de son buste comme d'un bouclier.

S'il ne voulait voir personne, il aurait pu trouver une cachette plus efficace. Il donnait plutôt l'impression d'avoir envie d'être vu.

Comme si être vu relevait pour lui d'un besoin.

Quoi qu'il en soit, Agnes, elle, avait besoin de lui parler.

Pendant qu'il fixait le fond de son demi, elle examina ce qu'on devinait de son visage. Il devait être soûl cette fois-ci encore, mais son attitude avait quelque chose de plus conciliant, comme s'il n'avait plus le courage de se montrer aussi pénible que d'habitude.

Peut-être n'était-ce pas si étonnant, avec un frère soupçonné de meurtre.

– Il faut qu'on discute d'Alfred, commença-t-elle.

– Alfred n'a tué personne.

– Je ne pense pas non plus. Mais j'ai peur qu'il y ait contribué sans le savoir.

Didrik releva la tête.

– Il faut qu'on discute de cette histoire de drogue, poursuivit-elle.

– Qu'est-ce que tu veux dire ?

– Allez, arrête de protéger ton frère. Si tu ne veux pas qu'il soit injustement condamné à de la prison pour meurtre, tu ferais mieux de commencer par m'aider.

Il se frotta soudain vigoureusement le visage des deux mains, comme pour se réveiller d'un cauchemar.

– Je n'ai pas arrêté d'essayer de l'aider ! s'exclama-t-il. Essayé, réessayé, encore et encore, j'ai tout fait pour le convaincre de laisser tomber cette saloperie. On avait déjà un alcoolique dans la famille, on se serait passé d'un drogué en plus. C'était hyper dangereux, ces conneries, je le lui ai répété plusieurs fois.

Il regardait à présent Agnes dans les yeux, et ses propos clarifièrent étonnamment ce qu'elle avait en tête à l'arrivée.

– Pourquoi Alfred aurait-il voulu tuer Marta ? lançait-il. Alors qu'elle jouait à la maman gâteau avec lui et Tobias depuis tant d'années, en les logeant à l'œil dans son palace ?

– Je te l'ai dit, je ne crois pas qu'il ait tué aucun des deux… exprès, répondit Agnes calmement.

Là, Didrik semblait perdu. Elle ne pouvait pas encore lui expliquer, mais elle-même commençait à se sentir assez sûre de son fait. Marta savait probablement qu'Alfred pouvait se procurer à peu près tout ce qu'il voulait. C'était la façon la plus simple de s'y prendre pour avoir accès à la substance qu'elle avait choisie pour mettre fin à ses jours. Peut-être l'avait-elle réclamée en guise de loyer. Peut-être avait-elle menacé Alfred de dénoncer son trafic à la police s'il n'obtempérait pas. Mais le plus difficile à comprendre, c'était pourquoi elle s'était donné toute cette peine. Au lieu de gober une poignée de somnifères achetés en pharmacie.

Pourquoi elle était allée jusqu'à se faire livrer un toxique assez puissant pour anesthésier un énorme animal.

Agnes sentit un frisson glacial lui parcourir l'échine.

Évidemment.

Le lien entre la drogue des éléphants et le pachydermique Lauritz Fadnes était peut-être tiré par les cheveux, comme Viktor ne s'était pas privé de le lui faire remarquer. Mais elle ne pouvait plus imaginer une seconde que c'était une coïncidence.

Si Marta avait eu pour plan depuis le début de se suicider en plein festival de jazz, pendant l'exécution de son œuvre, encore avait-il fallu qu'elle se débrouille pour qu'on la lui confie, cette composition.

Lucy Fagnastøl avait dû régler une part de sa dette à vie envers Marta, en achetant Kurt Guneriussen, pour que la diva ait la voie libre.

Mais ce stratagème n'aurait jamais fonctionné si Lauritz Fadnes, l'ex-ami de l'une et l'ex-amant de l'autre, qui avait fait barrage à l'activité musicale de Marta dans sa ville natale depuis des décennies, était resté vissé à son fauteuil de directeur du festival.

Ce même Fadnes avait aussi mené la vie dure à ses neveux.

Si l'autopsie décelait du carfentanyl dans le corps de son oncle, Alfred Rogne paierait très cher sa dolce vita dans un appartement pour millionnaires.

Agnes décida de risquer le tout pour le tout. En levant le voile.

– Je sais qu'Alfred n'a pas tué Marta, mais j'ai bien peur qu'il ait supprimé votre oncle.

Elle s'attendait à le voir choqué. En colère.

Didrik Rogne ne bronchait pas.

– Alors ça, c'est impossible, répondit-il en la regardant d'un air agacé. Le week-end où Lauritz est mort, Alfred était à Copenhague avec moi.

Agnes était restée plantée dans le hall de l'hôtel, plus perplexe encore qu'à son arrivée.

Une jolie femme aux longs cheveux bruns passa devant elle avec une tasse de café, en lui souriant discrètement, comme si elle hésitait à lui dire bonjour. Elle alla s'asseoir à une petite table, au fond du salon, près d'une fenêtre. Une cliente de l'hôtel, visiblement. Elle n'avait pas l'air norvégienne, et pourtant, son visage lui disait quelque chose.

– Tiens, mais voilà Judas en personne !

Ingeborg arrivait, une liasse de papiers dans une main, une bouteille d'eau dans l'autre. Et Agnes prit soudain conscience qu'elle n'avait ni rappelé son amie, ni répondu aux messages que celle-ci lui avait envoyés au cours de la nuit et dans la matinée.

– Merci de m'avoir prévenue que tu te cassais, reprit Ingeborg.

– Pardon, dit Agnes en se jetant à son cou.

L'embrassade ne reçut qu'un accueil mitigé.

– C'est que j'ai vu apparaître une certaine personne. Et qu'on est allés chez lui discuter.

– T'es une amie, une vraie, pour me laisser toute seule au

milieu d'une foule d'ados, trancha Ingeborg d'un air sévère, avant que son visage ne s'éclaire d'un grand sourire moqueur. Tu as de la chance que je sois aussi indépendante.

– Tu as trouvé quelqu'un avec qui danser ?

– Mieux que ça. Permets-moi de te dire qu'un touriste a eu droit à une sacrée publicité pour Voss, cette nuit. Et qu'une mère célibataire épuisée est ressuscitée d'entre les morts.

– Oh, c'était qui, ce veinard ?

Ingeborg haussa les épaules.

– Bonne question. On n'a pas parlé tant que ça. Mais il était du Sørland.

Agnes sursauta.

– Grand ? Une voix un peu nasillarde, des poils bruns sur les bras ?

– Mouais, ta description lui ressemble assez. En tout cas, bien sapé, répondit Ingeborg avec un clin d'œil. Pourquoi ça ?

– Putain, Ingeborg, dit Agnes du ton le plus calme possible, je crois que tu as couché avec Tor Erik Åkervold. *Åkervold, le journaliste de* VG.

– Oh merde, fit Ingeborg, la main sur la bouche. Maintenant que tu le dis, je crois qu'il m'a sorti un truc, comme quoi il devait appeler son journal…

Elle pouffa.

– Bon, mais alors on est… comment dire… sœurs de baise ?

Tout en hochant la tête, Agnes s'enfonça dans les profondeurs d'un canapé en cuir.

– Je suis désolée, s'excusa Ingeborg. Je ne pouvais pas savoir quelle tête avait Åkervold. Tu es fâchée ?

– Mais je n'en ai rien à foutre, de ce mec ! réagit Agnes, un brin trop vivement.

Elle ferma les yeux. Toutes ces questions, toutes ces pistes et ces informations décousues, et ce sinistre plan de suicide, tout ça lui retombait dessus, avec un poids écrasant.

– Je suis juste très fatiguée, dit-elle.

– Moi aussi. C'est usant de picoler et de baiser toute la nuit.

– Je pensais davantage à l'affaire, là.

Il était encore trop tôt pour raconter à Ingeborg ce qu'elle venait d'apprendre, elle attendrait d'avoir complété le puzzle.

Et il y avait urgence, elle le sentait.

– OK. Mais en ce qui te concerne, je crains que le week-end soit loin d'être fini, lui dit son amie.

Agnes lui lança un regard las et interrogateur.

– On a une nouvelle cliente qui est arrivée ce matin, et j'espère qu'elle ne va pas venir te gâcher ta petite idylle.

– Qui donc ?

D'un signe de tête, Ingeborg lui montra la jolie brune, près de la fenêtre.

– Olivia Kosanovic.

Allez savoir ce que l'ex-femme d'Alexander fabriquait de nouveau à Voss. Ça ne sentait pas bon, en tout cas.

Ingeborg était partie. Il était temps qu'Agnes s'en aille aussi. Au lieu de quoi elle traînait là, le regard attiré par la table près de la fenêtre.

Soudain, Olivia Kosanovic leva les yeux et fit un petit signe de la main.

Ce geste s'adressait-il à elle ?

Elle se retourna pour en avoir le cœur net. Il n'y avait personne d'autre à la réception.

La jolie brune lui sourit et opina du chef quand leurs regards se croisèrent de nouveau.

Elle avait dû se sentir bêtement dévisagée.

Merde.

OK. Agnes respira un grand coup. Autant échanger trois mots avec cette femme, ce serait peut-être aussi bien, ça éviterait qu'elle devienne l'ex mythique qui hante en permanence les coulisses. Elle s'approcha de sa table.

– Bonjour ! lui dit Olivia. On s'est déjà vues avant, non ?

Son norvégien était approximatif. Il y avait de la bonne humeur dans ses yeux qui scrutaient Agnes. Les longs cheveux bruns de la jeune femme, vaguement rassemblés en queue-de-cheval, pendaient par-dessus son épaule, et ses paupières étaient soulignées d'un discret trait d'eye-liner marron. Elle portait un pull crème et un jean étroit.

– Non, en fait. Je m'appelle Agnes Tveit. Je...

– C'est ça ! Vous travaillez au journal local, pas vrai ? Je pensais aussi vous avoir reconnue à cause de votre photo sur Facebook. *Sorry*, j'ai une mémoire un peu autistique pour ça. Vous m'avez contactée pour une interview il y a quelques jours ?

Merde de merde.

– Hmm, oui, c'était bien moi, mais...

Autant être honnête, se dit-elle, elle n'avait pas la force de mentir.

– En réalité, avoua-t-elle, j'étais juste curieuse... de vous.

– Ah ?

– Oui, parce que..., commença-t-elle, puis elle souffla et la regarda dans les yeux. Parce que je crois que je suis amoureuse de votre ex-mari.

Olivia Kosanovic – bizarre qu'elle porte encore ce nom – eut l'air étonnée, ce qui, en soi, n'avait rien d'étrange. Agnes craignait de la voir s'emporter, lui faire la gueule ou prendre une mine tragique. Mais elle ne semblait avoir aucune de ces intentions.

– Vous voulez vous asseoir un peu ?

– OK...

Agnes s'installa face à elle, non sans appréhension.

– Je suis venue pour l'enterrement de Marta Tverberg, dit Olivia. Ou plutôt, je devais aussi chercher des affaires à l'entrepôt, alors j'ai pensé combiner les deux. Peut-être que j'aurais dû prendre les enfants avec moi, ç'aurait été bien qu'ils voient un peu leur père, mais j'ai pensé qu'Alex avait beaucoup à faire en ce moment… avec tout ce qui se passe. C'est bien qu'il ait rencontré quelqu'un.

Olivia Kosanovic sourit de nouveau, et Agnes sentit une chaleur lui monter aux pommettes. Elle était soulagée que l'ex d'Alexander prenne la chose aussi bien, mais le diminutif « Alex » dans sa bouche lui nouait quand même le ventre.

– Vous connaissiez bien Marta ? s'enquit-elle.

– Je l'ai vue à Bruxelles plusieurs fois, alors on a fait peu à peu connaissance. C'est bizarre qu'on n'ait pas eu plus de contacts avec elle, une fois qu'on était ici. Elle voyageait beaucoup… Oh là là, quel drame, soupira-t-elle en tournant sa petite cuillère dans sa tasse. Mais vous vouliez parler avec moi de quoi, en fait ? Ne vous inquiétez pas, je ne cherche pas à récupérer mon ex. Je n'ai pas encore changé de nom, mais j'étais très occupée, c'est le prochain point sur la liste. Alex et moi, c'était une aussi mauvaise idée que la boulangerie bio.

Agnes sentit son ventre se détendre. Et s'aperçut qu'elle trouvait cette Olivia sympathique.

– Je dois avouer que ça me fait du bien de vous l'entendre dire, répondit-elle. Et je suis au courant de toute cette histoire de dépendance au jeu. Je comprends sans mal que ça ait détruit votre relation.

Olivia fronça les sourcils.

– Avec le jeu, notre relation a été difficile un moment, c'est sûr, mais ce n'est pas à cause de ça que ça s'est fini entre nous. J'étais une des femmes les plus compréhensives dans ce cauchemar. Mais pour me remercier…

Elle hocha la tête avant de poursuivre.

– Il vaut mieux dire qu'Alex a détruit tout seul notre mariage. J'espère qu'il a appris de ses erreurs. Parce qu'il a aussi beaucoup de qualités.

– Je peux vous demander comment il a détruit votre

mariage ? osa Agnes, en pensant : Tant qu'à faire, autant tout savoir.

– Comme beaucoup d'hommes font pour casser un couple. Il est allé voir ailleurs.

Agnes se sentit soulagée. Mais oui, soulagée. OK, l'ex-épouse restait convaincue qu'Alexandre l'avait trompée. Si c'était effectivement le cas, Agnes s'en accommoderait sans peine. Après tout, elle était mal placée pour jeter la pierre. Leurs faux pas respectifs étaient peut-être un point commun de plus entre eux.

– Espérons qu'il ne recommence pas, poursuivit Olivia d'un ton conciliant. Avoir tous ces soupçons me rendait folle, mais j'ai fini par le surprendre.

– Ah. Et comment ?

– Quand j'y repense, ça a l'air fou. Mais je me suis réveillée une nuit – c'était le 29 juillet, je m'en souviens, parce qu'on avait fêté l'anniversaire de notre fille aînée – et j'ai vu qu'il n'était pas au lit. J'ai cherché où il était avec *Localiser mon iPhone*, et j'ai pris la voiture. Ce n'était pas du tout mon genre de faire un truc pareil, mais j'étais tellement déprimée, avec toutes ces questions qui me dévoraient depuis si longtemps, que j'ai craqué. Je voulais la réponse.

Agnes se rappela avec effroi l'enthousiasme que Fredrik mettait à se servir de cette fameuse application de localisation, chaque fois qu'elle ne savait plus où elle avait laissé son téléphone. Mais sa jalousie n'était pas allée jusqu'à lui souffler de l'utiliser les quelques fois où elle s'était absentée toute une nuit.

– Je n'ai pas eu besoin d'attendre longtemps. Il est sorti de la maison presque tout de suite.

– Vous avez su qui était cette femme ?

– Oui, j'ai regardé, bien sûr. Je crois que je n'oublierai jamais son nom et son adresse. Une certaine Lisa Dagestad qui habitait au 15, rue Gullfjordungsvegen.

Agnes fonça vers la sortie, le cœur battant et la tête embrumée.

Impossible, ce qu'elle craignait était impossible.

Olivia devait se tromper sur le numéro de la rue. Ou sur la date.

Alexander n'avait pas pu sortir du numéro 15 de la rue Gullfjordungsvegen dans la nuit du 29 au 30 juillet.

La nuit où le propriétaire de la maison, Lauritz Fadnes, s'était fait assassiner.

Puisqu'il n'y avait déjà plus de Lisa Dagestad à cette adresse.

La locataire avait déménagé depuis plusieurs mois.

Fadnes était le seul occupant de la maison.

– Coucou !

Tor Erik Åkervold venait de surgir devant elle. Le visage d'Agnes devait sans doute trahir ses états d'âme, car le sourire niais d'Åkervold disparut dès qu'elle lui eut accordé un regard.

– Pas maintenant, s'il te plaît ! lança-t-elle, et elle regretta aussitôt d'avoir ouvert la bouche tant la peur était perceptible dans sa voix.

– Pardon ! s'excusa-t-il en levant les deux paumes comme s'il se rendait à la police. C'est juste que… je loge ici. Tu es toute pâle, Agnes, ça va ?

D'une main tremblante, elle attrapa son téléphone au fond de son sac, constata qu'elle avait reçu un message d'Alexander.

Enfin rentré. Ils voulaient des infos sur Alfred, je les ai aidés de mon mieux. Je suis épuisé. Reviens donc ici te détendre quand ta journée sera finie.

– C'est l'enfer, répondit-elle avant de franchir la porte. L'enfer à Evanger.

Il y avait forcément une explication.

Forcément.

Agnes jeta un coup d'œil dans son rétroviseur vers la petite maison de la rue Knute-Nelson, avant de sortir de la voiture et de s'approcher de la porte d'entrée.

Elle frappa. Alexander apparut tout de suite. Il l'enlaça, l'attira contre sa poitrine, mais s'aperçut sans doute qu'elle se raidissait et la relâcha en reculant d'un pas.

– Quelque chose ne va pas, Agnes ?

Elle se força à rencontrer ses yeux, y chercha un signe de crainte, mais n'y trouva que du souci pour elle.

– Qu'est-ce que tu as fait, Alexander ?

– Comment ?

Cette fois, son regard vacillait.

– Je sais que tu es allé chez Lauritz Fadnes la nuit où il est mort, dit-elle, en s'efforçant d'avaler la boule qui lui obstruait le gosier. La nuit où la police ne doute plus qu'il… qu'il a été assassiné.

Les yeux d'Alexander plongèrent à nouveau dans les siens, elle les vit se remplir, et les larmes se mirent à rouler sur ses joues.

Il se retourna brusquement et passa la porte. Agnes le suivit jusqu'au canapé, s'assit près de lui, le regarda pencher le buste et cacher sa tête dans ses mains. Il murmura une phrase incompréhensible.

– Qu'est-ce que tu as dit ?

Alexander releva la tête, son visage était mouillé, son regard éteint.

– J'ai dit : c'est comme ça que j'ai dû payer ma dette.

Elle frissonna.

– Ta dette de jeu ?

Il acquiesça lentement.

– Se rendre dépendant de quelqu'un, c'est dangereux. Alfred Rogne aussi doit le savoir, maintenant, je suppose. Si lui et moi, on s'était connus, on serait allés prévenir la police, au lieu de… de faire ce qu'on nous a demandé.

– Donc, c'est Alfred qui t'a fourni le poison.

– Je ne sais pas. Je suppose. C'est seulement aujourd'hui, pendant l'interrogatoire, que j'ai compris qu'il était impliqué. Je n'ai jamais cherché à savoir ce que c'était que cette poudre, ni d'où elle venait, on m'a juste dit de mettre des gants pour éviter le contact. Et manifestement, Alfred n'a pas vérifié à quoi elle devait servir.

Il se tut un instant.

– Quels cons, lâcha-t-il.

Agnes grelottait soudain, malgré la chaleur de la pièce. Elle cherchait vainement quelque chose à dire. Fallait-il partir ou rester ?

– Tu me dis que… Tu as joué au tueur à gages pour rembourser ta dette de jeu…

Il leva les yeux.

– Je ne t'ai pas dit toute la vérité sur ce qui s'est passé à Bruxelles, Agnes. Cette dette… elle était énorme. Effrayante.

Je devais des sommes colossales à des individus peu recommandables, qui étaient prêts à des tas de choses pour récupérer leur fric…

De nouveau, son regard s'embua.

– Ils m'ont envoyé des photos de mes gosses !

Sa voix vibrait de désespoir. Il inspira plusieurs fois, profondément.

– Quelqu'un les avait photographiés sur le chemin de l'école. J'ai eu la peur de ma vie, il fallait que je mette ma famille à l'abri. Marta ne m'a pas seulement aidé à payer pour éviter la menace, elle s'est aussi occupée de trouver le local pour la boulangerie, et m'a dit qu'elle me dégoterait un boulot si on rentrait en Norvège. Cette dette que je m'étais foutue sur le dos… Je savais bien qu'on exigerait un jour que je la rembourse, mais ç'a été un choc quand j'ai compris comment.

– Tu n'avais qu'à refuser.

– Mais je ne pouvais pas ! Ils m'auraient détruit, ça ne faisait aucun doute. Et puis…

– Et puis ?

– Lauritz Fadnes n'allait pas tarder à mourir de toute façon. Il avait fait plusieurs infarctus, et il avait un mode de vie tellement malsain qu'il aurait pu claquer d'un jour à l'autre. Il avait perdu le goût de vivre depuis longtemps, et il n'avait pas de famille pour le pleurer. Ces quelques grains de poudre sur ses lèvres, c'était juste accélérer ce qui était sur le point de se produire naturellement.

– Pour pouvoir mettre à exécution la suite du plan ? Pour que tu puisses devenir directeur du festival et filer la compo à Marta ?

Alexander haussa les épaules.

– Personne ne m'a mis au courant de la suite, mais j'imagine que ça devait être ça. Si c'est le cas, Lucy Fagnastøl a dû donner un bon coup de main. Mais Agnes, il faut que tu me croies : je n'ai rien à voir – rien ! – avec le meurtre de Marta. J'étais consterné quand j'ai su qu'on avait utilisé la même substance. Ce n'est pas moi qui l'ai tuée, crois-moi là-dessus, au moins !

Maintenant qu'il avait sorti la vérité, et qu'il lui avait confié sa pire angoisse, perdre pour de bon ses enfants, tout semblait s'effondrer autour de lui. Il se mit à pleurer bruyamment. Assis sur le canapé, il sanglotait sur les coussins qui avaient accueilli leurs ébats à peine vingt-quatre heures plus tôt. Agnes, après avoir encaissé le cataclysme, ne ressentait plus qu'un grand calme, un calme choquant, comme si un grand couvercle étanche était venu étouffer ses sentiments.

Mais que faire, que dire, elle cherchait toujours.

Elle finit par s'asseoir à côté de lui, et lui caressa prudemment le dos.

– Je sais que ce n'est pas toi qui as tué Marta, commença-t-elle, et elle attendit un peu avant de terminer sa phrase. Puisqu'elle s'est suicidée.

Il se retourna brusquement vers elle.

– Quoi ?

Son air stupéfait semblait sincère.

– Marta était malade. SLA, précisa-t-elle. Sa santé était appelée à décliner très vite, avec une perte progressive de toutes les fonctions. Sa carrière était foutue. Son plan à elle, c'était sans doute de mettre fin à sa propre vie d'unc manière magistrale.

Alexander fixait le vide en secouant la tête.

– Mon Dieu, lâcha-t-il.

Ça, tu peux le dire, pensa-t-elle.

L'homme dont elle était amoureuse était un assassin.

L'homme qui lui avait laissé croire qu'ils pourraient faire leur vie ensemble avait ôté la sienne à quelqu'un d'autre.

Elle inspira un grand coup.

– Il faut que tu ailles voir la police, Alexander. Leur dire ce que tu as fait. Je serai à tes côtés. Je te le promets.

– Merci, Agnes. Mais je ne peux pas.

– Tu ne peux pas quoi ?

– Je ne peux pas prendre sur moi le meurtre de Fadnes.

– Mais…

– Je ne peux pas être ce genre d'immigré ! cria-t-il presque, d'une voix désespérée.

Puis son visage se durcit.

– Je ne peux pas devenir ça.

Agnes chercha ses yeux, mais il regardait toujours dans le vide.

– Tu peux devenir quelqu'un qui reconnaît ses fautes, dit-elle d'une voix calme. Qui assume ses responsabilités.

Il se remit à pleurer, se pencha vers elle, posa sa tête sur son épaule. La jupe qu'elle portait en fut bientôt toute mouillée.

Puis il releva la tête, jusqu'à ce que leurs regards se retrouvent enfin.

Mais celui d'Alexander n'était plus le même, elle y découvrit quelque chose qu'elle n'avait jamais vu.

– Pardonne-moi, mais il n'y a pas d'autre issue, dit-il.

Il posa doucement les mains autour de sa gorge.

Et il serra.

Les yeux mouillés et noir d'encre d'Alexander se plantèrent dans les prunelles terrifiées d'Agnes.

Elle sentit son gosier se rétrécir, sa tête se remplir lentement de sang.

Des taches noires commencèrent à apparaître devant ses yeux.

Mais la panique éclipsait la douleur.

La terrible réalité, contre laquelle elle ne pouvait rien.

Il voulait la tuer, elle aussi.

Elle sentait son corps s'amollir, elle était déjà en voie de se résigner.

Un visage surgit devant ses yeux.

Celui de Viktor.

Elle n'avait pas pu se réconcilier avec lui. S'excuser pour lui avoir menti.

Voilà donc ce qui lui venait à l'esprit, juste avant de mourir ? La mauvaise conscience ?

Alexander serra plus fort. Au même instant, elle vit poindre à travers le chaotique brouillard de son esprit mi-paniqué, mi-résigné, le rougeoiement d'un autre sentiment.

La fureur.

Une fureur de braise, explosive.

Mais qu'est-ce qu'elle foutait ? Elle n'allait tout de même pas abandonner là ?

Bordel de merde, il n'allait pas s'en tirer comme ça !

Ses bras s'étaient figés le long du corps, paralysés, inutilisables. Elle ignorait s'il leur restait encore un soupçon de force, mais au moment où son visage était sur le point d'éclater, elle leva un poing.

Et frappa l'agresseur aussi violemment qu'elle put à l'entrejambe.

Alexander lâcha prise et se laissa tomber en arrière sur le canapé avec un hurlement.

Agnes se releva et se dirigea à pas chancelants vers la porte en éructant à pleins poumons.

Sa gorge brûlait comme le feu de l'enfer, ses membres tremblaient comme de la gélatine. Un goût métallique lui avait envahi la bouche, la poitrine lui faisait mal.

Mais elle pouvait y arriver.

Comme l'autre, là, Jésus, qui se relevait d'entre les morts.

Elle allait y arriver.

À la seconde même où elle atteignait la poignée de porte, elle sentit une poigne autour d'une de ses chevilles.

La seconde suivante, le sol se déroba sous elle.

Elle s'affala sur le plancher, atterrit à plat ventre.

Se cogna la tête contre la porte.

Et tout devint noir.

Elle fut réveillée par un mal de crâne fracassant et le son… d'un saxophone ?

Elle crut d'abord que la musique venait d'un poste de radio, ou d'une chaîne qui tournait à plein tube. Puis elle sentit le parfum. Ce parfum qu'elle avait toujours adoré, cherché, qui l'attirait tant.

Maintenant, il lui donnait la nausée.

Alexander était assis sur une chaise, à quelques mètres d'elle, les jambes repliées sous lui. Il cessa de jouer et posa l'instrument sur ses genoux.

Mais mon Dieu, qu'est-ce qu'il lui était arrivé ? Son regard avait changé depuis tout à l'heure. Comme s'il était entré dans une sorte d'état psychotique. Il était méconnaissable.

Agnes constata qu'elle était toujours par terre, près de la porte.

Elle avait mal partout.

Alexander la fixait des yeux.

– Louis Armstrong disait qu'il ne faut jamais jouer le même morceau deux fois de la même manière. Mais au point où on en est, je suis obligé de recommencer. Pardon. Pardon pour tout.

Elle remarqua alors qu'il y avait à côté du saxophone un sachet de plastique contenant une quantité infime de poudre blanche.

Elle se sentit glacée.

D'instinct, elle tenta de se relever, mais ses jambes refusaient d'obéir.

Alors seulement, elle vit qu'il lui avait ligoté les chevilles, comme à un animal, avant qu'on l'abatte.

Game over.

Parler, c'était la seule possibilité qui lui restait.

Gagner du temps. Tenter de le persuader.

Supplier.

– Tu es sûr de vouloir faire ça, Alexander ? risqua-t-elle timidement, la voix déjà gagnée par la poussée des larmes. Tu es sûr de vouloir détruire ce qu'il y a entre nous ?

– Il n'y a rien du tout entre nous, répliqua-t-il. Puisque tu veux m'envoyer en prison.

– Ce n'est pas ce que je voulais dire. Je n'aurai qu'à me taire, Alexander, promis ! On pourra continuer comme avant, je garderai ton secret.

Il sourit, mais ses yeux restaient tristes.

– Merci pour tes efforts. Mais c'est la meilleure solution.

– Tu ne t'en tireras pas ! lança-t-elle.

Ce changement de ton ne sembla pas avoir le moindre effet.

– Oh si, je vais m'en tirer. Il y a bien assez de poudre pour nous deux, là-dedans. On se souviendra de moi comme d'une des victimes de l'assassin. Exactement comme toi. Et ma réputation restera intacte. Ma mère pourra encore être fière de moi. Je n'ai plus grand-chose d'autre dans la vie, de toute manière.

– Mais si, enfin ! cria Agnes. Tu as trois enfants qui ont

besoin de leur père ! Et un festival qui a besoin d'un directeur. Et puis… tu m'as, *moi*. Et moi, j'ai besoin de toi !

Il la regarda comme s'il cherchait à savoir si elle disait vrai.

Surtout, ne pas tomber le masque.

– On ne pourrait pas tourner la page, et… être bien ensemble, tous les deux ?

Elle avait perçu le tremblement de sa propre voix et tenta de dissimuler sa peur en déplaçant sa main vers le bas de son corps.

– C'est peut-être bizarre, risqua-t-elle, mais je dois dire que ça me donne un peu envie de toi, tout ça.

Il resta figé un instant, dans une posture d'attente, comme s'il voulait s'assurer qu'elle pensait ce qu'elle venait de dire. Puis il glissa la main dans son pantalon.

Non, quelle horreur, ça marchait ?

Quel psychopathe.

Durant deux secondes, Agnes entrevit un espoir. Puis Alexander ressortit sa main.

– Bien essayé, dit-il, et il se saisit du sachet de poudre.

Il s'approchait d'elle.

Lui avec qui elle avait partagé un passé, et imaginé un avenir.

Il ne dénoua pas la ficelle qui lui ligotait les chevilles.

Il s'accroupit près d'elle, fit osciller l'arme du crime devant ses yeux.

Ses yeux voulaient pleurer, la pression des larmes lui infligeait une douleur de plus.

Elle s'appliqua à les chasser en battant fébrilement des paupières, en vain.

La première s'échappa et commença à lui sillonner la joue…

Quand on frappa à la porte.

Elle inspira par réflexe pour appeler à l'aide, mais avant qu'elle n'ait eu le temps de crier, Alexander se jeta sur elle et lui plaqua la main sur la bouche.

– Ta gueule, dit-il.

Comme si elle avait le choix.

Une seule chose restait à faire.

Elle entrouvrit la bouche et lui mordit un doigt.

– Putain ! s'écria-t-il, mais au lieu de retirer sa main, il appuya encore davantage, au point de lui écraser la nuque contre le plancher.

On frappa de nouveau, plus fort cette fois. La sonnette retentit plusieurs fois.

– Il y a quelqu'un ? appela une voix.

Viktor.

Viktor était là.

De nouvelles larmes jaillirent des yeux d'Agnes, des larmes de joie, cette fois.

– Il y a quelqu'un ? répéta son vieil ami.

Elle tenta de pousser des cris sous cette paume, mais faute d'air, ils se muaient en gémissements ridicules, en lamentables couinements. Et plus elle geignait, plus la main l'écrasait.

Puis le silence se fit dehors.

On ne frappait plus.

Viktor, c'était fini.

Alexander attendit encore de longues minutes avant d'ouvrir d'une main le sachet.

– Je crois qu'il est temps, dit-il.

Pauvre Viktor. Tout le reste de sa vie, il serait tourmenté d'avoir été si près du but, sans réussir à la sauver.

Cette fois, tout espoir était perdu.

À part un seul : que ce qui devait arriver arrive, mais sans lui faire mal. Qu'elle perde conscience au plus vite.

Que tout se déroule encore plus rapidement que pour Marta.

Elle aurait préféré qu'il l'empoisonne dans son sommeil, comme Lauritz Fadnes.

Alexander examinait le contenu du sachet.

Lequel sachet faillit lui tomber des mains quand retentit un grand fracas.

La porte !

On avait enfoncé la porte.

Un délicieux courant d'air frais afflua dans la pièce, et trois hommes firent irruption. Le premier était Viktor. Derrière lui se tenait un deuxième agent en uniforme. En dernier venait Tor Erik Åkervold.

Viktor pointa son arme sur Alexander.

– Plus un geste, Kosanovic.

Alexander, les bras au-dessus de la tête, ne prononça pas un mot.

Mais, avec la vivacité de l'éclair, il porta à sa bouche le sachet de poudre.

L'importante quantité de poudre qu'il avait ingurgitée dut accélérer l'effet toxique.

Il s'écroula immédiatement, et resta inerte sur le plancher.

De gigantesques vagues d'émotion, de peur et de gratitude déferlèrent simultanément, submergeant Agnes, et la réaction ne se fit pas attendre. Elle hurla. Jamais encore sa bouche n'avait produit un son aussi tonitruant ni aussi primaire.

Viktor se précipita, s'accroupit près d'elle.

Il détacha délicatement la ficelle autour de ses chevilles, et elle s'agrippa à lui.

– Pardon ! criait-elle entre ses larmes. Pardon, pardon !

– C'est moi qui devrais demander pardon, répondit Viktor avec flegme, mais Agnes sentit son cœur battre à tout rompre sous l'uniforme. Åkervold m'a appelé pour me dire qu'il craignait que tu ne sois allée te fourrer dans une sale affaire à Evanger. C'est ton foutu don Juan qui t'a sauvé la vie, pas moi. Jamais je n'aurais dû renvoyer Kosanovic chez lui sans savoir où tu étais. Pardon !

Elle retrouvait un semblant de calme entre ses bras.

– Ce n'est pas ton job de veiller sur moi, Viktor.

Il baissa les yeux sur elle, soutint son regard.

– Si, répondit-il en lui caressant les cheveux comme il ne l'avait jamais fait encore. Si, ça fait partie de mon job, je crois.

Malgré l'épaisse couverture de laine jetée sur ses épaules, Agnes tremblait comme une feuille morte.

Elle entendit la voix lointaine d'Ingeborg qui lui demandait si elle voulait boire quelque chose de chaud. Elle fit non de la tête.

Quand son amie réapparut, lui tendant à travers le brouillard une bouteille à moitié pleine d'un liquide brun, elle s'en empara et but. Le whisky lui brûla la gorge, mais ne la réchauffa pas pour autant, son corps restait agité de tremblements incontrôlés.

Combien de temps s'était écoulé ?

On l'avait d'abord emmenée aux urgences pour un check-up. Les examens n'ayant révélé ni traumatisme crânien ni aucune autre lésion, on l'avait conduite au commissariat, où l'attendaient Kristina Bachmann et un autre policier.

La séance avait duré plusieurs heures.

Agnes avait tout raconté.

Mais à la minute présente, elle ne se souvenait quasiment de rien.

Un des autres flics l'avait ensuite raccompagnée chez elle.

Ingeborg était déjà sur place, rue Russarvegen. Ce devait être Viktor qui l'avait appelée.

Patiemment, sans rien dire, l'amie de toujours regardait Agnes soulever la lourde bouteille entre ses mains tremblantes et porter sans relâche à ses lèvres le vieux whisky de luxe de Fredrik.

L'alcool apaisait sa gorge maltraitée, ou du moins endormait cette douleur, mais il y en avait une autre au fond d'elle, lancinante.

Une fois la bouteille vidée, Agnes posa la tête sur les genoux d'Ingeborg et s'endormit.

LUNDI DE PÂQUES

– Bon, je voudrais être sûre d'avoir tout bien compris, commença Ingeborg, après avoir dressé la table du petit déjeuner et versé du café fumant dans les tasses.

Agnes s'était réveillée dans son lit, sans pouvoir se souvenir du moment où elle était passée du canapé à la chambre.

– Marta Tverberg a donc encaissé le fric que lui devaient Alfred et Alexander en obtenant d'eux qu'ils suppriment Lauritz Fadnes ? Il y en avait pour combien, au juste ?

Agnes soupira. Sa mésaventure de la veille lui avait laissé la tête lourde comme une boule de bowling, mais elle avait au moins cessé de trembler.

– Des millions pour ce qui était d'Alexander, répondit-elle. Assez pour que ses créanciers menacent de s'en prendre à ses enfants. Et va savoir quelle somme faramineuse Alfred pouvait devoir à Marta à force d'habiter gratuitement dans son appart de luxe. Mais la question est plutôt de savoir comment elle a pu exercer un tel pouvoir sur eux.

Elle se sentait déjà un peu mieux. Réussir à parler de nouveau lui faisait du bien.

– Marta devait leur tenir la tête sous l'eau en permanence, en leur rappelant leurs dettes. Je parie qu'elle était au courant du petit trafic d'Alfred. Et, sachant qu'elle avait envoyé Didrik en prison pour violences conjugales, il devait bien se douter qu'elle était capable de déballer très vite ses cachotteries. En fin de compte, elle a pu embobiner Alfred et Alexander, sans même qu'ils sachent qu'ils étaient deux. Le premier devait fournir la drogue, le deuxième exécuter le meurtre, ça devait être ça, son plan. Il est sûrement plus difficile de résister à la pression quand on se croit seul à la subir.

– Et le rôle de Lucy Fagnastøl, dans tout ça ? s'interrogea Ingeborg. Là encore, une histoire de dette à rembourser ?

– Et comment ! Marta n'a jamais dû oublier qu'elle avait payé pour sa copine une connerie d'étudiante. Ni le coup de la falsification de son diplôme de droit. Elle était au courant.

– Hein ? Tu plaisantes ?

– Non. Raconte donc ça à ta mère, tiens, elle se réconciliera peut-être avec son boulot à la Sécu. Manifestement, Lucy n'avait pas trop le choix quand Marta lui a demandé d'écarter Guneriussen du festival.

Ingeborg hocha la tête.

– Et Marta Tverberg a orchestré tout ça pour pouvoir mettre en scène son suicide ? C'est dingue !

Oui, effectivement, c'était dingue, se dit Agnes.

Ce point était aussi le seul à lui échapper encore.

Ce désir de se supprimer en public, de manière aussi ostentatoire. Dans cette affaire tordue, quelque chose coinçait encore.

– Ça ne devait pas être sa seule motivation, dit-elle. Je parie que sa haine pour Lauritz Fadnes existait depuis longtemps – un homme avec un tel pouvoir, et que personne n'aimait assez pour se poser la moindre question quand il est mort. Mais bon, j'imagine qu'une part de son plan délirant visait à faire de sa fin de vie une dernière œuvre. Et ça s'est déroulé comme elle le voulait, je suppose. Mis à part la mort d'un innocent.

– Ah mon Dieu, je l'aurais presque oublié, lui. Pauvre Tobias.

– Alfred a dû comprendre qu'il avait tué indirectement son compagnon en fournissant le poison à Marta. Qu'est-ce qu'il en a bavé, cette semaine. Et toute cette drogue étalée chez lui… Il a dû cogner sur son frère parce que Didrik voulait qu'il aille en parler à la police. Même si leurs parents, distants comme ils sont, étaient sans doute au courant et avaient assez de ressources pour couvrir le problème, conclut Agnes avant de finir sa tasse de café. Putain, je comprends que ce soit tentant de tirer sa révérence quand on a un diagnostic pareil, songea-t-elle tout haut. Mais c'est flippant que des hommes jeunes et en pleine santé soient entraînés dans le gouffre.

– Tu as su qui avait mis le dictaphone dans ta boîte aux lettres, finalement ? Et avec qui Marta parlait sur l'enregistrement ?

– Non, mais je parierais que c'était Alexander. Je ne serais pas étonnée qu'il ait bricolé l'enregistrement lui-même, histoire d'avoir quelque chose contre Marta, au cas où. Et quand il a compris que j'allais écrire un *true crime* et que j'étais sur la piste de certaines choses, il a dû essayer de manipuler le flux d'infos, et s'arranger pour contrôler ce que je savais ou pas.

Peut-être même qu'il l'avait suivie, se dit-elle subitement. Au fond, elle n'avait rien su de ce qu'il faisait, ni le jour où elle était montée au chalet, ni lorsqu'elle s'était introduite dans le cabinet de sa tante.

Ses mains se remirent à trembler à l'idée qu'Alexander aurait pu l'espionner.

– Il a joué gros quand même, commenta Ingeborg. Imagine, si tu avais reconnu sa voix ?

Agnes tripotait une serviette de Pâques en papier jaune.

– Jouer gros, c'était sa façon de vivre.

Cette volonté de sauver la face, se dit-elle encore. De tendre vers l'image du parfait immigré. Une aspiration qu'elle n'était pas prédisposée à comprendre, jusqu'à présent. Et elle sentit qu'elle allait se remettre à pleurer.

– Mais maintenant, comment ça va se passer pour ton livre, à ton avis ? lui demanda Ingeborg.

– Hauki a trouvé un enregistrement, où Marta explique ce qu'elle voudrait que je mette dans le dernier chapitre, répondit Agnes. Elle voulait que je dévoile que c'était elle qui avait mis en scène sa dernière apparition. Je viens d'envoyer tout ce que j'avais.

– À l'éditeur ?

Agnes secoua la tête.

– À Kristina Bachmann, la fille de la Kripos. Dans le cas où ça pourrait être utile à l'enquête. Et après, j'ai mis toutes les interviews à la corbeille Word.

– Vraiment ?

– Vraiment. Marta a peut-être réussi à embarquer tous ces dégonflés dans son plan, mais moi, je ne me laisserai pas faire.

– Agnes Tveit, des fois, tu m'impressionnes vraiment, dit Ingeborg en lui prenant les épaules. Bon, et sinon, tu te sens comment ?

– Ça va.

Le mensonge était gros, elle le sentait elle-même. Ingeborg appliqua une de ses propres stratégies de journaliste : le silence.

– OK, ça va pas du tout. J'ai l'impression que mon cœur, ma dignité – et tout le reste de ma personne –, tout ça a été déchiré en mille morceaux, jeté aux chiottes, et qu'on a tiré la chasse d'eau. Là, t'es contente ?

Son amie lui passa une main affectueuse dans le dos.

– Je ne suis pas contente pour toi, non. Mais ça s'arrangera. Disons que c'est le pire chagrin d'amour de tous les temps.

Avec un point positif incontestable : tu n'avais pas d'enfants avec Alexander, donc tu n'auras pas besoin de passer le reste de ta vie à expliquer à vos gamins pourquoi ça a pris cette tournure-là. Comme Olivia Kosanovic va être obligée de le faire. Et Viktor aussi, d'ailleurs.

– Hein ? Qu'est-ce que Viktor vient faire là-dedans ?

Ingeborg fronça les sourcils.

– Tu es au courant que Gro l'a quitté, quand même ?

Agnes la regardait fixement.

– Ces derniers temps, reprit Ingeborg, elle était complètement ailleurs, et quand elle est partie avec Malin pour Pâques, elle a dû se retrouver face à la réalité. Elle lui a dit qu'il était temps qu'elle sorte de son trou, elle aussi. Viktor m'a raconté tout ça quand il m'a appelée, hier. Il ne t'a rien dit ? Lui qui te parle de tout, d'habitude…

Agnes pensa au petit déjeuner de Pâques qu'il lui avait apporté. À sa déception manifeste, quand elle leur avait parlé d'Alexander. À ce qu'il lui avait dit à Evanger.

Elle secoua la tête.

– On n'a pas trop eu le temps de bavarder, depuis quelques jours, fit-elle tout bas.

– Bon, en tout cas, tu sais maintenant pourquoi il est un peu bizarre. Et on est de nouveau trois dans cette ville à être seuls comme des cons. À notre santé ! s'exclama Ingeborg en levant sa tasse à l'effigie de Frank Zappa, ornée de la citation *Jazz is not dead, it just smells funny.* Notre projet de communauté hippie a encore gagné en actualité, tu vois. Nous trois, plus Tor Erik Åkervold…

Agnes lui lança un regard.

– OK, trop tôt, en déduisit Ingeborg.

Ingeborg venait de partir quand on sonna à la porte.

Agnes sursauta sur sa chaise. Elle alla dans l'entrée et jeta un coup d'œil par le judas.

Sa tante attendait, plantée jambes écartées et bras croisés sur le seuil.

La lumière se fit dans l'esprit d'Agnes.

Elle avait oublié de remettre à sa place la chouette fumeuse. Tante Eline avait dû découvrir que les clefs de son cabinet avaient disparu.

La première idée qui lui vint à l'esprit fut de faire semblant de ne pas être chez elle, mais la voix monocorde de sa tante monta derrière la porte :

– Je t'ai vue, Agnes. Pourquoi ne réponds-tu pas au téléphone ? Ouvre-moi, je voudrais récupérer mes clefs.

Merde.

Agnes ouvrit lentement la porte, en réfléchissant à toute vitesse : allait-elle inventer une histoire pour se disculper, ou simplement nier être l'auteur du méfait ?

Mais une fois la visiteuse dans l'entrée, elle n'eut plus le temps d'opter pour l'une ou l'autre solution.

Pour la seconde fois en vingt-quatre heures, elle craqua.

De nouveau, les larmes jaillirent.

– Pardon de les avoir prises ! sanglota-t-elle. Je n'avais pas d'autre solution pour découvrir ce qui était arrivé à Marta. Je n'ai regardé le dossier d'aucun autre patient, je te le promets, mais vas-y, tu peux me dénoncer à la police, je mérite d'aller en prison ! Pardon !

Brusquement, elle s'aperçut que sa tante la regardait calmement, les sourcils levés.

– Bon, j'étais juste venue chercher les clefs de mon appart. Mais là, je crois que je vais pouvoir m'asseoir sur le canapé pour que tu me racontes ce que tu as fait.

Agnes se sentit comme une petite fille, mais une fois lancée, elle n'arrivait plus à s'arrêter. Elle était écorchée vive, et les mots fusaient sans filtre. Sa tante, avec qui, d'ordinaire, elle ne partageait rien de sa vie, eut droit à un récit circonstancié de tout ce qui s'était passé au cours des derniers jours, y compris le soupçon qu'elle avait nourri concernant une maladie dont Marta aurait été atteinte, et qui aurait joué un rôle dans l'affaire. Tante Eline écouta patiemment sans mot dire, jusqu'à ce qu'Agnes explique que Marta Tverberg s'était suicidée.

Un froncement de sourcils vint plisser un peu plus le front déjà ridé.

– Ce n'était pas un suicide, ça non, déclara-t-elle fermement.

– Si, c'en était un, répliqua Agnes.

Tante Eline secoua la tête. Tout d'un coup, le secret médical semblait moins inviolable.

– Ce que Marta Tverberg craignait le plus…, commença-t-elle.

– C'était de paraître faible, l'interrompit Agnes, se souvenant de ce que lui avait confié Ragna.

Sa tante la regarda bizarrement.

– Non, rétorqua-t-elle. Ce qu'elle craignait le plus, c'était la mort. Elle avait une peur terrible de mourir. Nous en avons beaucoup parlé. Jamais elle ne se serait suicidée. En tout cas pas de cette manière. Au cours de la dernière conversation que j'ai eue avec elle, elle m'a dit qu'elle comptait lutter contre cette saloperie tant qu'il lui resterait des forces.

Agnes en fut abasourdie.

Une sensation déplaisante, proche de la nausée, s'était emparée de son ventre.

Au même instant, un détail auquel elle n'avait plus pensé ces derniers jours lui revint en mémoire.

– Marta ne t'a jamais rien dit d'un projet de donation, concernant son héritage ? demanda-t-elle.

Sa tante hésita quelques secondes.

Puis elle acquiesça.

– La dernière fois qu'elle est venue me voir, elle m'a confié qu'elle avait convenu avec son avocat de dresser un testament en bonne et due forme. Elle était un peu soucieuse de ce que dirait Hauki en apprenant qu'elle léguait autant d'argent à la recherche sur la SLA. Mais elle a ajouté qu'il saurait toujours « se faire du pognon d'une autre manière ».

Agnes eut l'impression qu'un flux glacial lui traversait le corps, de la tête jusqu'au bout des orteils.

– Et c'était quand, cette dernière consultation ? s'enquit-elle d'une voix blanche.

– Il y a quelques semaines seulement. Elle avait rendez-vous avec son avocat juste après Pâques.

Oh non.

Hauki se faisait du pognon d'une manière ou d'une autre. Agnes se remit à penser au soir où elle l'avait attendu, assise dans sa voiture en face de l'appartement d'Alfred et de Tobias. À y bien réfléchir, pourquoi était-il resté là-haut si longtemps ?

Agnes renvoya sa tante dans ses foyers, et se mit à penser à une personne qu'elle avait oublié de contacter au milieu de cet imbroglio d'événements. Il lui semblait tout à coup qu'elle pourrait avoir son importance. Elle retrouva le numéro de Josefine Løken, qui habitait Knarvik, et retint sa respiration jusqu'à ce que la mère de Tobias ait annoncé son nom.

– Bonjour, je m'appelle Agnes Tveit et je suis journaliste à Voss, dit-elle à toute vitesse, comme si quelque chose pressait soudain. Je comptais vous appeler plus tôt. Je vous exprime toutes mes condoléances pour votre fils.

– Merci, prononça Josefine Løken d'une voix qui semblait indiquer qu'elle était prête à éclater en sanglots d'un instant à l'autre.

– Vous étiez très proches, je crois ?

– Oui, renifla la pauvre femme à l'autre bout du fil. Ce sera toujours mon bébé.

Agnes inspira. Surtout, procéder avec finesse.

– Vous deviez être fière que Tobias fasse médecine.

Mme Løken se tut.

– Vous m'avez dit que vous étiez qui, déjà ? demanda-t-elle au bout d'un moment.

Agnes expliqua l'objet de son travail, ajouta qu'elle s'efforçait d'aider la police à comprendre comment s'articulait l'affaire, et Josefine Løken sembla rassurée. On aurait presque cru qu'elle avait attendu cet appel.

Était-il possible qu'elle non plus n'ait pas été entendue par la police ?

– Tobias aurait dû avoir fini ses études depuis plusieurs années. Il avait travaillé si dur au début. Il bossait nuit et jour. Mais son énergie a fini par s'épuiser, et tout a dégringolé quand il a commencé à prendre des médicaments pour se tenir éveillé. Il est devenu dépendant, ni plus ni moins. Je sais que beaucoup de gens ont essayé de faire en sorte qu'il arrête, mais il était déjà bien trop tard.

– Et ça n'a pas dû l'aider de vivre avec un dealer de drogue ?

– Comment ça ? protesta Josefine Løken. Alfred ? Alfred ne donnait pas là-dedans. Tobias l'a peut-être entraîné dans cette calamité, mais c'est mon fils qui a gâché sa vie et ses capacités en vendant ces saletés. Une mère sait toujours tout. Non, Alfred, ce gentil garçon, c'est ce qui lui est arrivé de mieux dans l'existence. Sa famille a toujours essayé de les remettre dans le droit chemin tous les deux. Marta Tverberg aussi.

Agnes eut un réflexe de surprise en entendant ce nom.

– Elle aussi savait, pour les stupéfiants ?

– Oh oui, elle était très proche d'Alfred et de Tobias. C'est elle qui leur avait donné ce surnom, Alias, ajouta Josefine Løken avec fierté. Mais Tobias disait aussi qu'il avait le sentiment qu'elle avait mauvaise conscience.

– Mauvaise conscience de quoi ?

– Ça, allez savoir, répondit Josefine Løken. Pour moi, elle était juste généreuse envers eux.

Après avoir raccroché, Agnes resta longuement assise à sa table de cuisine, les yeux dans le vide. Son cerveau encore imbibé de whisky travaillait par à-coups, s'efforçant d'assimiler les éléments nouveaux et de déceler des liens restés insoupçonnés.

Puis elle composa le numéro de Didrik Rogne.

Il lui fallut patienter longuement, mais il finit par répondre.

– Si tu en voulais autant à Tobias, n'est-ce pas parce qu'il avait initié Alfred à la drogue ? lui demanda-t-elle.

Il eut un petit soupir de mépris.

– Oui. Je le détestais pour avoir fait entrer cette merde chez nous.

Il avait l'air presque sobre, pour une fois, à en croire sa voix. Un petit reste de la veille, peut-être, mais il avait l'élocution claire. Et il continua sans qu'elle le relance :

– Avec mon père, on a parlé plusieurs fois de signaler son trafic à la police, pour qu'il arrête une fois pour toutes. On se doutait que ça finirait par les briser tous les deux. Mais ma mère a toujours réussi à nous en dissuader. Elle pensait que ça ne pourrait que leur faire du mal.

Didrik avait protégé son frère. Alfred son conjoint. Lucy probablement elle-même et ses propres secrets.

Agnes inspira et se lança :

– Tu sais qui importait les substances que Tobias revendait ?

Il se tut de nouveau.

Longtemps.

Son souffle lourd résonnait dans le combiné.

– C'est ce qui a déclenché la bagarre entre nous, l'autre soir, quand je me suis retrouvé à l'hosto, déclara-t-il enfin avec un petit rire amer. Je voulais dire aux flics ce que je savais, pour éviter qu'Alfred ait des ennuis. Mais il avait peur.

– Peur de quoi ?

– Des réactions. Et regarde où on en est : c'est Alfred qui est coffré.

Il faisait plus froid dans la cuisine, tout à coup, se dit Agnes.

– Les réactions de qui ? glissa-t-elle d'une voix mal assurée.

Nouveau silence.

– Ça ne vient pas de moi, d'accord ? commença-t-il au bout d'un moment. Mais quelques mois avant sa mort, Lauritz m'a dit qu'il hésitait à rapporter à la police une info. Toute la drogue qui circule chez les toxicos du coin arriverait à Voss par le même canal : cachée dans des camions de transport de matériaux de construction venant d'Europe de l'Est.

Didrik poursuivit alors qu'Agnes avait déjà pressenti la suite :

– Des matériaux commandés par l'une des entreprises les plus respectées du canton : Thorsson Bygg SA.

Agrippée des deux mains à son volant, Agnes pulvérisa la limitation de vitesse de l'autoroute E16. Son cœur battait à tout rompre, elle avait chaud et la nausée n'était pas loin. Il fallait qu'elle se calme, qu'elle reprenne le contrôle de son corps avant d'arriver.

Ce qu'elle entreprenait là était dangereux, elle risquait sa peau, elle le savait. Il aurait mieux valu s'arrêter, faire demi-tour. Elle venait de survivre à une tentative de meurtre, quel genre de folle irait confronter un autre assassin ?

Elle ne s'arrêta pas.

La rage prenait le dessus sur l'angoisse.

Sa colère crachait des flammes.

Elle en avait assez, tellement assez.

Assez d'avoir peur des hommes.

De voir des faibles du sexe masculin s'en prendre à des femmes plus fortes qu'eux.

Ce n'était pas Marta qui avait encaissé le remboursement de sa dette en forçant Alexander à tuer Lauritz Fadnes, elle en était sûre. C'était Hauki qui s'en était chargé pour elle.

Marta, probablement, ignorait tout de ce qu'avait fait son mari.

Et ensuite, il s'était servi de la même substance pour l'empoisonner.

Hauki s'était peut-être même arrangé pour que Tobias soit envoyé sur scène pour tenter de sauver Marta.

Il avait en tout cas essayé de déguiser les choses de manière à faire croire que c'était Alfred qui avait fourni la drogue responsable de ces trois morts.

Agnes en tremblait de fureur.

Comment diable avait-elle pu se laisser rouler à ce point ?

Hauki, sa pelle en main, occupé à déblayer les restes de neige devant sa grande maison, avait toujours son air de gros nounours.

Mais désormais, Agnes savait qu'il était un ours des plus dangereux.

Il se redressa et la salua de la main pendant qu'elle se garait. Elle s'assura qu'il y avait du monde dehors, dans les deux propriétés voisines, avant de passer son sac en bandoulière et de sortir.

Hauki n'aurait pas une mort de plus sur la conscience.

– Agnes ! lança-t-il, comme ça fait plaisir de te voir. J'ai appris ce qui…

– Ne te fatigue pas, l'interrompit-elle.

– Comment ça ?

Il fronça les sourcils.

– Ces fausses gentillesses. Je ne suis plus dupe.

Il s'était immobilisé, la pelle à neige à la main. Agnes recommença à regretter d'être venue seule. Elle aurait dû venir avec Viktor.

Hauki passa son outil dans l'autre main. Il n'aurait aucun mal à en faire une arme. Agnes s'était arrêtée à bonne distance, à quelques mètres de lui, plus près de la voiture, dont elle avait laissé la porte ouverte pour se ménager la possibilité de s'enfuir rapidement.

– Qu'est-ce que tu racontes ? réagit-il en jetant sa pelle. Tu m'as l'air fatiguée. Tu ne veux pas rentrer, que je te serve quelque chose de chaud ?

– Non, mais j'aimerais que tu ailles me chercher l'enregistrement que tu as trouvé, où Marta expliquait son plan.

Elle ne le lâchait pas des yeux. Tant qu'elle y était, il fallait aller jusqu'au bout.

– Mais c'est impossible, poursuivit-elle, parce que cet enregistrement n'existe pas. Tu as tout inventé, y compris le suicide de Marta. Je sais que tu m'as menti. C'est toi qui te caches derrière tout ça.

– Félicitations, grommela Hauki à travers sa barbe. Dommage que tu l'aies compris un peu trop tard. Tu as déjà expliqué en détail toute l'affaire à Kristina Bachmann. Elle t'est très reconnaissante pour ton aide, m'a-t-elle dit tout à l'heure au téléphone. Elle s'est même excusée au nom de la police de m'avoir dérangé avec toutes ces investigations pendant une période aussi difficile.

La nausée s'accentuait.

– Je sais bien que j'arrive trop tard, répondit-elle. Je me demande juste pourquoi. Pourquoi tu as estimé nécessaire d'éliminer non seulement Lauritz Fadnes, mais celle qui était ta femme depuis quarante ans.

Elle était presque certaine de l'avoir surpris en prononçant le nom de Fadnes.

– Ce n'est pas moi qui ai tué Fadnes.

– Non, je sais que tu as chargé Alexander Kosanovic de le faire à ta place. Mais c'est toi qui lui as fourni la drogue des éléphants.

Un éclair de fierté passa sur son visage.

– Ça collait tellement bien…, lâcha-t-il avec un sourire. Lauritz était sur le point d'y passer de toute façon. Je ne pouvais pas courir le risque qu'il aille cafter à la police. Il en savait un peu trop sur… mes activités annexes.

– Et il y avait le poison dans le lot des substances que tu as mises chez Alfred ? Pour qu'on pense que ça venait de lui ? Qu'est-ce qu'il t'avait fait, Alfred, au juste ?

– Lui aussi en savait trop. À cause de Tobias. Il valait mieux qu'il soit derrière les barreaux, déclara-t-il avec satisfaction.

Il semblait prendre plaisir à parler librement, constata Agnes.

– Donc le plan, depuis le début, c'était de couvrir ton deal, et pas de supprimer Fadnes pour que Marta soit à l'affiche du festival ?

Il eut de nouveau un petit rire.

– Non, ça, ç'aurait été un peu trop. Tout le reste, c'était du bonus. Dès que Lauritz a rendu l'âme, Marta a tiré elle-même quelques ficelles pour qu'on lui confie enfin cette composition qui l'obsédait. Elle savait que c'était sa dernière chance. Lucy Fagnastøl lui devait beaucoup, comme tu dois le savoir, et Kosanovic aussi, il n'avait plus une once de fierté, le pauvre, il n'a pas pu me dire non, puisqu'il croyait que j'étais soutenu par Marta.

Agnes, à deux doigts de vomir, concentra son attention sur Hauki. Il caressait sa barbe, son regard errant à la surface du lac Melsvatnet.

– Elle, je ne pensais pas devoir l'éliminer avant qu'elle ne prenne rendez-vous avec cet avocat. Mais tout à coup, c'est devenu urgent.

Une lueur d'amertume passa dans ses prunelles.

– Il fallait toujours que ce soit moi qui m'adapte à elle. J'ai quitté toute ma vie en Islande pour elle ! Je suis passé à côté de l'enfance de ma fille ! Et il aurait fallu que je sacrifie mes belles années de retraite en trimballant du matin au soir un légume en fauteuil roulant ? Sans même qu'on me paie pour ça ? Putain, qu'est-ce qu'elle s'imaginait ? Je ne l'ai jamais adorée à ce point.

Agnes en eut mal pour Marta. La diva du jazz, dans la situation inverse, aurait sans doute fait pour cet homme ce qu'il venait de dire.

– Écoute. Ma femme voulait secouer le public avec son petit discours. Les gens l'auraient oublié au bout d'un jour ou deux. J'ai fait en sorte qu'on garde le souvenir d'une femme qui a pris le taureau par les cornes au lieu de se laisser dépérir.

– Ragna sait que tu l'as tuée ?

Hauki ne répondit d'abord que d'un sourire.

Puis il ajouta :

– C'est elle qui a eu l'idée d'intégrer Didrik à l'orchestre. On était sûrs qu'il serait le premier suspect sur la liste. Il avait le meilleur mobile, ce truand, depuis que Marta l'avait envoyé en prison. Ragna est futée. Elle mérite que je lui consacre le reste de ma vie.

– Il me semble qu'elle risque de s'y retrouver à son tour, en prison, si jamais la vérité éclate.

Hauki pencha la tête de côté et la regarda comme s'il faisait la leçon à une petite fille.

– Le dossier est clos, ma chère Agnes, conclut-il. La Kripos est en train de plier bagage. La police a eu le fin mot de l'affaire, tout le monde est content, et une bonne part de l'héritage de Marta ira dans la carrière de Ragna, au lieu de je ne sais quels chercheurs qui auraient gaspillé l'argent. Cette maladie vit sa vie comme elle l'entend, de toute façon.

– Et toi aussi, n'est-ce pas ?

Il se mit à rire, à rire si fort que tout son grand corps en fut agité, comme un Père Noël diabolique. Heureusement, personne n'aurait eu l'idée de demander à monter sur ses genoux.

Agnes lui tourna le dos et sentit son regard la poursuivre jusqu'à sa voiture. Elle démarra et redescendit la pente, laissant derrière elle la grande maison blanche de Marta Tverberg. Son cœur cognait encore.

Juste avant de s'engager sur l'autoroute, elle se gara sur le côté, laissant le moteur tourner.

Elle jeta un coup d'œil dans le rétroviseur avant de plonger la main dans son sac, et d'en ressortir l'un des petits Olympus. Par sécurité, elle en avait emporté plusieurs.

– Celui-là est pour toi, Marta, dit-elle, et elle appuya sur stop.

ONZE MOIS PLUS TÔT

Bon, voyons si ce truc marche.

Ce soir, Hauki a insisté pour qu'on regarde une émission qu'il avait enregistrée pendant que j'étais en tournée. Il m'a dit : « Il faut qu'on s'informe le plus possible sur cette maladie. » Je lui ai répondu que je n'en avais pas besoin, que j'étais déjà largement au courant, avec ma mère. Mais il y tenait absolument.

C'était affreux. J'ai dû détourner les yeux plusieurs fois. Je lui ai gentiment demandé d'éteindre. Mais il a continué de fixer l'écran, comme hypnotisé.

L'homme au centre du documentaire était musicien amateur. Un an après le diagnostic, il ne pouvait plus jouer de la guitare, ni se servir de ses mains pour quoi que ce soit. Peu de temps après, il ne pouvait plus marcher. Et à la fin, il lui avait fallu l'aide d'une machine pour respirer.

Penser que je risque d'en arriver là, c'était insupportable. Que je puisse devenir dépendante de quelqu'un vingt-quatre heures sur vingt-quatre… J'en avais le vertige. Je n'ai rien dit à Hauki, j'ai continué à regarder jusqu'à ce que le type meure. Il avait perdu toutes ses fonctions physiques, alors qu'il avait la tête encore parfaitement claire. C'était presque ça le pire. De le voir conscient de sa situation jusqu'à la fin, prisonnier, enfermé dans son propre corps. En fait, c'était tellement horrible que je ne m'identifiais pas trop.

Jusqu'à ce que Hauki me dise en montrant l'écran :

– Tu as vraiment envie de ça ?

Je lui ai répondu :

– Comment ça ? Bien sûr que je n'en ai pas envie. Qu'est-ce que tu crois, merde !

J'étais indignée et blessée, mais quand je me suis tournée vers lui, vers mon mari, cet homme si fiable qui m'avait toujours soutenue depuis tant d'années, c'est à peine si je l'ai reconnu. Il m'a lancé :

– Tu crois que tu vas y arriver ? À devenir la nouvelle ambassadrice de cette maladie ? Je veux dire : la Marta Tverberg dont on se souviendra parce qu'après avoir été une star du saxo, elle n'a plus été capable de jouer de son instrument ?

J'ai commencé à chialer. D'abord, il a eu l'air surpris. Je ne sais pas s'il m'avait déjà vue pleurer.

Je me suis défendue en lui répondant que je n'avais pas le choix.

Et là, il m'a dit froidement, en regardant droit dans le vide :

– Du calme, Marta. Il y a toujours une solution.

REMERCIEMENTS

Un grand merci à Trude Storheim, Hanna Paulsberg, Nils Arne Mehammer, Merete Vevelstad, Guro Solberg, Hans Petter Bakketeig, Anja Gustavsson, Marius Emanuelsen, Karen Breistein, Kjetil Lyche, Nils Kvamsdal, Kl, Anne Gunn Halvorsen, Frode Fuglehaug et Kåre Henriksen pour toutes les connaissances, les conseils, l'aide et les encouragements qu'ils m'ont apportés durant mon travail sur ce livre.

DU MÊME AUTEUR

Aux éditions Albin Michel

LA FILLE DE L'AIR, 2022

Retrouvez toute l'actualité des éditions Albin Michel
sur notre site albin-michel.fr
et suivez-nous sur les réseaux sociaux !
Instagram : editionsalbinmichel
Facebook : Éditions Albin Michel
Twitter : AlbinMichel

Composition : Nord Compo
Éditions Albin Michel
22, rue Huyghens, 75014 Paris
www.albin-michel.fr
ISBN : 978-2-226-45531-4
N° d'édition : 24178/01. – N° d'impression : 2070585
Dépôt légal : juin 2023
Imprimé en France